亲爱的老妈

Dear Mother

央歌儿 YANGGEER 著

北京出版集团公司
北京十月文艺出版社

1

何玉兰的偶像是年长自己几千岁的孟母。一个生在封建社会的寡妇，因为前瞻性地三次搬家，把儿子的命运彻底改变了，而她自己也成了中国著名母亲。何玉兰也在酝酿能够改变女儿命运的"三迁"。小学肄业生何玉兰从事工作以来就和知识分子打交道，苏联专家、技术人员、单位领导、机关干部等，内心里，她对知识的崇拜狂热到了宁为玉碎的程度。可两个女儿学业都不佳，秋慧上了技校，秋萍考了两年大学没考上，正在复读，将来能上自费大专就不错了。她们成为知识分子的可能性几乎为零了。她的女儿们也需要"三迁"。何玉兰在绝望的同时就生出了希望，虽然做不了两个知识分子的母亲，但还来得及做两个知识分子的岳母。

南兴公司是老牌军工企业，有一万五千多职工，家属数万。何玉兰是南兴公司档案科的档案管理员兼资深媒人，牵线搭桥的成功率惊人，因此在南兴厂区颇有名气。做个好媒人并非易事，首先要具备如下素质：一、热心肠。二、眼光准确。三、要懂点心理学。谈恋爱可不是郎才女貌那么简单，要揣摩各自的心理需求。四、要有广泛的人脉关系。在一个信息闭塞的时代，这一点儿最重要。何玉兰之所以这么成功，因为她有法宝，这一万多册档案就是她的做媒宝典。谁有需求跟她一说，她马上能按图索骥，找出相对应的人来。

何玉兰也曾利用职务之便把似乎和秋慧比较般配的男大学生档案圈占起来，可人家不是有对象了，就是没看上秋慧。二十世纪九十年代初，正规大学生相当金贵了，分配到南兴厂的男大学生只要档案一到，基本上被各路领导夫人圈地运动般地瓜分了，她们家里都有一个或几个待字闺中的女儿。剩下的男大学生，至少在照片上显示有歪瓜裂枣之嫌。何玉兰曾成就了数十对夫妻，可净造福于人了，到头来女儿搞对象却成了问题。分到南兴的大学毕业生都来自男多女少的工科院校，男生在学校里很难找到对象，可到南兴以后，价码就抬高了，要漂亮的，要干部家庭的，要拿职员令的，要有学历的，要家里有买卖的……秋慧样样不达标。二十四周岁了——女人的一个坎儿。

何玉兰决定从学历和工作入手来改造秋慧。此时恰好某航空学院到南兴开办函授大专班，何玉兰给女儿报了财会专业。秋慧不肯上，说不喜欢学财会而且见钱眼开，如果将来当上会计，必贪无疑。虽然望女成凤心切，可何玉兰不能把她往监狱里逼，于是只好顺着她报了师大音乐系的函授大专。无非是为了一纸文凭。可换工作的难度太大了。

因为档案室设在厂部大楼,所以南兴厂的领导何玉兰几乎全认识,可这种认识也只不过是见面打个招呼而已,想办事是靠不上前的。不少干部子女也都在往职员令上奔,公司对此卡得很严。

就在何玉兰冥思苦想之际,机遇来了。厂工会主席的老婆来档案室查档案,想为自己二十七岁的女儿找对象。主席老婆跟何玉兰不熟,讲明来意时期期艾艾,有些不好意思。这种事何玉兰见多了,当然懂主席老婆的心态,懂了就知道怎么对症下药,怎么因地制宜地调整分寸。她的态度热情而不八卦,听主席老婆把女儿情况简单概括之后,她一把抓住主席老婆的手,"来,给你看看这个!"

何玉兰没有干过粗活的手柔软细滑温度适中,这只手抓那只手的动作又是那么果敢爽直,透着侠义心肠,没用言语,何玉兰让手告诉主席老婆,她要对她的女儿承包到底。跟随何玉兰穿行在林立的档案柜之间,主席老婆感觉就像儿时跟小伙伴去看她埋藏的"宝物"。何玉兰向她显示的"宝物"是一位二十七岁的男性设计员。

何玉兰见过该设计员,本人没照片英俊,考过两次研究生,第一次没考上,第二次考上了单位却不让走人,他四处上告,越告越不让走,恶性循环中就生出一股狭隘情绪,索性破罐破摔连对象都不找了。主席老婆感到很满意,小伙子长相不错,又考上过研究生,说明智商够档次,尤其是小伙子比自己女儿恰好大一百零二天。当地有迷信说法,男女相差不到一百天成不了夫妻，成了也相克。主席老婆觉得多出的不是四十八小时，是缘分。

动员设计员来相亲颇费了一番工夫。自从被单位阻断了读研之路后，小伙子受了点刺激，顺带着把两根都净了，谁给介绍对象也不去看，说坚决不在南兴厂安家落户，就差"不食周粟"了。何玉兰只见过设计员却没说过话，她找了几个跟设计员很熟的人，人家全劝她死心。何玉兰觉得必须自己亲自出马，至少要说服设计员跟主席的女儿见个面，倒不是非把两人强扭成眷属，但见面了就对主席和主席老婆有个交代。她在设计所一个室主任的安排下，和设计员"巧遇"了。

设计员挺有礼貌也挺开朗，不像刀枪不入的人，只是形象有些潦倒，羽绒服的领子已泛出油光，毛衣左胸处的毛线糟了，隐约露出蛋青色的衬衣。这个洞给何玉兰的思维注入了一线灵光，她果断地放弃事先准备的两套方案。轻松地聊了几句，何玉兰要为设计员补毛衣。设计员愣了一下，但没拒绝。看来，他对自己的不修边幅是有羞耻心的。除了做媒外，织毛衣是何玉兰的又一大特长，她手快，眼光好，织出的毛衣只要一穿出来，就会被大量盗版。

第二天中午，设计员到档案室来取毛衣。毛衣旧貌换新颜，破洞的地方补了一个颜色稍浅的兜，上面还煞有介事地安了个小拉锁，领口袖口也是用织兜的毛线重新加了个边，这样，兜和毛衣就成了整体。毛衣熨烫平整，洗过，水的分量还能掂出来。设计员肯定联想到"慈母手中线，游子身上衣"。他穿上毛衣，卸掉了铠甲。

设计员去相了亲，并和主席的女儿处上了。主席老婆和何玉兰相见恨晚，短时间内友谊之花就绽放了，无话不谈，比闺密还亲热。恰好，南兴厂三十五周年厂庆要到了，各种文艺活动频繁，能歌善舞的秋慧被借调到厂工会帮着组织活动。虽然只是借调，工人令没改，但毕竟是向脑力劳动者行列前进的第一步。

在一次大合唱的排练中，秋慧结识了徐永林。

2

被何玉兰称为"大鹅"的徐永林是秋慧心中的白马王子，他瘦高白净——这是跟大鹅唯一类似的地方，眉清目秀，属于长相英俊的男人。家庭也好，父亲是南兴厂运输处副书记，上边有两个姐姐，嫁得都不错。何玉兰的大女儿江秋慧个子矮，其貌不扬，针对自己的短处，她特别渴望找一个个子高长相好的丈夫，所以，自从认识了徐永林，秋慧就开始猛烈倒追。何玉兰则千方百计要让大鹅从女儿的心里飞走。

按常人观点，秋慧能追上徐永林也算攀上高枝了。可何玉兰不是常人，她看得出，徐永林除了一个好爹、一副好皮囊和一份固定工资外，只剩下了一脑袋猪油，鹅的智商。而且他对秋慧也是三心二意，可有可无。

徐永林当时在仪表科当仪表工,手里有驾照,一心想当司机,但因是家里的独生子,怕出危险,他妈死活不同意。仪表工是南兴厂最好的工种,工作轻闲,环境清洁,还拿着有害工种的保健费,能当上仪表工的人大多有点背景。秋慧被徐永林迷住了,动不动就找个借口往仪表科跑,因为是主席亲自批示借调来的,工会也不太管她的考勤,但免不了惹人反感。

闲话传到何玉兰的耳朵里,她问秋慧怎么回事。

秋慧说想和徐永林搞对象。

何玉兰说:"我打断你的腿。"

秋慧说:"你要不让我跟徐永林,我就当老姑娘。"

何玉兰说:"我宁可你当老姑娘,也不让你跟徐永林。"

"你为啥这么恨徐永林?"

"不是恨,是看不起。一肚子稀屎,鹅的智商。左脑子里装的是猪油,右脑子里装的还是猪油,不信你打开他脑袋看一看!"

秋慧将她,"你最好打开他脑袋让我看看,要真装的是猪油,我就不跟他。"

何玉兰急了,"你抬什么杠,我是打比方!你就没文化,再找一个比你更不爱学习更没文化的人,再生一个比你俩更傻的孩子,将来怎么活?"

秋慧带点自豪的口吻说:"就为了孩子我也得跟徐永林,将来孩子考不上大学可以去当电影明星。"

何玉兰冷笑道:"你现在觉得徐永林像个电影演员,哼,什么东西用十年八年也磨损完蛋了！不信你去看看他爸，四十岁的时候脑袋就像一面哈哈镜，滴水不沾。秃顶遗传你知不知道？"

"我不管十多年以后的事！"

何玉兰朝女儿"呸"了一口，由于超重，口水射程短，本来是冲秋慧的脸去的，结果落到了腿上。

秋慧跳起来，"你小学文化还老摆工人贵族的谱儿，瞧不起这个看不上那个，我爸不也是工人吗？"

何玉兰虚弱了一下。到底是亲人，知道她哪儿痛就往哪儿扎。

高级焊工技师老江是她的爱人，也是她的痛。

十六岁的农村姑娘何玉兰之所以选择当保密员不是因为怕累，而是舍不得自己及腰长的大辫子。进厂第一天受的教育就是技安教育，技安员在课上试举了一例，说一个女青工爱显摆自己的大辫子，经常不戴安全帽，结果大辫子绞进车床里，把一块头皮都扯了下来。等到何玉兰了解了工人职员间的钱粮差别，后悔莫及。她是个事事争先的人，看到别人在起跑阶段便领先自己一大截，心理上的不平衡要远远高于经济上的不平衡，背地里没少哭，但表面上还要服从领导分配。

年轻时的何玉兰像只小苹果，圆而红润的脸蛋，小巧灵活的身体，苏联专家叫她"亚不拉嘎"，意思是小苹果。好多人喜欢小苹果，其中一个俄语翻译各方面条件都不错，但字写得太差，像蒙古文，每次他来借资料时，何玉兰还觉着他不错，但等他借完资料签名时，何玉兰就烦了，她不能容忍一个受过大学教育的人写这样的字。若干年后，这个翻译调到三机部当了局长。还有一个技术员没事就站在资料室门口，也不进屋，里不里外不外傻傻地看着她，他有个习惯动作，爱伸舌头，那样子真像一只大狼狗对着小苹果垂涎欲滴。大狼狗后来当过南兴厂的副总工程师，再后来调到南方某厂任厂长。转眼小苹果就长成二十二岁的大苹果，家乡的弟弟要娶媳妇，母亲哭穷的信越来越频繁，这时，别人给她介绍了六级焊工老江。

老江是空军地勤转业来南兴的，工资起点就比别人高。他心灵手巧，从小跟着焊洋铁壶的父亲学艺，干得一手好焊工活，在三机部搞的青工大比武竞赛中得过名次。第一次见面，何玉兰没有感觉——包括没好感、没恶感。第二次见面，老江送给她一个椭圆形的不锈钢饭盒，是他自己做的，钢皮里外都打磨得锃亮，盒身盒盖严丝合缝，滴水不漏。何玉兰正需要一个饭盒，她用着的这个还是别人给的，瘪了若干处，有些黄油渍怎么也擦不掉。这是她平生收到的第一份礼物，以前的追求者们只请她看电影。在脑体倒挂的时代，能找到一个六级工丈夫也算嫁得不错，况且，老江事事听她的，她给娘家多少都不计较。何玉兰是个蛮传统的人，嫁鸡随鸡，跟老江没分过心，但她心里是有遗憾的。这么多年她最怕南兴厂庆，因为每到厂庆，俄语翻译和"大狼狗"都会被请回厂里，凡是能搭上点边的人全往上贴乎，跟追星族似的。何玉兰靠不上前，靠上前的时候他们只简单地握了下她的手，批发了一个微笑。这只风干的苹果再也没有勾起他们的甜蜜回忆。

尽管这些都是何玉兰从未向人提起过的隐私,但紧要关头,她愿意亮出伤口来警醒女儿。她的母亲除了伸手要钱外,没能提供任何有益的经验,她觉得自己下嫁貌不惊人无一官半职的老江多少是为娘家做的献身。所以,每当想起母亲的时候,她隐隐是有些恨的。现在,她不能让同样的伤口落在女儿身上。

何玉兰说:"秋慧,女人有四次命。第一次是出生的时候,这次命是天定的,谁也没法改变。你落在这个家庭还算托生得不错,跟全国九亿人比起来,你怎么也能排中等以上。第二次命就是考学,你已经没机会了。第三次命是嫁人,你看×××(俄语翻译的妻子),年轻时蜡黄一张脸,像个骷髅,整天病恹恹的,可当了这么多年的官太太倒滋润得比二十岁的时候还年轻。那个×××("大狼狗"的妻子),扫盲班出来的,阿拉伯数字都写不明白,后来竟弄个副处级。她们的条件跟我比得了吗?但嫁得好,就荣华富贵了!走到哪儿都是前呼后拥,溜须拍马的人应有尽有。我嫁给你爸也挺幸福,可是,唉,出头露面的事还得靠我,说实在的,冷言恶语的也受过不少委屈,我不愿意跟你们说就是了……"

何玉兰的眼圈红了,有委屈,也有气,好像×××和×××的幸福生活全源于她的礼让,而她们的荣耀却没她参与的份儿。"唉,当初,我要有一个眼界广阔的妈点拨一下,你们现在不也到国外生活了吗?"

"那就没我们了!"秋慧插话。

"哼,你要再不抓住机会,将来只能等着母凭子贵了,这是女人的第四次命。但这次命你能享几天？如果是你跟徐永林生的孩子，我看也别指望了，凭鹅的智商是当不了明星的！万一个头再像你……"

遭受了一顿贬斥，秋慧满肺管子是火，但为了报答母亲的隐私，她暂时把火压了下去，采用另一种方式来刺激母亲。

"我也想找个大学生，你帮我介绍啊？又不是没撞过南墙！"秋慧的语气里充满挑衅与自暴自弃，又从另一个角度告诉母亲，徐永林是她力所能及攀得上的最好人选。

何玉兰听出来，秋慧表面上顺了，但暗中在较劲。

她说："人一辈子会遇到很多难处，你要把这难处看成是南墙就真撞不过去了，看成是窗户纸说不定一口气就哈破了。"

何玉兰隐约有个时间表，就是要抢在厂庆之前给秋慧找个大学生对象，多少可以在俄语翻译和"大灰狼"面前挽回些失落，尽管她并没打算去见他们，而他们也不太可能想起她。在厂里找合适人选希望渺茫，何玉兰把目光落到了大学生成堆又男多女少的工程学院。这样，何玉兰通过特设科的资料员认识了特设科的工程师小樊，通过小樊认识了她的丈夫小翟，小翟通过系里的一位老师找到另外一个系的助教陈跃刚。

3

陈跃刚本人和他刚性十足的名字截然两种风格，小个，虎头虎脑，身体和脸都圆圆乎乎的，一个男孩若长这样的身形脸形会人见人爱，可长在一个男人身上，就像一个英语句子主谓宾都对，但时态错了。按当时的标准，一米七〇以下的男人都属于三级残废，陈跃刚顶多一米六四，凑合进三级恐怕都难。总之，他长得没能恰到成年人的好处。

见到陈跃刚，秋慧的心跳和平时相比正负误差小于0.1，但相亲的整个过程中，她表现得活泼、幽默，口才优势进一步发扬光大。秋慧就是这样的女人，表现欲强，相中相不中的男人她都会全力以赴地去诱惑，力求让人刻骨铭心，放不下她。折磨一个是一个！从小她就喜欢在男孩堆里呼风唤雨，开始用物质利诱，送烟盒玻璃球香橡皮一类的东西给他们，围绕的男孩子日渐增多，自然就形成了一种号召力。她投资是要讲回报的，哪个受过小恩小惠的男孩没被支使得团团乱转？虽然说过不嫁徐永林就当老姑娘的话，但实际上秋慧最怕嫁不出去，最怕没恋爱可谈，无人问津比死还残酷。她决定暂时把陈跃刚列为徐永林的替补，广泛撒网重点选拔，这方面的智慧，她不比母亲少。

陈跃刚陷入网中。由于个子小，几段恋爱都无疾而终，他多少有些自卑。秋慧比那些学工科的女孩子时髦，开放，尤其是说话逗，像小品演员，能把正经事夹到笑话里讲，讲起笑话又一本正经。她的幽默不是有预谋的背剧本的那种，而是即兴发挥的脱口秀。陈跃刚生性腼腆，除了考场之外到哪儿都怯场。人对自己渴望具备却无法具备的才能会产生一种膜拜心理，他觉得秋慧简直可以把他的短处弥补得天衣无缝。秋慧虽然算不上美人，但唇红齿白，皮肤粉嫩。一白遮百丑。在陈跃刚的眼里，秋慧是个美人。

陈跃刚第一次和秋慧约会就出了差错。

两人相约在一个离陈跃刚家较近的舞场。这是何玉兰的主意，秋慧是个老舞皮子，南兴这几家舞场的常客全认识她，何玉兰怕她跟这个跳跟那个跳冷落了小陈。秋慧也愿意，她怕风声跑到徐永林的耳朵里。走在路上，秋慧怎么努力也想不起陈跃刚的长相了，她想自己跟这个人是没缘分的。

舞厅门口站着个人，她的视角由下至上地打量着门口的那个人。肥头棉皮鞋，厚硬的棉裤，羽绒服，竖起的衣领上搭着毛线帽。虽然没看见脑袋，但她突悟到那个"圆门墩"就是陈跃刚。一瞬间，秋慧想逃跑。

舞厅里及时响起的音乐和无情的冷风勾住了她的脚步。

秋慧甩开大步朝舞厅里走去，陈跃刚以为她没看见自己，急忙挥挥手。

秋慧厌恶地瞥了他一眼，"快点吧！"

好像晚来的不是自己。

存了外套，秋慧觉得陈跃刚更不堪入目，他的毛衣较长，显得双腿更加粗短。秋慧穿了件时髦的"娇衫"——"法国"品牌"梦特娇"的简称，下身是黑条长西裤，细瘦的高跟夹皮鞋，产生一种拉伸效果，把她的腿烘托得又细又长。

跳舞时，秋慧的心情更坏，陈跃刚舞步倒娴熟，可手的姿态很让人难为情,她觉得自己的右手像一把被他举起的大刀。而举刀的那只手一直在出汗,湿漉漉的,手感不好。陈跃刚当然知道跳舞要少穿点,可他想到舞会结束后还要送秋慧回家,所以就多穿了点。两家的距离将近三站地。南兴所在的柳郸区位于市郊,公车收得早,要步行回去。陈跃刚本来应该解释一下穿棉裤的原因,可看到秋慧美丽"冻人"的大无畏形象,他惭愧了,该解释的又原装到肚里。

秋慧每曲必跳,特怕亏本的样子。女人的敏锐程度是随感情而变化的,在喜欢的男人面前,她的感觉除爱字外,其他模糊一团。面对不喜欢的男人,她火眼金睛一针见血眼里不揉沙子,对方的小动作小表情或某句话不对了心思,都会在她的大脑中无情地被夸张放大,甚至和教养道德联系在一起。肥棉裤,大刀手,蒸汽腾腾的脑袋都让秋慧产生一种生理反感。难怪香港电视剧里把耍流氓叫"咸湿",一这样想,她对陈跃刚越排斥,越激发虐待的快感,她要把他烦透了烦到分了才松手,免得甩错了后悔。

他们是最后走出舞厅的一对。

出门,寒风刺骨,秋慧穿得单薄,再加上她把自己也折腾出一身汗来,这会儿觉得呢子大衣像纸一样薄,经风就透。陈跃刚看到她在打哆嗦,想绅士一下把羽绒服给她披上,可一解开扣子,冷风就让他清醒了,又偷偷地系上扣子,用言语向女友嘘寒问暖。秋慧全身发麻,嘴像中风了似的不听使唤,她没有回应陈跃刚的关心,大步流星地向前走去。

前面一道去年秋天没来得及填平的沟。秋慧像只羚羊,优美地飞落到沟的另一侧,高跟鞋的两个小细跟稳稳扎在沟边的冻土上,她差点没像体操运动员那样向上舒展手臂。热量又开始积聚。

秋慧突然发现耳边只有寒风在呼呼作响,她回头一看,陈跃刚不见了。心蓦地缩了一下,以为闹鬼,紧接着听见有人在叫江秋慧,陈跃刚的脑袋从沟里冒了出来。他说帽子找不着了。

江秋慧蹲在地上嘎嘎大笑,这让陈跃刚感到她变得亲切了。

"别把鬼招来!"他说。

"鬼来了我怎么也比你跑得快,你腿笨得像棉裤腰!"

"光看你了。"

他伸出求援的手。

"你自己往上爬吧。腿不够长不是还有手嘛!"

"你见死不救是不是?等我上去的!"

"你都土埋半截了还威胁谁呀?"她继续嘎嘎乐。

他们没意识到已经开始打情骂俏了。此时,秋慧的心情还可以。陈跃刚继续在沟底摸帽子。他不是特别心疼自己的帽子,而是跟秋慧斗嘴这种感觉挺棒的,他想继续斗下去。

秋慧问:"你那帽子有啥纪念意义啊,第几任对象给织的?"

"要找不到,我明天上班没啥戴的了。"

秋慧心想,你为了明天暖和就好意思让我今晚在这儿冻着?她走到沟边。陈跃刚没摸着帽子,失望地站起身,他的嘴正好跟秋慧的膝盖处在同一平面上。这是个奇特的角度,让秋慧轻而易举地获得了居高临下的感觉,她想破口大骂,但不愿意把所剩无几的热量喷发给这个不是男人的男人。她威风凛凛地沉默片刻,朝沟里流畅地甩出两股鼻涕,转身走了。

江秋慧和陈跃刚的第二次约会是何玉兰定的,地点在南兴厂档案室。档案室分成办公和档案存放两区域,中间有道门相隔,平时这门是锁着的,一般人不让进,只两个档案员才有钥匙。陈跃刚不用坐班,白天可以到工厂来找秋慧,何玉兰笑说给他们当收发。

本次约会由于秋慧的缺席而成全了未来岳母和未来女婿间长达三个多小时的促膝交流,交流具有里程碑性质。何玉兰给陈跃刚织了条毛裤,织了个帽子,都是坻羊牌毛线的,还给他带了一饭盒炸小黄花鱼。陈跃刚暗下决心要好好跟秋慧处,否则都对不起她妈。陈跃刚的随和宽厚让何玉兰欢喜不已,秋慧需要这样的丈夫,她也需要这样一个能做儿子的女婿。无论下怎样的力气,她也要把两人捏到一起。她捍卫的不是陈跃刚,而是女儿通向幸福的康庄大道,想到这里,何玉兰耳边回响起悲壮的国际歌的旋律:满腔的热血已经沸腾,要为真理而斗争……

而与此同时,秋慧正在仪表科的校验室里跟徐永林咬牙切齿。因为不想跟陈跃刚处了,所以她跟徐永林公开这事多少有些炫耀的意味,至少让他知道,如果他不抓紧,江秋慧随时会成为别人的人,她有的是人追,而且不乏大学生,不会干非在一棵树上吊死的事。

仪表校验室安静清洁，各式仪表都被白色的布单罩着，使这里乍看上去像肃穆的遗体解剖室。江秋慧和徐永林在无人打扰的环境中谈得既深入又随意。

"挺大的男人怎么还能掉沟里去呢？"

这话秋慧磨叨将近十个来回了，似乎是想让作为男人的徐永林给出个正确答案。自打跳完舞后，她的思维好像也掉进沟里出不来了。

"就是啊，挺大个男的怎么还能掉沟里啊？"徐永林似乎比秋慧还对此感到费解。

"而且那么冷的天他还有心情找帽子！"秋慧进一步谴责。

"他要满地摸眼镜还可以原谅，一个破帽子还找啥！水獭帽啊？"

徐永林的嘲笑里暗含炫耀，他有顶水獭帽，很贵。

"要是你的话该怎么办？"秋慧问。

"要是我？那还找个屁帽子，把我对象冻坏了呢？这帮大学生他妈的一个比一个死性，我们单位净是大学生，处事都那么格路！啥样个帽子？水獭的？"

徐永林的情绪特别激动，尤其"对象"一词说得既亲爱又宝贝，秋慧感到巨大的幸福，好像徐永林说的对象就是她自己。

"跳舞还穿了条大棉裤。"

"跳舞哪有穿棉裤的？光学习了，没跳过舞吧？你就跟他处吧，我看挺好，不过你得学习做棉裤！会吧？棉花絮了一层又一层，絮了一层又一层……"徐永林讽刺地说。

"他跳舞是这姿势的。"秋慧拉着徐永林摆了一个手执大刀的动作,嘴里哼着"大刀向鬼子们的头上砍去",用的是探戈节奏,弓步、下腰、踢腿,俩人跳得极其正规,好像在参加一场比赛,毫不含糊。"看准、了、敌人"——舞步警觉向前,"把他、消灭,把他消灭"——持"刀"前进,"冲啊"——俩人一起刺向一台价值昂贵的仪表校验器。戛然而止,造型!他们笑坐在地上。徐永林看着眼前的小女人,突然产生一种奇妙的感觉,眼神蒙眬起来。秋慧回放秋波。

4

晚上,何玉兰家的炊烟没有照常升起,冷锅冷灶,有些萧条。小屋里,何玉兰和秋慧在激战。母亲声泪俱下,女儿怒发冲冠。大屋里则是一派田园牧歌景象,老江和二女儿秋萍的晚餐在激烈争吵的画外音伴奏下从容地进行,烧饼咸鸡蛋鱼罐头大葱大酱白开水,老江把咸鸡蛋黄抠给了女儿。秋萍撕下一层烧饼,抹上酱,加些葱丝鱼肉,卷成一个小包,慢慢塞到嘴里。

何玉兰的声音传过来,"不听老人言吃亏在眼前,这老话能流传几千年肯定是真理。现在你不听我的话就是自取灭亡!"

秋慧说:"我自己的命自己负责,是生存还是毁灭不能由别人做主。"

秋慧爱看《王子复仇记》,对这句著名的台词记忆深刻。

此话传进大屋，秋萍笑了，"我姐挺能甩词啊！她俩打个什么劲儿啊，不嫌费粮票！"

老江叹了口气，顺便也将大葱的辣气吐出去，"你姐的精神头全没用在正地方，秋萍，以后你要找对象，得听你妈的安排。你妈这人可不得了！你妈这辈子就差学历，你姥爷要是供她上大学，你妈现在就坐在中南海里办公了！"

老江人倔嘴拙，但在表达对妻子的无限崇拜时，他一贯不吝溢美之词，多大的牛都敢吹。

小屋里，激战正酣。

何玉兰数落道："你以为徐永林喜欢你啊，跟你闹着玩吧！他处过的对象有一个加强连了，现在正追五车间的乔晓菲呢，你刘姨的妹妹是乔晓菲的师傅。去年他把机电科的小张睡了，之后又把人给甩了，这是徐永林的舅妈亲口讲的！仪表科顾科长说科里定编差点把他定下去。要定下去，他就得到厂门口站大岗去！你还拿这种人当宝了！"

为了表明证据的可靠性，何玉兰认为有必要公开证人的身份。

秋慧说，"你放心，我就是不跟徐永林也绝不会跟陈跃刚，跟那么恶心的人我没法生活，宁可当白毛女！"

"你有什么资格瞅人恶心？狗眼看人低！想想小陈我都要掉眼泪，他怎么偏偏看上了你，这么好的一个人就要成为倒霉蛋儿了！"

"那正好让他离我远点，免得成倒霉蛋儿！你不是恨徐永林吗？那就让他成为倒霉蛋儿好了！"

突然的一个揣测惊得何玉兰几乎跳了起来。

"你是不是跟徐永林睡过觉了？"

秋慧真的跳了起来，声嘶力竭地喊："这是你当妈问的话？你再敢问一句我马上跟他上床睡觉！"

看到秋慧的反应，何玉兰知道问错了，反而给秋慧提了醒，逼急了，她能做出跳墙之举。瞬间，一个方案形成了。何玉兰知道现在以自己的力量是拉不回秋慧了，必须借力打力，而且要快，要赶在徐永林的魔爪伸出以前。陈跃刚是她选中的女婿，她要对他负责，要把一个完整的秋慧交给他。

姜还是老的辣。

"江秋慧，"何玉兰点名道姓，"你马上跟他上床，我马上杀了你，我也不活，一命对一命还是我划算！"

秋慧穿上衣服，"你逼我是不是？我现在就找徐永林去！我非跟他上床，别人我还不要呢！"

秋慧往外走，何玉兰不让，秋慧偏走，何玉兰偏不让，对峙几分钟后，两人撕扯起来。老江冲进来，强行将难解难分的母女拉开。秋慧号啕大哭，她的委屈从某种程度上证明了自身清白。何玉兰吃了大量救心丸后，告诉老江，看住江秋慧。然后她到邻居家打了个电话。

科级以上的干部才有资格安厂内电话。

时间是晚上八点。披头散发的何玉兰敲响朋友李秀荣家的门。

徐永林的母亲卢凤金也在李秀荣家，是根据何玉兰在电话里的要求，女主人把她找来的。李秀荣和卢凤金也是要好的朋友。

"我都没脸见你们，"何玉兰呜咽了，"卢姐，我要不是走投无路怎么能这么晚还把你折腾来？你多好，听秀荣说你的姑娘儿子都那么孝顺，人一辈子图个啥？像我，养出一个冤家来。我们家秋慧太不听话，今天跟这个好明天跟那个好，脚踩两只船，水性杨花，我跟她爸一辈子要脸，怎么生出了她这么个玩意，哎呀，跟别人都不好意思说呀！今天吃完饭，我想跟她谈谈，刚谈几句，她就急眼了，你看她把我踢的！"

何玉兰艰难地把棉裤往上拉拉，腿上有几块紫瘀，脚趾也肿了。另外两个女人发出惊愕的感叹声。

"从我爹到老江，没碰过我一指头，想不到第一个揍我的人竟是我孩子！我活得有啥意思？"何玉兰终于泪流满面。她想到了爹和往事，还有秋慧那张穷凶极恶的脸，"卢姐，叫你来没别的意思，我知道秋慧跟你家永林挺对脾气，你让永林劝劝她多尊重爸妈，别一点小事就跳脚蹦高。说心里话，永林从各方面都比秋慧强百倍，但你就那么一个儿子，真要找了秋慧这样的，全家人都跟着遭罪，她不是省油的灯，你想连妈都敢打的人，能孝顺公婆吗？"何玉兰的眼泪又喷了出来，"你们俩都是我的老大姐，这事到你们那儿就算打住了，我这人一辈子要脸，但凡过得去，我至于像个老疯婆子似的编派自己的姑娘？"

卢凤金听完何玉兰的哭诉后，回家就把儿子骂了，让他马上跟江秋慧断绝往来,徐家决不能娶个打爹骂娘的媳妇。

徐永林急忙解释,"她打爹骂娘跟我有什么关系?我对她一点儿意思没有,那么小个剂子,揣在兜里连脑袋都露不出来,能领出手吗?"

何玉兰当晚没睡着觉,她害怕,苦肉计演过火了。如果秋慧跟陈跃刚成不了,那以后是别想在南兴厂找对象了。卢凤金和李秀荣那都是春风嘴,心中装不住秘密。再者,她毕竟也不了解陈跃刚,只凭直觉就非把两个往一块捏,实在冒险,万一以后……她安慰自己,这么多年,通过职业与爱好做媒,她也算阅人无数,看走眼的极少。得不到老人祝福的婚姻幸福的没几桩。别的事她都可以开明或装着开明,但女儿们的婚事却是要干涉到底的。她看不起那样的老人,貌似开明、民主,儿女定什么样糟烂的亲都不干涉,实际上是不负责任的行为,怕管错了以后落埋怨。

第二天一早,何玉兰早早起来做饭,她给秋慧的饭盒里装了两样菜,炸小黄花鱼和地三鲜。地三鲜里的青椒茄子都属于冬天里的细菜,比肉贵,昨天她本想给小陈做的,但没舍得。秋慧、秋萍还躺着,何玉兰以平常语气叫她们起床。秋慧先起来了,到厨房洗脸,她眼睛肿得厉害,看来昨晚上哭得不轻。

何玉兰说:"秋慧,我们俩平时虽然不太对付,但我是你妈,等你有了孩子你就会知道我现在做得对不对。昨天有些话,我的确不该那么说,当时也是气蒙了,我跟你赔个不是。"

秋慧冷冷地说:"你用不着这么低三下四!"

"我死都不怕还怕低三下四！"何玉兰悲愤地回答，话里有威胁有服软。知道秋慧在瞪她，何玉兰一瘸一拐地走进小屋。这样的动作，对秋慧多少是有触动的，她想。

秋萍还赖在床上不起，昨晚何玉兰走了以后，秋慧找不到出气的，骂她看热闹不嫌事大，姐妹俩又吵了一架。秋慧跟母亲打架，秋萍向来只做看客，任"人脑袋打成狗脑袋"，从小到大，她特别善于从母亲和姐姐的矛盾中捞取资本，她的行为举止似乎都是为跟秋慧形成强烈反差而做出的。秋慧越张牙舞爪，秋萍越乖巧文静；秋慧不爱学习，秋萍手里似乎永远拿着课本；秋慧惹完祸拍屁股走人，留下悲痛的母亲就由秋萍来安慰。在秋慧的映衬下，秋萍自然得到父母更多的偏爱。

左喊一声右喊一声，秋萍还是不肯起床。何玉兰来气了。她对秋萍昨晚上隔岸观火的行为也有底火，尽管那是她故意挑起的武斗，但作为女儿和妹妹，任骨肉相残却一手不伸，何玉兰心寒。她不是看不出秋萍玩的城府，姐妹相比，还是秋慧的心眼更好些。

何玉兰骂道："江秋萍，你这样能考上大学我以后天天拿大顶上班！一让你干活你就说要学习，一让你学习你就去看电视！天天拿本书装洋相，书是用手看的吗？怪不得一到考试就狗屁不如！今年考不上，你别想再补习，该捡破烂就去捡破烂，该摆小摊就去摆小摊，我们没那么多钱让你糟害！"

秋萍趴在床上呜呜地哭了起来。

何玉兰骂了秋萍，秋慧心中的气得到有效分流，不那么郁闷了,尤其中午吃着地三鲜和黄花鱼的时候,她为母亲的腿略微愧疚了一下。因为良心发现,那天下午,她破例没去找徐永林。

5

陈跃刚又来找秋慧。为了给两人腾出地方,何玉兰让秋萍在小屋学习,自己拉着老江去看电影。她心里打着鼓,不知陈跃刚会受到什么待遇。

理智上,秋慧想跟陈跃刚,可感情上她还是喜欢徐永林那种赏心悦目的男人。陈跃刚在视野之外的时候,她认为应该努力再跟他试试。可一旦进入到视野里,她又觉得他太上赶子,贱了。女人在骨子里都是势力的,有受虐倾向,天生仰慕牛×的男人,尤其在未婚女人眼里,男人太慈眉善目了就像公鸡被削掉冠子拔掉翎子,失去的不仅是权威,还有性别,约等于被阉过。

秋慧兴致不高,仰在沙发上看天花板,偶尔冒几句尖酸话。陈跃刚津津有味地看电视,跟着剧情一起傻乐,还反客为主地动员秋慧跟他一起看。

陈跃刚一走,秋慧跟何玉兰说:"这人脸皮真厚,原子弹都炸不透。"

何玉兰说:"小陈是脾气好。再说脸皮厚也不是缺点,起码见人不怵。两口子总得有一个脸皮厚的，要不家里的事情谁出去办？咱们家你就看出来了，你爸脸皮薄，家里有天大的事也不出头。我托人打听过了，小陈他爸就怕老婆，脾气好，没有乱七八糟的事，而且不秃顶。你看徐永林他爸……"

何玉兰相信人的品性和长相一样，是随"根儿"的。男孩随爸，女孩随妈，根儿不好，难长出好苗来。

秋慧叹口气，"唉，他哪怕有一点儿高仓健的气质呢……"

何玉兰不屑地说："我最看不上高仓健，不就是冷着脸不说话吗？长得又丑！你要跟那样的男人在一起生活，你得死在我前头，活活闷死的！找丈夫是用来过日子的，不是用来供着的！"

"我爱不起来他。"

何玉兰说："只要你使劲儿去爱一个人就能爱起来！我跟你爸就这样。"

"爱是感觉，跟使劲儿没关系。"

秋慧觉得母亲连点常识都没有。

"有关系！"何玉兰坚定地说，"你看那些花样滑冰的运动员，凡是双人滑的，最后都成夫妻了。但双打运动员很少成夫妻的，因为他们肩膀不靠在一起，皮肤不贴在一起！所以，你只要跟小陈多拉手，多拥抱，就能爱上他。"

"我一碰他手，就起鸡皮疙瘩！"

"那你就忍着。鸡皮疙瘩又不是牛皮癣。"

何玉兰认为，秋慧的审美水平低跟老扎在工人堆里有关，交往的朋友也都是些讲吃讲穿思想肤浅的主儿，聚到一起从未谈论过比吃穿更高雅一点的事。何玉兰不禁总想仿效孟母来个"三迁",为此绞尽脑汁。

何玉兰曾给保过媒的大学生小赵在厂教育处当团委书记,他告诉何玉兰子弟中学的一个音乐老师正在办调转,能腾出一个空缺来。何玉兰问小赵这事谁能说了算,小赵说处长都未必好使,最稳妥的是找杜总师。杜总师是教育总师,主管教育、房产、医院,是厂里大权在握的人物。不用问,这种人家的门可不是好进的。他不在厂部办公,所以何玉兰不认识他。杜总师的两个孩子也很有出息,全在国外,婚事肯定不必求何玉兰插手了。

对调动的事,秋慧非常积极,这可以使她永久脱离体力劳动者行列。娘儿俩一起想路子。秋慧筛选出的唯一可能帮上自己的人就是徐永林。

靠理智说服感情是件难事。秋慧上下左右地衡量数遍,每次得出的结论都是陈跃刚比徐永林更适合做丈夫,但她还是喜欢徐永林,只要徐永林有个姿态,她真心实意想和他结婚。徐永林不表态,他从没打算娶秋慧,但对她的追求他也不回避,这是愿打愿挨的事,在对象没着落前,他喜欢跟秋慧黏糊着。

对陈跃刚,秋慧是能躲则躲,必须直面的时候,她就挖苦他,使唤他,折磨他。陈跃刚不是看不出来,看出来也还是情不自禁地喜欢。秋慧有趣,包括她的自私刻薄,她的朝三暮四,她的趾高气扬,她的不学无术都让陈跃刚感到有趣、鲜活,她把别人要掩饰的东西全亮到光天化日之下,像一出空城计,反而莫测了。何玉兰的糖衣炮弹是陈跃刚不舍秋慧的另一个理由，在短短的时间里，从吃到穿，何玉兰无不关怀到位，为报答她，陈跃刚想自己要对秋慧仁至义尽。人一旦有了自我牺牲的准备，什么样的苦都能吃了。

徐永林答应帮秋慧的忙，他跟厂长的儿子是同学，有一次还当着秋慧的面给远在北京的厂长儿子打电话，提帮忙的事。对方还没回绝，说会跟他爸讲这事。这样，秋慧就更有了离不开徐永林的理由。听说女儿还和徐永林勾搭，何玉兰决定一不做二不休。通过跟陈跃刚的正面接触和侧面打听，何玉兰更铁定了秋慧的丈夫非陈跃刚莫属的决心。于是，在跟李秀荣聊天时，她透露了一个惊人隐私……

这天晚上，秋慧在某秘密地点上了一辆伏尔加。车是徐永林借的，在南兴厂属于元老级的车，原来的主人是厂长，后来当了部长，再后来去世了。徐永林带秋慧去吃饭，一路上，他们在部长乘坐过的车上打情骂俏，徐永林不时腾出一只手袭向秋慧的胸部。小饭店不太干净，地点又偏，秋慧讥讽道，你好不容易出把血，还弄到这荒山野岭的地方，能省几个钱啊？徐永林有些不好意思，一个劲儿说菜味还可以。菜味果然挺地道的。标准的四菜一汤，剩不少，只有一盘红烧鲫鱼吃光了。

车直接开回了车库。车库大门哗地关上，秋慧突然意识到自己马上要为还来不及消化的四菜一汤付出代价了。徐永林呼吸里含着胃酸与红烧鲫鱼综合后的气味，秋慧感到恶心，她躲开他凑过来的嘴，越躲越诱惑徐永林得寸进尺，索性身体全盘挺进。生理上的恶心使秋慧清醒了，怎么算自己都不划算，四菜一汤是绝对不够的。

她说："咱俩不结婚，我是不能跟你干这事的。"

他说："这种事你又不是初学乍练，第二次跟第一万次没什么分别。"

她说："谁他妈说我不是初学乍练？"

他说："不是他妈，是你妈亲口说的。"

她说："你胡说八道！我妈跟谁说的？"

他说："跟谁说的你就别管了，反正是说了。说你被你对象给睡了！"

她说："你敢不敢白纸黑字写出来，再签字画押？"

他说："你们家事我可不掺和。要不就先让我试试，你要真头一次开苞，我就跟你结婚！"

秋慧火了，"我凭什么让你试？"

她挣扎要走。

晚了。徐永林压住她。一个梆硬的东西先顶到了秋慧的私处，硬度和手枪差不多。

等知道那个硬物是什么东西，秋慧感到极度恶心的同时也获得了信念，她要保住清白的证据回去跟母亲对质。徐永林脸上的汗水急切地冒出来，哼哼唧唧地哀求着。汗水流在不同男人脸上效果不同，有的显得酷、强悍，有的显得虚、可怜，徐永林属于后者。秋慧最看不得男人可怜，男人一旦经不起她崇拜，那就狗屁不如，对没给她任何承诺的男人，她决不负担他下半身的需要。秋慧破口大骂，骂何玉兰和徐永林。运输处车库对面正好是南兴厂扫黄办公室，作为公安处重点创收小组，扫黄人员尽职尽责昼伏夜行神出鬼没，令涉黄人员闻风丧胆。迫于险恶的地理位置，徐永林对江秋慧的强奸以未遂告终。

6

在江秋慧和徐永林坐在饭店吃饭的同时，何玉兰正往杜总师家走。她手里捧着一个塑料袋，可以清楚地看见里面装的是黄灿灿的粮食——老家产的大黄米，腋下还夹着一本画报，所以姿态显得特别吃力。原来，何玉兰打听到，杜总师的老婆王凤文是凤北县人，跟何玉兰的老家相邻，产的大黄米远近驰名。何玉兰想，人的口味是从小培养出来的，再富贵，也喜欢吃家乡的东西。近年来，由于大黄米产量低，不便贮存，种植得越来越少，基本上被黏玉米替代了，城市里根本看不到。何玉兰打电话让亲戚四处淘，才弄到五六斤。上领导家，什么都得考虑周全了，大包小裹的容易让外人产生联想。为了提高透明度，何玉兰索性将大黄米倒进一个塑料袋里。拿太多就刻意了，只装了三斤。一点粮食总不算行贿吧。

总师家的门上安了猫眼。何玉兰敲门，一个女人问了声谁呀。何玉兰说找王姐。王凤文开了门，她有些迷惑地看着眼前这个捧着大包，笑盈盈的陌生人。

"你是……"王凤文问。

"王姐,我是何玉兰,原来跟你在三十九车间一起待过。"

"哦,哦,进屋吧!"王凤文有点不好意思地让开道路。

直接找杜总师肯定是叫不开门的,所以来之前,何玉兰查了王凤文的档案,发现她走过好多单位,其中在三十九车间待过不到两年的时间,而且是在二十八年前。何玉兰断定,王凤文对于三十九车间的记忆应当是模糊的。所以,她把自己的履历也做了相应的篡改。

进屋坐定,王凤文端详着何玉兰说:"好像有点印象。唉,我在三十九车间待的时间太短,又过去这么长时间,都记不清了!"

"我待的时间更短,还是借调。"何玉兰简短地说,"怎么瞅你不见老啊!"

王凤文似乎是笑了一下,"哪能呢,都有三十年了吧!"

何玉兰略微想想,"二十八年。"

王凤文点头,"对,是。"

从进屋起,王凤文脸上的疑惑就没消失过,始终保持着戒备。来求办事的人太多,她已经有心理阴影了。在这种场合下提要求,必定被顶回来,何玉兰既要对上门的原因有所解释,消除对方的疑虑,又要让气氛活络起来。

她在大脑里飞快地杜撰出一个佴儿来。

"王姐,我想打听一下,你那在加拿大的闺女多大了?"

"二十八,咋了?"

"有对象了吗?"

"刚处了一个。"

何玉兰发出一声深表遗憾的长叹说:"本来我是想保个媒,我有个叔伯侄子在美国,三十多了还没对象呢!"

"有绿卡了吗?"

"有了。"

"干什么的?"

"大概在一个公司里当职员。"何玉兰回答道。她不知道杜总师的女儿在国外干什么,所以"叔伯侄子"的条件定位就要模糊点,以便能上能下。如果"侄子"太优秀,王凤文真动了心怎么办?可如果把"侄子"说得太马虎,又辱没了人家的宝贝女儿。"职员"是个空间很大的概念,可高薪可低薪,可高学历也可低学历。

"什么学历?"王凤文似乎真的感了兴趣。

何玉兰心里咯噔一下子,"是个硕士,在国内读的。"如果说得太高,免不了让对方惦记。

王凤文松了一口气道:"哦,我家薇薇硕士已经毕业了,准备攻博呢,现在找的这个对象是个博士。等她打电话回来,我问她有没有条件差不多的同学朋友啥的。"

何玉兰也长出了一口气。王凤文不会再惦记她这个住在乌托邦的侄儿了。

王凤文见对方不是来求自己丈夫的,而是热心肠来帮忙的,又是老乡,脸上的疑虑和戒备全都消失了。这时,何玉兰恰到好处地提出要走。王凤文客套地挽留，何玉兰展开那本来时在腋下夹着的时装杂志说："不了，得回去织毛衣，这是借的杂志，织完得赶紧还人家。"她将毛衣样子指给王凤文看，"你看，漂亮吧？我一眼就相中了。"

那是个外国女模特穿的毛衣外套，王凤文边看边发出啧啧的感叹，"哟，真漂亮。我家薇薇说，在国外，手工织的毛衣要比机器织的贵好多倍。"

何玉兰要的就是这种反应。她马上说："那我给薇薇织一件！"

王凤文半推半就，"那多不好意思啊，你天天还得上班……"

何玉兰笑着说："我是咱厂有名的织毛衣专家，你不知道吗？这样的粗线大毛衣，我四五天就织完了。"

王凤文朗声笑，"那么快？那可真是专家！哈哈，我一辈子也没学会舞针弄线。"

何玉兰像老朋友那样逗她，"我一辈子舞针弄线也没你穿得溜光水滑！你天生就是贵气人，不像我挨累操心的命。"

王凤文嗔怪地说："看你说的。哪天，我去买毛线！"

"不用，你买不好，反正我也要织，线一块买回来算了。把薇薇的尺寸给我。"

王凤文拿出件套装上衣，"肥瘦照这个织就行。哎呀，那我得给你钱！"

何玉兰拦住王凤文，"现在还不知用多少线呢，等织完再说。"

为了拿出专家的派头,何玉兰拒绝了王凤文递过来的皮尺,用手大致量了量衣服的尺寸。王凤文啧啧称奇。

何玉兰走到门口,强按下蓬勃的欲望,才没有把手伸向兜。兜里装着一个信封,信封里有五百块钱。何玉兰指指放在鞋箱处的塑料袋说:"亲戚刚拿来点大黄米,给你拿了点,尝尝新鲜吧!"

王凤文没舍得拒绝,认真地打开塑料袋看看,"大黄米现在可稀罕,买不着。我家老杜也爱吃这口。"

回家的路上,何玉兰兴奋地预见到,她和王凤文会成为好朋友。求人不是件难事,要看怎么求,求得妥帖、舒服,花小钱能办大事。

秋慧到家已经八点多了,她是从厂里走回来的,恐惧、气愤和急速行走使她大汗淋漓。没吵几句,秋慧就冲母亲抡起了菜刀。何玉兰在老江和邻居的保护下逃到大屋里死活不出来了,秋慧将门板砍得千疮百孔,声称要放火烧房跟全家同归于尽,还要割腕。

老江心惊胆战地说:"小何,你四处胡说八道,这可是要出人命的!"

何玉兰临乱不惊,坐在四面楚歌的屋里给杜总师的女儿织毛衣。毛线早备好的,原本想给秋萍织的。这种时候,谁的心态好,谁胜。她心里有谱,大女儿虽然脾气暴,但绝不是做烈女的品种,烈女都比较内向孤傲,通常是在神不知鬼不觉的情况下惊天地泣鬼神的。而秋慧太热爱生命了,她舍不得人间,轰轰烈烈地折腾过之后，最终是要就范的。

7

事情果然不出何玉兰所料，秋慧在床上躺了三天，大彻大悟了。第一天，她立志要当一辈子老姑娘，甚至考虑去尼姑庵，让何玉兰后半辈子在内疚、自责、脸面无光中度过。第二天，她想她跟谁也不跟陈跃刚，偏不让母亲的想法得逞。第三天，她想不跟陈跃刚还能跟谁呢，她跟陈跃刚睡过的消息早晚会像春风一样吹遍南兴厂的每个旮旯。跟陈跃刚总比没对象要好。

秋慧貌似有主见，实际没主见，她奋斗的目标很简单，就是站到人前脸上要有光。众人的审美观点就是她的奋斗目标。千百年来，中国最根深蒂固的常识就是正常人一定要结婚，到了年纪不结婚多多少少是不正常的。她江秋慧不能不正常。跟陈跃刚还有另外一个好处，那就是将来他们的孩子可以生活在"市里"了。

南兴厂所在的柳邨区离城区有三十多公里的距离，中间隔着大片农田，这让南兴厂的工人阶级总为自己的身份感到自卑。他们管城区叫"市里"。这一称谓便道出了"城乡"差别。

柳邨的女孩都想往市里嫁，这样起码身份可以抬高一个档次，秋慧也不例外。她下决心要为自己的终身和子孙们的前途去爱陈跃刚。上班后，秋慧主动给陈跃刚打了个电话。

晚上，陈跃刚来了，他冲何玉兰一家傻呵呵地乐。他的牙齿很小，整齐洁白，边缘有一定的弧度，这使他的笑意里带着童真。啊，他的牙真好看！秋慧在内心里用了个情感充沛的感叹句，好让那个惊叹号把自己的兴致拉动起来。

陈跃刚换下的棉皮鞋已经严重变形，沟壑纵横。秋慧看到又烦躁了，在他的身后命令道："进小屋，给我妹妹补补数学！"

她原定是要出去溜达的。

陈跃刚乖乖进了小屋给秋萍补数学。秋慧坐在大屋的沙发上边看电视边想，他还是有用的，省得给秋萍找家教了，所以，不要急着提分手。补了一会儿，陈跃刚出来了，说秋萍在做题。秋慧不满意地说："就补这么一会儿？你来一次倒多给她讲点啊！"

陈跃刚笑着说："好，一会儿再给她讲。"

何玉兰急忙插言，"小陈，你坐这儿看电视，让她自己复习吧。"

秋慧问："你高考数学打多少分？"

"一百一十七分。"

秋慧吓了一跳，"你智商挺高啊！理化呢？"

"物理九十八，化学九十六。"

秋慧不相信地说："要按你的成绩应该上清华啊！"

陈跃刚说："我背的东西不行，尤其是政治，才打了十七分。"

秋慧暗自感叹，他是个天才！她似乎正在内心里为陈跃刚建一座丰碑，累积一项该人的优点便往上添一块砖。

何玉兰插话，"政治可要跟得上。小陈，你写入党申请书了吗？"

陈跃刚干脆地说："没写，不想入那玩意儿。"

秋慧幸灾乐祸地看着何玉兰，好像终于看到他跟自己有了相同点。

何玉兰严肃地说："必须得写，我从进厂就开始写入党申请。"

秋慧不失时机地补充道："至今还是党员积极分子。白扯！"

何玉兰说："你有什么远见？男人必须得入党！"

陈跃刚瞅瞅秋慧咧了下嘴表示为难，像个挨老师呲儿的调皮学生。

秋慧说："就你这口才，上课不得把学生全讲睡了？"

陈跃刚笑道："是啊，上我课，睡觉的都是好学生。"

秋慧撇嘴，"那坏学生得啥样？"

陈跃刚说："不来上课，或者半道跑了。"

何玉兰笑了起来。

秋慧内心里突然蹿出一只手，把那座尚未完工的"丰碑"稀里哗啦推倒了。她看看表对陈跃刚说："你该回去了！"

陈跃刚走后，秋慧说："这人脸可真大。"

何玉兰问："怎么大了？"

秋慧说："还有脸说学生都不愿上他课。"

何玉兰说："秋慧，你怎么也鹅智商了，那叫幽默。"

秋慧强硬地说:"在我看就叫脸大。"

何玉兰说:"你自己脸大无边,还有资格说别人脸大!"

"我怎么瞅,他怎么像未发育成熟,腿也就这么长。"秋慧拿起母亲的毛衣针比量着,"坐到椅子上,腿都够不着地。"

何玉兰夺过针,"可他智商高!"

秋慧满脸悲怆地说:"那也补不到腿上!"

何玉兰悲伤地跟老江说:"陈跃刚真可怜,他怎么能看上秋慧呢?我要是他,宁可光棍,老实男人遇不着贤妻,一辈子就交代了。老江,你说我的贤惠劲儿,秋慧怎么一点没遗传上?"

她擦了擦眼睛,以防眼泪滴到杜总师女儿的毛衣上。

何玉兰说,只要你下决心去爱一个人就能爱起来。江秋慧下了决心去爱陈跃刚,可怎么也是爱不起来。她每天在脑海里摆陈跃刚一百个好,摆徐永林一百个不好,可她还是爱徐永林。甚至在"强奸未遂"之后,这爱反而强烈了。徐永林对她若即若离,似乎留着活口,秋慧便有些不死心。只要徐永林不需要她用身体的那个部位补救关系,她还是愿意跟他在一起。

为了培养感情,秋慧每天一上班就把饭盒放到仪表科的饭箱子里热上,然后中午过去和徐永林一起吃午饭。何玉兰从女儿的饭量上发现了不对头的地方,以前用来装饭的饭盒,现在装菜,每天都吃得精光。这天中午,她到工会找秋慧,工会的人阴阳怪气地说,你家秋慧的据点是仪表科。听得何玉兰满脸通红。

仪表科的校验室里,一群人正穿着白大褂在打扑克。何玉兰说找徐永林,一个人指指隔壁,"你得使点劲敲!"

何玉兰轻轻敲了几下,门打开了,是徐永林开的门。秋慧坐在里面,跟前的校验桌上放着两个人的饭盒,和一堆鱼骨头。见母亲进来,她吃惊不小,下意识地拉过一张报纸去盖那堆饭盒。

何玉兰站定,"秋慧,你把饭盒收拾好回单位,我要跟徐永林谈谈。"

秋慧潦草地将小饭盒装进大饭盒里,"妈,有话回去说吧,在这儿说影响不好。"

她过来拉母亲走。何玉兰拨开女儿的手对徐永林说:"徐永林啊,你们俩成不了,首先,你爸妈就不同意,他们要找个子高的儿媳妇,爹矬矬一个,妈矬矬一窝,这是影响子孙万代的事。秋慧还没三块豆腐高呢,他们能看上眼吗?其次,我们家有生女孩儿的传统,我妈是生了四个姑娘之后才得了一个儿子,我的几个姐妹头胎都是姑娘,秋慧能反了这个规律吗?你是家里唯一的儿子,要负责传宗接代的呀!从我们家这方面讲也不同意你们相处。虽然我们门第不高,但要求不低,我们家的女婿必须都得是大学生。所以,为了两家长辈的身体健康和你们各自的将来,从今天起你们不能再来往了!要不,两家人就坐在一起做个了断!"

徐永林脸通红,战战兢兢地说:"何姨,我一直把秋慧当成普通朋友。她一到中午就来,我又不能撵她走。"

秋慧两眼盯着窗外说:"徐永林,你狗屁不是!"

她将手里的饭盒一抖，勺子在里面产生刺耳的一响。

第二天，秋慧和徐永林在总装车间大厂房里见面。秋慧数落徐永林，"徐永林，你也叫个男人？我妈拿枪逼你了，你把自己择得一干二净？"

徐永林说："我看见你妈就哆嗦，顺便把实话都说出来了。"

秋慧直截了当地问："你到底啥态度？"

徐永林问："你要啥态度？"

"你能不能跟我？"

徐永林说："我第一怕我妈昏过去，第二怕你妈昏过去。"

秋慧说："第三，你不怕我昏过去。"

徐永林说："你活蹦乱跳的，一般刺激不透。我妈心脏不好，药瓶都随身带着。"

秋慧转身走了。

总装车间里一架飞机头正在跟机身进行对接。徐永林朝另一个门走去，他回头向秋慧离去的方向望望，却只见满眼紫蓝色的电焊火花在空中开放。

为了彻底斩断大女儿的情丝，何玉兰决定给徐永林介绍个对象。她在档案堆里淘了四天，终于锁定了一个目标。女孩是从农村出来的大学生，长相在中等，个子很高。何玉兰先跟熟人将女孩的脾气禀性打探一番，又亲自去女孩的单位进行面试，然后，她将掌握的情况做了适当过滤，向卢凤金做了汇报。卢凤金深为感动，认为何玉兰的举动几乎够得上是大义灭亲。女孩的条件也令她非常满意，和自己选儿媳的"双高双好"标准基本吻合：高个子，高学历，工作好，人品好。

卢凤金毕竟是个官太太，即使在絮絮叨叨的感谢里，也带着居高临下的挑剔，"永林相过的对象至少有一个加强连了，人要是条件太好吧，也容易错过机会。我和他爸老劝他，差不多就行了，哪有那么十全十美的。只要有知识有文化，个子在一米六五以上的就行。这个女孩子长相吧虽然不是那么太尽如人意，但也算说得过去，有个头在那儿撑着哪！我就怕永林找个个矮的，后代都跟着受连累。另一个关键是得有学问，以后培养孩子方面不用我们跟着操心……"

好像在跟何玉兰解释相不中秋慧的理由，听着心里添堵。

何玉兰回家后跟老江说："卢凤金是狗尿苔不济却长在金銮殿上——自以为长在金銮殿上，实际上离金銮殿差十万八千里呢！老徐也就是个副处级呗，给宰相看门房级别还不够呢！秋慧丢光了自己的脸不说，把我的脸也搭上了。不为了她，我能巴结着给徐永林找对象……"

知道母亲给徐永林充当媒人，秋慧竟意外地大度，"是应该给大鹅介绍一个了，我耽误他这么长时间。"

那语气倒好像是徐永林追她已久而不得。这是她第一次管徐永林叫大鹅，让何玉兰发出会心的微笑。秋慧是个聪明人，意识到跟徐永林结婚是不可能的事了，主动放手，至少保留面子上的优越感：是我秋慧先不要你的！而作为媒人的女儿，她还可以拥有一份间接操纵徐永林的特权。

8

给杜总师的女儿织完毛外套后,何玉兰又织了一副相配搭的帽子和手套亲自送上门。王凤文将毛外套穿到自己身上美滋滋地给杜总师看,嘴里念叨着,"我这老乡是咱厂有名的织毛衣专家。"

何玉兰跟王凤文的谈话从薇薇的学业到秋慧的学业,何玉兰叹口气说:"我那老大不听话,就喜欢唱歌跳舞,让学财会就说以后会贪污,非要学一个音乐文凭,在咱厂可能一辈子也用不上,除非上子弟学校当个音乐老师。"

王凤文问:"要是当代课音乐老师,她愿意去吗?挣得那么少。"

当时,教师职业不香,挣钱比同工龄的职员少。

何玉兰说:"那也去,女孩子,挣得少也比当工人强。现在我看国家挺重视教育,以后老师的工资也不一定就低到哪儿。"

王凤文低声说:"等我帮你问问老杜。"

何玉兰欲擒故纵地说:"要不太麻烦就帮我问问,别让姐夫为难。"

半个月后,秋慧如愿以偿地借调到子弟中学当音乐老师。何玉兰又来到杜总师家,拿出个信封给王凤文,里面装了五百块钱。王凤文立刻明白了是怎么回事,"小何,你要不把钱拿回去，我就跟你翻脸。"

何玉兰不拿，笑着往外走，王凤文穿起衣服追到外面，把信封塞给何玉兰说："我们以后还长着呢，别整这事！"

回到家中，何玉兰还沉浸在感动之中，她对秋慧说："你从小到大眼睛只盯在男生身上，其实，女人要处好了，比男人更有侠义心肠。你看，我跟你王姨才处几天？"

星期六，何玉兰偷偷将那个信封塞给陈跃刚，"跃刚，明天你带秋慧去逛逛商场，看见好衣服，给她买一套，你自己也买双皮鞋。秋慧逆反心理强，你要她向着便宜东西来，她保证拣最贵的那种。"

陈跃刚推辞，"何姨，我有钱。你放心，秋慧相中啥，我一定给她买。"

何玉兰说："何姨不是看不起你，但你工资低，还要多少给家里一点，我不能让她把你的生活费都挥霍了。本来，她到新单位，我也想给她买套衣服，那这个人情就不如让你来送。反正肥水不流外人田。你自己一定要买双皮鞋，让秋慧帮你挑。"

这是秋慧和陈跃刚第一次逛"市里"。对柳邨区的年轻人来讲，对象关系确立的标志就是一起逛市里买东西。坐在公共汽车上，虽然和陈跃刚手拉着手，秋慧心中没有喜悦。一路竟少有地沉默着。他们的头一齐扭向窗外，树木和田地飞快地从眼前掠过。

进了商场，秋慧如鱼得水，胜似闲庭信步。她不停地试各种档次的衣服，即使明显买不起的也要穿在身上蹂躏蹂躏。陈跃刚汗流浃背地跟在她后边拎包,每当看到她精心查看衣服质量时,他就紧张地准备掏钱买单。准岳母这笔钱成了一个负担。

秋慧穿着一件芥末黄的羊绒外套从试衣间里出来,在镜前转了一圈,问陈跃刚,跟刚才试的两千三的那件,哪个好。陈跃刚随口问多少钱,秋慧轻飘飘地说这个两千二。服务员立刻意识到陈跃刚是买主的移动银行,开始向他猛攻,以超快的语速介绍这款羊绒衣的优点。陈跃刚心惊肉跳,甚至联想到自己破产后的窘状,他急中生智说,还是那个好。实际上,秋慧试了太多的样式,陈跃刚根本记不得哪件是两千三了,他只是想在去买"两千三"的路程中,有时间来考虑自己是否该从这个败家女身边溜掉。

秋慧没奔两千三而去,而是挎着陈跃刚的胳膊漫无边际地看。有件两百八的套装,秋慧连试了三种颜色的。陈跃刚要去交钱,秋慧把他拉到一边,"死贵的,不买,走!"

陈跃刚那颗乱蹦不已的心终于平稳着陆,一身冷汗也蒸发掉百分之六十。他发现原来秋慧更享受购物的过程,而非结果。最后,秋慧买了一身套装和一条裤子料,总共花了一百六十多块钱,陈跃刚给买的单。秋慧非要把钱还给陈跃刚,陈跃刚不要。秋慧说:"你现在要是不接这钱,一旦咱俩吹了,我可不会还你钱,我只能把衣服和裤子料还给你。"

陈跃刚说:"吹了也不用你还,起码你穿这身衣服的时候,会想我一下。"

秋慧被那"一下"触动了,她觉得这词用得真好,心真的疼了一下。在物质社会里，钱永远是促进人与人之间关系的良药，适当地用上一剂，情感就会产生质的飞跃。秋慧诚心诚意地说："我才发现，你不是那种小男人。"

他们的晚饭是在工程学院吃的。饭后，陈跃刚领着秋慧去参观自己的宿舍。他们在暮色中，沿着碎石小路走。小路两旁的丁香花树和毛桃树在微风中嚓嚓作响。晚自习的学生三五成群地从他们身边经过。那些女生土里土气的，操着各式口音，叽叽喳喳地谈论着什么，那话题似乎有些高深。她们的左胸上都别着一枚校徽，白底，红字。这种情景，秋慧在上高中时曾经憧憬过。宿舍是陈跃刚跟另一个青年助教住，两张床之间放着一张写字台，上面两摞书垒得高高的，像座界碑。陈跃刚的校服胡乱地放在床上，秋慧很自然地拿起来，抻抻，挂到门上的挂钩上。校服左胸别着一枚校徽，红底，黑字，跟学生戴的颜色不同。床栏杆上落了很多灰，秋慧四周扫了一眼，见没有抹布，便从兜里掏出块手纸来擦，顺便把陈跃刚皮鞋上的一块脏物擦掉，那动作非常自然，好像擦的是自己的鞋。陈跃刚的脸盆已经破了，一块锡焊点在水底下闪着银光。洗完手，陈跃刚递过来一条颜色不明的毛巾，用过后手是黏的，大概用得太久，棉线开始腐烂了。秋慧抹了两下手，将毛巾团成一团扔到桌上，"这个就当抹布吧，到我家，我给你拿几条新的，我爸发了一堆。"

"学校生活苦吧？"陈跃刚不知是自嘲还是没话找话。

"我觉得人走在校园里显得特别有朝气。"秋慧由衷地说。

陈跃刚开玩笑,"你说的人,指的就是我吧!"

回家的路上,秋慧老是闻到工大食堂里各种菜肴混杂在一起的香味。她想母亲对知识分子的无条件崇拜还是遗传给了自己。

当中学音乐老师,八小时内工作量不算大,秋慧一周才九堂课,而且说被文化课挤占就挤占了。但学校的文艺活动多,又不可能让学生停课排练节目,所以秋慧要花去大量业余时间领学生练节目,经常晚饭顾不上吃。在排练节目的过程中,秋慧的艺术才能和组织才能得到充分发挥,这使她从一个不求上进的人突然变成了一个工作狂。

不知是跻身到知识分子行列,还是死心塌地地要跟陈跃刚结婚了,江秋慧开始张口闭口谈素质了。她常撇着嘴评论某人:"那啥素质啊!……那整个一工人素质……素质不好干啥能行?"她把陈跃刚的宿舍当成另外一个家,那个家的东西不知不觉就溜到这个家来了:脸盆、水杯、被面、毛巾、毯子、床单、肥皂……一只暖水瓶上还印有厂级劳模老江的尊姓大名。有时,她想到这辈子要跟陈跃刚在一起了,心里还是酸楚的,觉得自己活得亏,还没轰轰烈烈地爱,就要结婚生子了。

陈跃刚很黏秋慧,本身又不用坐班,动不动就到秋慧的学校来了。赶上秋慧有课,他或者是坐到教室后排听课,或者在秋慧的办公室里看报纸。如果秋慧晚上领学生练节目,他就找本书坐在旁边看,排练结束再送秋慧回家。学生们称他为"江老师的保镖"。

何玉兰虽然为他们之间有进展而高兴,但也不喜欢陈跃刚总去找秋慧,学校不是搞对象的地方,何况秋慧又是初来乍到,影响不好。说了几次,也没效果。秋慧对此视若无睹,她向来不太怕影响坏,而是怕没影响,有这么个大学教师整天黏糊着自己,她感觉身价提高了。再说,陈跃刚脾气好,秋慧跟学生或同事生气,可以拿他当出气筒使,说损就损。

何玉兰现在对陈跃刚满肚子意见,逮着机会就数落他的不是,不求上进啦,没男子气啦,秋萍的功课不帮忙啦……秋慧回敬道:"别因为他说了几句实话,你就受不了。你家秋萍要真有实力,别人念咒照样考得上。要是没那真本事,天天吃斋念佛也白搭。"

其实,何玉兰对陈跃刚的不满主要是因秋萍而起的。有一次,秋慧问陈跃刚:"你看我妹妹的架势,这次高考能不能考上?"陈跃刚实话实说,"大学肯定考不上,超常发挥也就够个中专吧。"

秋萍从小到大,手里似乎永远拿着一本书,那姿势让父母觉得很美。上了初中之后,秋萍成了家庭重点保护对象,家务活一手不伸,好东西紧她吃个够,父母愿意把自己当牛马使唤。失宠的秋慧心里自然不好受,她发现,秋萍不是爱读书,而是利用读书换取特权。当秋萍拿着本书发呆的时候,她却要为全家人洗衣服擦皮鞋。所以,多年来,她一直从事打假,不放过任何能戳穿秋萍的机会。秋慧把陈跃刚的话跟何玉兰学了,何玉兰不信陈跃刚能说出这种话,就当着秋慧的面问了。陈跃刚不改口，仍说秋萍考不上。何玉兰趁势让陈跃刚帮秋萍补一补，陈跃刚说补也没用，秋萍连最基本的学习方法都没掌握，现调教来不及了。

陈跃刚走后，何玉兰说："以前没发现这人嘴这么损，差点把我的心脏病气犯了。"

秋慧幸灾乐祸地说："是你自己引狼入室，后果自负吧！"为了在母亲的心脏上重击一下，她又回头加了一句，"话难听不等于说错了，走着瞧！"

正巧，秋萍上厕所，足足有四十分钟了。又是在里面看书。冲厕的声音响起，何玉兰等在门口，秋萍夹着书出来，何玉兰一把抢下书，迅速扫了一眼封面，抡起书劈头盖脸地砸向秋萍。

老江出来拉架，秋慧捡起打飞的封面给父亲看，懂事地说："都啥时候，还看小说？我妈能不生气吗？"

秋萍最怕暴力，只要一挨打就服软，也不挣扎，只是嘤嘤地抽泣或哽噎，很有美感，好像为了让对方把气出透，巨大的委屈都咽到自己肚子里。不像秋慧那样破死破活地号，嘴里还噼里啪啦地骂，手脚胡蹬乱踹。打着女儿，何玉兰也心疼了，停下手边哭边数落，并把陈跃刚的预言原原本本地学了一遍，以激发女儿的学习干劲。秋萍长长地喊了一声"妈"，扑到何玉兰怀里。何玉兰张开双臂，把女儿搂在怀中。两人同呼吸共抽泣，表情一致悲壮，仿佛在暗暗发誓，让陈跃刚的预言彻底破灭。

老江也生气地对秋慧说："我们对小陈这么好，他真是不该说这种话!"

秋慧开导老爸,"对学习他是内行,你们是外行。外行看热闹,内行看门道。你搞这么多年焊接还不明白吗,有些东西永远也焊不到一块去!"

老江迷惑地,"怎么说到焊接了呢,这事跟焊接有啥关系?"

秋慧阐明道:"我的意思是,秋萍跟大学焊不到一起去!"

好脾气的老江拿出平生最大力气吼道:"你给我滚犊子!"

9

音美组全是女教师,秋慧跟小尤教音乐,小吕跟年纪稍长的徐老师教美术。音美办公室形状狭长,只有十二三平米,放了四张办公桌和一个脚踏琴后变得十分拥挤。陈跃刚现在是这狭小空间里的一员,除了星期二和星期五外,他每天都来报到,有时还帮着打扫卫生,其他三名老师也不拿他当外人,该支使就支使。倒是秋慧动不动临风使性,经常是一语不和就把他晾在一边。遇到这种情况,总是冯老师陪陈跃刚聊天,她最小的孩子正读高二,聊天内容都是围绕着孩子的学习,有取经的意思。

这天上午,秋慧又烦了,撇开陈跃刚,在校内走动。她头上顶着个大墨镜,出去上厕所。厕所在室外,是最原始的那种,越在晴好的天气里,臭味飘得越远。一辆桑塔纳从大门驶进来,直冲秋慧而来,到了跟前,吱地刹住。车门打开,秋慧先看见一条长长的大腿落到地上,米色休闲裤,深咖啡色的休闲皮鞋。她认识这条大腿。徐永林身子悬在车里,也不说话,直瞅着秋慧,模样很酷。男人开上车,派头就不一样了。

"装个屁!"秋慧鄙视地扫了桑塔纳一眼。

徐永林还是直瞅着她,不说话,一个劲地装酷。

秋慧头上的大墨镜挂到眼睛上,大半张脸遮到了黑色的阴影中,树木、奶黄色的厕所、远处的楼房在两团镜片上扑朔迷离地晃动,刹那间,她的面庞显得无比复杂。

徐永林终于开口了,"上车!"

"干屁?"

徐永林望望天,"跟我去晒晒太阳。"

秋慧也望望天,"太阳又不是你家的,不跟你,我也照样晒太阳。"

"你不愿意晒太阳就进车里坐会儿。"

"你开的要是林肯,我就进去坐会儿。"

"那你就站着。"

"有事就说,我还要上楼织毛衣呢!"

"给谁织?"

"给我对象。"

"你妈给我介绍的那个对象黄了。"徐永林笑着说。

"我妈给我介绍的对象还处着呢。"秋慧也笑着说。

"他比我好吗?"

秋慧嫌恶地,"你俩没可比性!他是名牌大学老师,没花花肠子,脾气好,关键是智商高。哥德巴赫猜想的料。"

徐永林下了车,身体猛然比秋慧高出一大截。他很郑重地问:"在你心里,我跟他,谁好?"

秋慧明白徐永林的意思。在心里头,他还是好。可头是不能回,也不想回了。进学校以后,周围女教师的丈夫或恋人们几乎清一色的知识分子,她不想输于谁,嫁给陈跃刚的决心从未如此坚定过。但她又不想把话说绝,怕徐永林将双方关系斩草除根。她喜欢藕断丝连,在丈夫之外,还有另外的男人时刻惦记着自己。

秋慧说:"在我心里,你俩都挺好。"见徐永林面露得意之色,她又刺激他,"但对你,我只想索取,喜欢叫你为我花钱,领我到处玩。对他呢,我总想奉献,什么东西给他也不心疼。为他一针一针地织毛衣我不烦,要是你需要毛衣,我肯定叫你去买。这可能就是区别吧。"

下课铃声响了,成群的学生蹿出大门。操场喧闹起来。几个刚下课的老师也急着出来放松。

徐永林跨进车,还没启动,秋慧敲玻璃,徐永林摇下车窗。那只穿咖啡色休闲鞋的脚潇洒地踏在离合器上。

"你有时间吧?"

徐永林以为她要上来,打开车门,"要去晒太阳?"

"我找几个人陪你去南极晒太阳吧!"秋慧说。还没等徐永林反应过味儿来,秋慧已经把四个女教师叫过来,塞进车里。

"南极批发市场！"秋慧冲徐永林说，"给我批二十块透明皂。"她叮嘱同事们。

桑塔纳扬长而去，秋慧看见几个女同事的脑袋碰在一起，好像为什么事在开怀大笑。秋慧心里五味杂陈，颇似一个拾金不昧者，因为放弃一大笔钱而边自豪边懊悔。

陈跃刚正坐在办公室里看报纸。秋慧进来的第一眼先看椅子的下半部分，陈跃刚的腿自然地耷拉着，用脚尖踩着节拍儿。

秋慧生气地呵斥道："陈跃刚，你大小也是个大学老师，有时间能不能搞点科学发明，挣俩钱？天天腻在这里看报纸算怎么回事？快走吧，我们校长都找我谈话了，你再来，我就得失业！"

陈跃刚也不尴尬，嘻嘻一笑，"撵我走了？好，我回去搞发明了。"

屋里只剩下秋慧和冯老师。冯老师往前凑了凑，"小江，你怎么跟小陈不热乎呢？"

本来心就不顺，一有人拱火，秋慧逞能的劲儿又上来了，"不想跟他处了！"

冯老师感兴趣地说："真的？这么好的人，你舍得吗？"

"哪好啊？也不知道搞业务，整天在这儿腻乎着，像苍蝇似的轰不走，我烦死了！"

冯老师细声细气地劝，"那说明他爱你。"

"他越这么爱，我越烦。"

秋慧气哼哼地从卷柜里拿出毛衣，坐到墙角织。

冯老师善解人意地把门锁好，继续耐心地罗列陈跃刚的优点。秋慧的逆反心理极强，冯老师的劝解无疑火上浇油，更勾起她对陈跃刚的不满。手里的毛衣针和冯老师的话语秒针一样均匀地走动。秋慧问自己，如果这是徐永林的毛衣，你愿意织吗？答案是肯定的。又一笔账算到了陈跃刚的头上，她觉得为他牺牲了爱情。

"哎，你到底想不想跟小陈处了？"冯老师在百般规劝无效后问。

"不是不想，是干脆不处了！"秋慧简洁地回答。一部分是气话，一部分是真心。

冯老师面露悲伤，"哎呀，原来你是这种想法啊！小陈这个大好人，岂不伤心死了！"

这语气很像何玉兰，让秋慧反感，他是好人，难道就要叫我负担？她恶狠狠地说："我管他死不死呢！"

冯老师吓了一大跳，"真没想到你烦他到这种份儿上！"

秋慧说："我烦他的脚，就这么大——"她用拇指和中指比画着，"我也烦他的腿，就这么长。"她举起一根竹针。她又想徐永林开车的样子，那只脚不是踩在离合器上，而是踩在她心门上，凉凉地汩汩地，冒血。

冯老师说："那你俩确实没法处了，有些缺点是可以被时间淡化的，有些则淡化不了，比如他的腿和脚，只要长在他的身体上就会惹你烦，如此下去恶性循环，烦了更烦。"

冯老师平时说话颠三倒四，不知为什么，今天说话特别有哲理。

秋慧被点拨醒了,仿佛看到自己的感情被那双腿挡住了去路。她说:"是啊,我又不能让他接一截腿,那不得天天烦躁?所以,还是分手吧,谁也别耽误谁。"

"下决心了?"冯老师追问道。

"下了!"

冯老师说:"既然你下决心跟小陈分手了,我想给他介绍一个。小陈被甩也挺可怜的。"

秋慧抬头看看微笑着的冯老师,醒悟到她今天循循善诱并富有哲理的话语是预先挖好的坑,逗引自己往里跳。

秋慧强忍愤怒,面带鼓励的微笑问:"谁啊?"

"我叔家孩子,正规大学生,在市外贸局上班,长得也挺漂亮。"

"多高个?"因为自己长得矮,秋慧看人先看个头。

"一米六三。"

"那么好的条件,能看中陈跃刚吗?"

冯老师肯定地说:"能同意。我表妹的标准是第一看人品,第二看学历。再说,陈跃刚长相也不错,就是个子矮点。这算啥缺点啊,伟人都是小个子!报纸上说了,小个子的人都聪明,让心眼儿给坠住了。"

秋慧也循循善诱,"你表妹的条件比我强多了,陈跃刚肯定能同意。这个媒,是你做,还是我做?"

冯老师爽快地说:"谁都行。要不,你跟他说?"

秋慧似乎也很急，"定哪天见面？"

"哪天都行，看小陈的方便。"

秋慧腾地站起来，顺手拉出一根毛衣针来，织好的毛衣立刻脱线一大片。

她挥起竹针直指冯老师，"姓冯的，你太阴损了你！你表妹怕守寡啊，来抢别人的对象？我告诉你，陈跃刚就是我的人了，他要跟你表妹，我就当第三者，决不让他俩过好！"

冯老师吓得直作揖，"小江，我问你有一个多小时，是你自己一直咬定要跟他分手啊！"

10

当天夜里，秋慧做了个梦，梦见陈跃刚去旅行结婚，而新婚妻子竟是自己办公室的美术老师小吕。醒来后，秋慧发现枕巾是湿的。到了办公室，由于昨夜梦魇还残留心底，秋慧瞅着小吕觉得很别扭，那股嫉妒劲儿挥之不去。由此，她想自己是爱陈跃刚的，不然怎么会嫉妒呢。她在脑海里不时地勾勒出陈跃刚的腿和脚，说服自己跟它多磨合，以求长期共存。

当秋慧跟母亲把"结婚"二字说出口时，心里在想着徐永林说"跟我去晒晒太阳"的情景。过了半晌，她才醒悟过来，自己是要跟陈跃刚结婚。仿佛真被刺眼的阳光晃了一下，她的眼睛酸疼了。

何玉兰一颗久悬着的心落了下来。看见女儿眼圈红了,她也几乎热泪盈眶,内心获得巨大的成就感,好像赤手空拳把一列脱轨的火车拉上正轨。

结婚的决定一下,秋慧就暗示陈跃刚通知父母会亲家,她是个传统的人,觉得双方家长定下来的婚姻才算明媒正娶。陈跃刚不知是没听明白还是慢性子,十多天过去也没给秋慧一个回复。秋慧虽然是个急性子,可被陈跃刚死追惯了,不想在节骨眼儿掉头倒追,认为还是要适当拿些把儿,只好干等着他主动。

何玉兰觉察到有什么不妥,问秋慧。秋慧一向爱面子,母亲的追问让她一下子品味到了从大热门到无人问津的凄凉,所以很烦躁,说话也没有好声气,扬言对陈跃刚仍在观察阶段,结婚为时尚早。到什么时候,她嘴都是硬的。

秋慧只去过陈跃刚家三次。陈跃刚父母对她不冷不热的,没说过同意也没说过不同意,有任其自生自灭的意思。秋慧一看陈跃刚家的条件和父母的那种态度,当时真不想处了。陈跃刚劝秋慧别介意,说我爸我妈就是对自己的孩子也从来没亲热过,当初我哥跟我嫂子处对象时,他们也不闻不问,可现在不照样帮我哥看小孩!

这些事情,秋慧在家也轻描淡写地提过。因为何玉兰知道陈跃刚一直跟爷爷奶奶生活到十岁,对爹妈不亲,所以她觉得他父母的这种态度不属于反常。

趁单位没人的时候,何玉兰禁不住给陈跃刚打了个电话。

在嘘寒问暖之后，陈跃刚期期艾艾地说过不了家庭这一关。何玉兰刚着陆的心又蹦了起来，安了会儿神，她问："你呢？"陈跃刚说："我是想跟秋慧结婚，就是怕秋慧嫌弃，家里不会出一分钱，我连洞房都没有，把秋慧往哪儿接呀？"

何玉兰说："钱和房你都不用考虑，我保证把你们的婚礼办得风风光光的。结了婚你们就跟我一起住，等有了孩子，我还可以帮着照顾。就定在八月十六号吧，星期天，阴历阳历都是双日子，秋萍高考也结束了。一会儿，你给秋慧打个电话，看该买什么结婚用品，商量一下。"

不容陈跃刚质疑，何玉兰挂断了电话。

接到母亲的电话，秋慧说："本来我跟他还有些犹豫，这回他家不是不同意吗？我倒是铁了心要跟他结婚，看谁能争过谁！"

何玉兰清楚，秋慧嘴上硬，心里不知怎么难受呢。

和母亲一通完电话，秋慧就坐公交车奔工大而去。进了寝室的门什么话也不说，一把扯下晾绳上的衣服，晾绳弹起，上面的短裤、袜子飘落下来，陈跃刚慌忙跟在后面接。秋慧坐在床上叠衣服，陈跃刚坐在对面目不转睛地看着她。她的剪影非常优美，每件衣服都叠得严丝合缝，边边角角小心摩挲平整，连变了形的棉线衬衣都叠成了笔挺的长方形。以前，她给他洗完衣服，只要不是穿在外面的衣服，就随手团成一团放进箱子里。那两条短裤头是她给他买的，纯棉的，T骨处已经染成了令人羞愧的黄色。秋慧的眼泪掉了下来。陈跃刚拿起毛巾帮她擦。

除了抽泣之外，秋慧不说不闹，安静得一反常态。她把裤头叠成长条，再卷成卷。袜子也叠成没开封时的样子。她仿佛要抓住最后机会贤惠一把，用华丽的转身让陈跃刚怀念一辈子。

陈跃刚也禁不住泪眼婆娑。对秋慧，要说有爱得多深倒谈不上，更多是舍不得。他特想跟她在一起过日子。他喜欢江家的生活氛围，看到何玉兰就看到未来的秋慧。陈跃刚的母亲是个淡漠的人，从没有——至少没表现过参与俗世生活的兴致，除了爱打麻将外，没见她对什么表示过热情或执着。她不会做针线活，缝双袜子都要求人。因为她自己吃什么都香，所以认为别人也拥有同样良好的胃口，饭菜怎么省事就怎么做。对儿女感情淡漠，在陈跃刚的印象里，他从未得到过来自母亲的爱抚。当年，陈跃刚考上大学，她的第一反应是为求谁来帮着做床新被子而发愁。秋慧正好相反。她有热乎气儿，任何时候都保持着极高的参与生活的热情，又有趣，她能把简单的事情弄得很复杂，又能把复杂的事情弄得很简单。她对他的冷淡、呵斥、嘲讽都带着强烈的控制欲，吃喝拉撒都要过问。陈跃刚坚信，这样的女人会为家庭带来生机。

陈跃刚从抽屉里拿出一个存折，递给秋慧，"我就这二百四十块钱的存款和每月一百三十二块五的收入，你要是觉得这个条件还凑合，那我们就八月十六号结婚。"

秋慧擦干泪水，从兜里掏出一个红宝石戒指自己戴到左手无名指上，"怎么样？花十三块钱买的！"

秋慧结婚，何玉兰办了三十二桌酒席。来宾中，除了陈跃刚的十几个同学和同事外,其他全是娘家客人。婚礼的气氛轰轰烈烈,但婆家没一个亲戚到场,多少让何玉兰和秋慧感到尴尬。而最不是滋味的是秋萍,她经历了第三个黑色七月,高考再次落榜,离录取分数线越来越远。为了避免亲朋的询问,秋萍只在接亲的时候露了一面,就再也不见踪影了。

江家腾出小屋给秋慧两口子做洞房。秋萍只能和父母一起睡大屋,极感不适应,再加上落榜的打击,脆弱得不分场合地点,让她干家务也哭,某句话不对撇子了也哭。说话轻声细气,娇滴滴的,好像与世无争又任人宰割。她可以一整天不出门,别人去上班,她就在家里睡觉,吃零食,看电视。等家里人吃饭的时候,她已经没了食欲,只在母亲的强迫下才勉强咽几粒米饭。夜里,她翻来覆去,折叠床咯吱吱的响声让何玉兰和老江心惊肉跳,不停地对她嘘寒问暖。

背着秋萍,何玉兰担忧地说:"秋萍不会出精神问题吧?"

"虱子多了不咬,她都落三次榜了,要发神经早神经了!"秋慧说。

何玉兰指着她,"秋慧,你心眼子真不好,就这么一个妹妹,你还老看不上她。哎呀,我和你爸都没了以后,你们能相依为命吗?"

秋慧高声说:"她是用苦肉计把你们吓住,这样就不敢埋怨她了!"

11

不久，陈跃刚申请的寝室批了下来。工程学院四舍201寝室。简单收拾一下，两人就住进去了。四舍是男宿舍，住的都是本科生。秋慧自称舍花，万绿丛中一点红。

晚上八点半以后，宿舍禁止女生进入，男大学生们便赤着上身穿着短裤在楼里招摇。所以秋慧必须在八点半以前把洗漱拉撒等琐事全部搞定，然后就不再出门了。宿舍没有女厕所，她要在"宵禁"时方便，只能撒到洗脚盆里，满屋都是臊味不说，那令人羞愧的响声在静夜里像鼓槌敲在铜锣上，楼下肯定听得一清二楚。第一次起夜，吓得秋慧恨不得把后半泼尿憋回去。她想了个办法，从工厂里要了些海绵，将盆底垫块海绵，这样就可以避免那难以忍受的声音了。但陈跃刚不同意，说海绵会把厕所堵了。他负责倒尿盆。秋慧就准备了个长夹子，让他倒的时候先把海绵夹到垃圾桶里。陈跃刚很不情愿地用了一天，就把夹子丢了，大概是故意弄丢的。

"我能住上个带厕所的房子就心满意足了。"秋慧说。她目光茫然，好像在遥想一个不可实现的蓝图。

最难受的还是早晨。秋慧因为通勤不得不六点十五就从寝室出来，在走廊里常遇到裸体95%以上的男生上厕所。当"大卫"们突然发现对面走来的是个女人时，那个部位总会悚然颤动一下。

有天晚上，秋慧在迷迷糊糊中觉得有个东西落在自己脖子上，借着半窗月光，她瞥见一个黑色的东西从被子上掠过。耗子！她惊呼一声，推醒陈跃刚。陈跃刚含混地说了声没事儿，就又睡了。秋慧不敢睡，她找到还没来得及扔的一个扁形铁罐头盒，塞进去小块牛肉干，放到窗台上。月光正好能照见小盒子。不知盯了多久，可疑分子出现了。一只小老鼠走到罐头盒上，嗅着。怕惊动老鼠，秋慧没敢叫醒陈跃刚。它试探着钻到盒子里面。秋慧一跃而起，将铁皮盖子嘎地按了下去。老鼠只来得及露出个头，吱了半声，就被铁皮盖子深深插入脖颈，两眼暴凸。秋慧不敢看，急忙喊醒丈夫。陈跃刚吓了一跳，他拿着罐头盒边往外走边说："你这娘们儿真狠。"

陈跃刚进屋时，秋慧在洗澡。她两眼火星直迸，用毛巾来回搓着脖子。陈跃刚什么也不敢说，乖乖给打了两壶开水。

住了两个星期的宿舍，秋慧每晚都靠吃东西骂陈跃刚来解闷儿，体重暴增了两公斤，她本来个子小，两公斤肉添到身上，体形立刻富态了。这天一下班，秋慧拎着要洗的大件衣物和床单被罩回到家中。

秋萍开的门，见她大包小裹的吓了一跳，脱口便问："你不在家住呀？"

秋慧说："今晚在家住呀！"

"我是说你市里的家。"秋萍解释道。

"那个寝室我们不想住了，太不方便，我想把它租给考研的人。现在一张床就能租二十块钱，我那寝室可以放四张床。"秋慧面露得意之色，好像每月已有八十块钱入袋。

小屋现在是秋萍住着，已经占有的阵地就不愿轻易放弃了。

"要是你们回来住，就这样，姐夫和咱爸睡小屋，咱仨睡大屋。我现在神经衰弱，咱爸打呼噜跟过火车似的。"

听了秋萍的话，秋慧不高兴了，心想，你要是个儿子排挤我还说得过去，咱俩可是平等的，有你住的地方就得有我住的地方。

秋慧从包里抱出一堆衣服塞到洗衣机里，按钮。为了超越洗衣机开动的声响，她高声道："你怎么老弄得跟林黛玉似的？也不看自己生长在啥环境，专门感染富贵病！"

秋萍知道什么话在等着她，不敢恋战，急忙关上小屋的门。她嘴拙，胆子小，遇到秋慧动怒，她立刻缴械，然后由母亲替她出气。

何玉兰一见到秋慧，还以为她怀孕了。

"我可不想生个小萝卜头。"秋慧坚决地说。

何玉兰不明其意。

秋慧说："那个破宿舍跟监狱是一码事。"

她添油加醋地把身处环境之恶劣描述了一番，希望借此打动母亲的恻隐之心。

老江爱女心切，急忙答应："那你们就回来住吧！"

这态显然表错了，他被暗中踢了一脚。

没有秋慧和陈跃刚的日子，何玉兰觉得周围清爽不少，秋萍的情绪也明显好转。何玉兰有盘算，秋萍马上要读自费大专了，接下来就得开始找对象，真谈上了需要空间，所以她坚决要阻止他们两口子回家住。她急忙说："监狱还把你住得又白又胖呢！适应就好了，跃刚不是说他那些同事都是这么过来的嘛，有房就不错了，总比住咱厂的母子宿舍宽敞吧！"

秋慧听出母亲的意思，不高兴地质问道："你不是早许过愿，让我们结婚后住在家里吗，还说以后帮着照看孩子！"

何玉兰说："我是说，如果你们没房子，就住在娘家。现在你们有房子了！"

"那叫房子吗？"

"能放张床就叫房子！"

"我准备把寝室租出去了！"

"租多少钱？"何玉兰问。

"还没定，看人有几个。"秋慧留了一手。

"多少钱也不能租！若是让学校知道了，以后不给你们分房了。越艰苦你们就越要住下去，这是必要的一步，得让跃刚他们领导感到压力才好呢！"

洗衣机轰隆隆响着，秋慧的大脑也同涡轮似的高速运转着，面对拒绝，自己应该摆什么姿态。母亲脸变得是够快的，他们往宿舍搬时，她还说住不习惯就回来，可才过十几天，就把自己说过的话全盘否定了。作为嫁出去的人，秋慧无法名正言顺地要求居留权，一腔怨气只好憋到肚子里。

窗外秋风呼啸，冬天马上到了。秋慧觉得寒风预先刮到自己身上。婆家不亲，娘家不爱，丈夫又穷又窝囊。难免又想到徐永林。如果当初不是母亲横拦竖挡，她至少可以住在一个带厕所的房子里，享受正常人的自由与闲适，用不着蹲监狱，用不着与老鼠为伍，也用不着通勤。母亲把一切搞乱了套，后果却由她独自承担。

"我不让你们回来有个最主要的原因。"何玉兰人在屋里，画外音先传了过来，大概是刚想到这一点儿，"你们要是长期住我这儿，人都变散了，天天晚上不是出去跳舞就是看电影，连书皮儿都不摸一下。跃刚是本科毕业当大学老师，那点学历哪儿能够？人家可都是硕士博士！不考研的话将来评职称都有困难，秋慧，我看你还是陪你丈夫在宿舍里发奋苦读吧！"

和小学没毕业的岳母相比，陈跃刚追求知识或学历的劲头要小得多，事业上得过且过。为了让女婿考研，何玉兰恩威并施，甚至答应如果在他读研期间秋慧生了孩子，她就退休照看外孙或全额提供保姆费，弄得陈跃刚几乎不好意思跟她见面。私下里，他和秋慧说："你妈要求也太高了，我相信，硕士绝对满足不了她的胃口，以后肯定还得让我考博士博士后院士，最后，把我逼成个英年早逝！"

在让陈跃刚考研的问题上，秋慧和母亲的立场不太一致。陈跃刚的懒散、不上进、没事业心让她极度失望，她以前从未见过这么容易知足的人。可现在，她偏不要跟母亲站在同一阵线。她说："考研的问题还是让跃刚自己拿主意吧，我不想给他太大的压力，现在我们的首要目标就是好好享受生活，怎么舒心怎么过。"

秋慧的口吻完全是贤妻良母式的,但她说话时眼前闪过的画面却是陈跃刚在台灯下发奋苦读,一双玉手将一杯牛奶轻轻放在桌上。那双玉手是她自己的。

何玉兰大呼:"秋慧,你是个大傻瓜!"

秋慧说:"跃刚为了我众叛亲离,我不疼他谁疼他?他不愿意的事我决不逼他。"

本是为了气母亲的,但秋慧说得真了,便有点动情。世界上真正疼她的人只剩下一个半了,一个是陈跃刚,半个是父亲老江。

何玉兰生气地说:"他要老是个小助教,生个孩子都养不起!"

"我明天就开始吃避孕药。"秋慧大声说。等全家人的目光都聚拢过来后,她接着补充道,"我决不能生个小萝卜头!"

秋慧看得出来,这句话,给父母打击很大。何玉兰冲老江和秋萍说:"你们看,我早说过,陈跃刚跟她是要倒霉的!"

第二天中午,秋慧鬼使神差地请了半天假,坐公交车回市里了。她没回宿舍,直接去教学楼找卢琼。

卢琼和丈夫都是陈跃刚的大学同学,三人一同留校,关系非常好。秋慧一向善于打点外围关系,自认识卢琼之后,两人就结成了死党,无话不谈。卢琼硕士已经毕业,她丈夫盛远东正在英国读博士,两人一直极力撺掇陈跃刚考研。秋慧拖着卢琼到学院的考研班给陈跃刚报了名。

当天晚上，上课归来的陈跃刚走进201时，还以为自己走错了房间。书桌上铺了一块新的亚麻台布，面包红肠放在小藤篓里，两瓶啤酒，一根未点燃的蜡烛摇摇欲坠。

秋慧的脸笑成一朵花。搬进201后，她天天都是横眉立目，张嘴就骂人。冷不丁这样一笑，挺瘆人的。

"媳妇儿，你这样我实在害怕。"

"我笑得不好看？"

"你骂人是正常，微笑是反常，就像冬天打雷公鸡下蛋一样，违反自然常态了。"

那朵花更加灿烂了些，"你考研期间，我天天这样笑。"

"那我就更害怕了，我真是不想考……""考"字刚出口，陈跃刚眼前刮来寒流，那朵花迅速凋零。他急忙改口，"我是为你复习，为你考，自己是死活不想考。再说，还有三个月就考了，现在才复习来得及吗？"

陈跃刚曾给秋慧讲过，他其实是个最不喜欢读书的人，高一下半学期才开始发力，虽然考上了重点大学，但也累伤了，见到书就恶心。他发誓，以后随遇而安，再好的前程也不去"试"了。

"跃刚，你能考上。虽然还有三个月，但别人的三个月要复习四科，而你呢，两门专业课不用管，教了好几年，背也背下来了。你只需复习外语和政治，所以就等于你还有六个月的时间。那些人白天要上班，而你不用坐班，去掉一周两节课的时间，这三个月你比别人至少可以多出七百个小时，这样，你的复习时间又比别人多出一个月,总共是七个月。你报的是本校的研究生,只要沾边就能录取,这优势等于两个月。这样,你的三个月相当于别人的九个月。"

日历上明明还有三个月,她却能翻了三倍。陈跃刚傻眼了,想不到还有这种不讲理的算法。

"秋慧,你不能光用加法算啊……"

"减法我也会算。你上半年不是参加了职称英语培训吗,有一个月吧?减去这一个月复习的东西,你又赚了一个月!"

"怎么加法减法都是我吃亏啊?"

"闭嘴,不要斤斤计较!"秋慧厉声制止道。

蜡烛还没等点就倒下了。她拿过一个小花盆,拔去里面种下就死去了的灯笼花秧儿,将蜡烛插进去,点着。电灯关掉了,只有一小束烛光在陶制花盆里盛开。

室内的气氛温暖起来。秋慧用牙齿咬开啤酒瓶盖,递给陈跃刚,自己又咬开另一支。她举起酒瓶,"跃刚,今后你分内的事就是考研,我分内的事就是侍候你。虽说是嫁鸡随鸡,但为了我将来的儿子,我要把你逼成一条龙!"

秋慧吹瓶饮,姿态雄壮,和海藻样游动的烛光拧成一股刚柔并济的力量,压在陈跃刚的心坎上。

从这个晚上开始,201寝室这个舞台突然变大变热闹了,让江秋慧找到了适合的角色。她置办了锅碗瓢盆等日用品,晚上陈跃刚去上课,她就翻食谱,琢磨为丈夫做什么消夜。有时,她还要帮着陈跃刚复习,提问些政治题,弄到后半夜才睡。日子好像短了,没来得及感到寂寞,一天就过去了。她第一次体会到理想的动力是如此巨大,能让人眨眼间脱胎换骨。

12

秋慧的婚姻大事尘埃落定,何玉兰又开始忙活秋萍。这一年转眼就要过去,秋萍直奔二十二周岁了。

何玉兰内心焦急,女孩子过了二十四周岁就是明日黄花,要是在这个临界点之前不找个好对象,那今后就只能期待奇迹出现了。虽然秋萍在个头上高出秋慧两厘米,但长相不如姐姐,也不够机灵活泼,倒是一副乖乖女形象,整天作发奋苦读状,使何玉兰产生错觉,不惜砸锅卖铁也要把二女儿培养成知识分子。这回,锅肯定保住了。何玉兰心中后悔,早知这样,还不如让秋萍初中毕业就去考幼师,起码接受些艺术训练,把气质熏陶一下,而且可以有个稳定的工作。现在秋萍是站没站相,坐没坐相,长得又其貌不扬气质平平。看来,把女孩子按知识分子培养是有风险的,高考一旦落榜就等于全盘皆输。

秋萍上的是商学院分校,自费大专,不包分配。学校在市内,需要倒一次公车,秋萍就每天坐一次单位的通勤车,可直达学校。如果上电视大学,可有直达公车,学费也便宜好多,但何玉兰不同意,电视大学听上去就是杂牌军。

有一些日子,何玉兰发现秋萍总是回来得很晚,早过了通勤车时间,她觉着不对劲儿,叫上老江一起去通勤车站接。

果然,发现了情况。离老远,何玉兰就看见一个男孩站在通往车站的路灯下面,大概是冷了,原地跺脚,来了车也不上。走近,她认出那个男孩是秋萍的高中同学,叫什么忘了,以前来过她家,好像已经参加工作了。秋萍从初中到高中都是普通学校,同学里考上正规大学的几乎没有。男孩也认出了他们,没打招呼,慌慌张张地朝别处走去。何玉兰突然意识到了什么,她拉着老江没停,一直向前走,好像只是路过此地的样子。他们进了厂图书馆,这里有一面窗户可以清楚地看到通勤车站。老江坐下来看报纸,何玉兰趴在窗玻璃上,向外张望。

男孩又回来了,这回是老老实实站着的。他身材修长,长相英俊,站在人群里,还是很打眼的。

秋萍下了车。男孩迎了上去,接过她的书包。众目睽睽下,竟用手焐了焐秋萍的脸!

两人手挽手消失在何玉兰的视线之外。

这么多年,秋萍除了高考让父母操些心外,其他方面基本按照父母的安排来,和秋慧形成鲜明对比。她胆小,听话,害羞,一吓唬就灵。在何玉兰和老江心目中,秋萍单纯,根本不会搞对象。正因为这样,他们对秋萍信任有加,不像对秋慧那样死看死守,凡事要盘问个明白。就在两天前,何玉兰还告诫她,千万不要在同学堆里找对象,必须要找个正规大学毕业的。秋萍当时乖巧地答应了。她的乖巧蒙骗了全家人!

在秋萍回家之前的一个多小时时间里,何玉兰一直在酝酿情绪。小女儿的性格弱点一旦被男孩利用，极容易造成藕断丝连的结果。何玉兰明白，这火不发则已，发就发个惊天动地，先把女儿镇住，然后再用母爱抚慰她破碎的心。

秋萍带着一身寒气进屋了，哼哼唧唧地说外面冷。

何玉兰迫不及待地揭穿她，"我更冷，心冷！"

老江怕女儿吃不上饭，急忙抢在妻子爆发之前把饭菜端到桌上。

"老江，你把饭菜拿走！她今后有没有资格端这个家的饭碗要由我来决定。江秋萍，咱俩不必讲废话，你跟那小子怎么回事？"

不知是害怕还是冷的，秋萍的身体颤抖起来。她把来不及摘掉的挎包抱在怀里，惊恐地看着父母。嘴一瘪，眼泪就下来了。

"先别忙着哭，说清楚，讲实话！"何玉兰的语调稍微缓和下来。

事情没有想象的难度那么大。一问，秋萍就坦白交代了，何玉兰胸中预备燎原的大火还来不及点燃，她愧疚的泪水就把母亲的火种给冲走了。何玉兰直接用母爱去安慰她。

秋萍和杨纪彪同学的爱尚在萌芽状态，虽然读高中的时候，杨同学就追过她，但真正捅破窗户纸还是在秋萍上大专以后。秋萍答应他也不是因为有多爱，而是觉得需要一个对象处处就一拍即合。三次高考落榜的经历使秋萍对知识分子的崇拜更胜于母亲，但她有些破罐破摔，觉得依自己的条件，不太有可能找到大学生对象的。男同学的条件她也没看上，没学历，在区园林管理处上班，园林工人，说白了就是挖坑种树的。他家里生活也很困难，母亲没工作，父亲原在园林处工作，为了让他接班提前退了休，退休金少得可怜。

何玉兰相信秋萍的话，如果真有爱情，可能几年前就出状况了。她拿秋慧做例子来鼓励秋萍，"你姐当初找到陈跃刚的时候年纪比你现在大，学历没你高，个子也没你高，但陈跃刚差吗？不照样让你姐治得服服帖帖的！"

"我姐有正经工作呀，我上这学又不包分配，将来工作都难找。"秋萍说。

"你的工作包在妈妈身上。"何玉兰拍着胸脯说，"但你必须得听话！缘分这东西最玄妙了，没有规律可言，不一定郎才非得配女貌。你妈替人做了这么多年的媒，这里边的学问知道得比你多，所以，你要听妈的话。你不听，非要跟他也行，那你这几年上学我是不能供，嫁个挖坑种树的人还用得着大专毕业生吗？"

家里有什么事，何玉兰还是喜欢跟秋慧商量，好像能抓住个主心骨。这对禀性相近的母女在长期的吵闹中，形成了一种既相互排斥又相互依赖的关系。

自从搬回娘家的请求被拒后，秋慧就不主动和家里联系了，她用一种强硬的距离感来折磨母亲。何玉兰有时做点好东西让她回来吃，她都推说没时间，老江只好早上或晚上等在通勤车站，把东西强行塞给她。

"你赶紧给秋萍介绍个对象，叫跃刚在学生里也挖掘一下！"何玉兰开口便道。

"我俩没时间管这事！"和预想的一样，秋慧拿上了把儿，"我们得钻研下业务了，还得跑房子。再说，对象这东西也不是随便牵一头来就行。"

"你要不帮她找，她就得随便牵一个来。唉，别提了，差点把一个挖坑种树的领家来，真让人操心！"

秋慧用讥讽的语调问："怎么了，小乖乖还能让你们操心？"

何玉兰将秋萍偷摸搞对象的事跟秋慧讲了一遍。

"那可不行，"秋慧喊道，"怎么也得找个家里有房的！"

"秋慧，你境界真低，光有房就行了？能进我们家门的，起码也得正规本科毕业啊！"何玉兰责备道。

秋慧纠正道："得看人家本科生让不让她进家门！"

"别说了，你心眼子不好！"何玉兰啪地挂断电话。

只要有编派秋萍的机会，秋慧是决不会放过的。从小到大，她走到哪里都是个抢风头的人，唯独在家里，她永远居沉闷而乏味的妹妹的下风。可秋萍真要嫁了个挖坑种树的，她这个当姐的也没面子。秋慧当即让陈跃刚的同学或同事们，帮着物色条件合适的男生。

秋萍没哭没闹，只是安静地把杨同学给她的几封书信和一条纱巾特快专递到园林处，算是正式分手。一夜之后，秋萍满嘴起了大泡，青春痘四起，嗓子哑得说不出话来，似乎有无穷的内火在燃烧。她从小就这样，情绪上的任何波动都会在身体上表现出明显的症状。

单凭秋萍的这份顺从就让何玉兰心疼不已。她动员四面八方的力量寻找适龄的有正规本科学历的男青年，倒是相过三个，但都没成。伤自尊的是秋萍都同意，而男方那边都没同意。

相亲男甲比秋萍大七岁，瘦得抽筋扒骨，用秋慧的臭嘴来说是"像没长毛的家雀儿"，这样的一个人竟嫌秋萍"长相太一般"。

相亲男乙是财经大学教师，研究生毕业，三十岁，陈跃刚帮着挖掘的。秋慧先偷偷去看了一眼，声称"差点晕倒"，说此男的鞋顶多有三十七码。何玉兰插一句，"三十七就三十七，陈跃刚的脚也就那么大。"秋慧接下来一个转折，"但是，他的脸足有四十三码。而且只长了半口牙。"何玉兰哪肯放过一个研究生啊，何况是财大气粗的财经大学，所以她坚持要见见面。相亲的时候，何玉兰才明白秋慧说的"半口牙"是什么意思，乙的牙齿非常稀疏，每道牙缝之间都可以塞进一颗牙。乙嫌秋萍个子矮了点，因为自己矮，所以想找个高个子，以改善下一代基因。似乎矮个子人都有类似想法。

相亲男丙长相倒不错，可是曾两度视网膜脱落，在看对象以前，何玉兰几度向厂医院的眼科大夫打听这种病情。大夫说这种病治好了不会影响视力，但那个膜就像是"焊"上去的，"焊"得不结实也可能频繁脱落，直到永久性脱落。何玉兰和秋萍商量来商量去还是决定看一看，要是人好就豁出去了。秋慧不同意，说万一以后瞎了怎么办，而且又没房子。她现在把房当成了选对象的首要条件。何玉兰明白，一个没有美貌、财产、家世或高智商可倚仗的女孩，只有通过同甘共苦的经历来赢得优秀的男人，然后守得云开。用新闻联播上的话来讲，勤劳致富！何玉兰和秋萍对小伙子非常满意。可人家小伙子不同意。秋萍又遭受一次打击，心情雪上加霜。

南兴厂的这些大学生恐怕是抱不上幻想了，何玉兰已经做过地毯式搜索，但没人相中秋萍的条件。秋慧和陈跃刚在工程学院帮着寻找人选，可人选始终未落实。何玉兰禁不住埋怨秋慧不上心，秋慧委屈地说："这能怨我吗，巧妇难为无米之炊，想列举一下她的优点都难，现在本科生年纪又小……"

"你不会给她介绍个研究生吗？"何玉兰打断女儿的话。

秋慧撇撇嘴，"你非要拿土坯盖摩天大楼我也拦不住！但是，我，有常识。"

"有这么比喻的吗？你以为秋萍是土坯，自己就是钢筋水泥啊？"

"我又没说土坯不好，只是各有特点。土坯盖房子，成本低，据说冬暖夏凉。"

为了刺激秋慧，何玉兰说："既然我可以把你百炼成钢，我也照样可以把秋萍百炼成钢！秋慧，只要你不短命就能瞧见，将来秋萍过得一定比你好。你是操心命，她长了个娘娘相，旺夫、帮夫……"何玉兰想凑够一组排比句，因为找不到适当的词，她卡了壳。不忍罢嘴，于是现造了个词，抬夫！

秋慧扑哧一下乐了，"你这么大年纪还有梦想真难得，我都不忍心给你泼冷水。"

13

决心好下,但如何点土成钢,"炼钢工人"何玉兰也茫然不知所措。

那边厢,杨纪彪同学仍对秋萍念念不忘,没有放弃的打算。他找了一个中间人到江家做思想工作,未果。他又去学校找秋萍,声称要自杀,自杀之前要找几个垫背的,吓得秋萍求几个男同学把自己送回了家。此后,杨纪彪的阴影无处不在,秋萍在通勤车上不经意地回头会看见那张面孔,何玉兰下班回家时,看见一个身影在楼下徘徊,寒风中,左右脚相互踢着。杨纪彪成了一场挥之不去的噩梦。老江每天要负责秋萍的接送,每到晚上,他一遍遍地检查门窗是否安全,一有动静,就抓起枕下的菜刀四处巡视。

这天上午,何玉兰抱着一捆文件刚进办公室,一个人就尾随进来。她回头一看,吓了一大跳,扑面而来的那张脸是杨纪彪。

深秋了。每到这个季节,何玉兰的内心就有莫名的伤感。秋凉,凉的不光是气候。她怎么也睡不着,平时里被忽略的各种噪声乱作一团,蛐蛐的叫声、老江的鼾声、枯萎的树叶在秋风中挣扎的声音和时隐时现的马达轰鸣……尽管把头都裹进厚被子里,但那凉意和烦躁还是在她四周弥漫开来。

随着一声脆响,一块硬物飞进屋内,噌的一声落在地板上。冷风呼呼地涌进来,刮开了大屋的门,窗帘在空中翻卷。不用问,一定是窗玻璃被砸碎了。老江跳起来要开灯,被何玉兰制止了。此时,她反倒冷静了,刚才的烦躁一扫而光,这是意料之中的事,她好像早就在盼望着这个声响。原来,白天的时候,杨纪彪曾到厂档案室找何玉兰,当着众人的面给何玉兰跪下了,还拿出了遗书,要她成全他们。一向要脸的何玉兰又臊又怒,最主要的还是怕,一下子乱了方寸。同事叫来了保卫处的人,把杨纪彪给赶走了。看着他的背影,何玉兰知道得发生点什么。也好,早点到来,可以早点结束。

秋萍一声不吭地走进大屋。三口人默契地坐到长沙发上。这个角度,不会有挨砖头的危险。窗帘忽地高高掀起,月光下,他们都看见残留在窗子上的一块玻璃碴儿,几经挣扎,终于尖锐地掉落下去。

秋慧和秋萍的运气总是此消彼长。当秋萍被恋爱问题折磨得心力交瘁之时,秋慧却正为丈夫考研这个新的兴奋点而积聚无穷的力量。

这天,秋慧接到何玉兰的电话。何玉兰开门见山地诉说了对大女儿大女婿的想念之情,并把他们大夸了一通。虽然秋慧觉得母亲夸的那些优点根本不是自己身上的,但还是欣喜了一下。

何玉兰关切地说:"秋慧,天冷了,你和跃刚回来住吧。"

还没等女儿出声,何玉兰马上补充道,"我已经把大屋给你们腾出来了!"

"不回了。我现在已经习惯二人世界了!"

秋慧暂时还不想把陈跃刚决定考研的消息透露出去,想等到考上以后再宣布。她喜欢爆炸性。

"哎呀,秋慧,你俩一定得回来住,不回来,我们就完了。有人要杀我们!真事儿,我一点儿没夸张。你爸那么大岁数了,体力不行,跃刚得回来坐镇啊!"何玉兰哀求道。本以为,杨纪彪砸完玻璃泄下火,此事就告结束了。但杨纪彪可不这么想,他给何玉兰和老江打了几次电话,说要给他们养老送终。何玉兰实在怕再发生什么事。

秋慧想说你那么夸我们,原来是想叫我们卖命啊!但她只是冷笑一声。

"当时床上要是有人,脑袋就得开瓢啊!这样弄下去,要出人命的。即使不出命,万一他哪天给秋萍脸上划个口子怎么办?"何玉兰抽泣起来。

"放心,娘娘命的人在当上娘娘之前,摊不上这事!我们回家有什么用?"秋慧明知道母亲的意思,但她硬装糊涂。

何玉兰说:"人多有气势啊!"

秋慧说:"人越密集,被打中的概率就越高!而且跃刚的样子摆在那里,炸碉堡吧,个子不够高;堵枪眼吧,面积又不够。"

"跃刚年轻力壮啊,他要是在的话,那个姓杨的不敢太放肆。哎呀,我真怕他哪天半夜闯到家里来。现在我们三个都睡不好觉,听见一点儿响动,心脏都要跳出来。跃刚每天上班也正好能跟秋萍搭个伴儿,不用你爸接送了。"

母亲一把秋萍引进来,秋慧的火气一下就上来了,她先引诱着说:"看来,这小子对秋萍很痴情啊!要是人好,秋萍就收他好了!"

何玉兰现在有求于秋慧,不好意思发脾气,"好什么好?纯粹是个赖子。一会儿要杀这个一会儿要杀那个的,秋萍都让他吓死了!他的人品要能赶上跃刚的一个小手指头,我也不干涉了……"

秋慧知道母亲又要长篇大论地夸陈跃刚了。她怕如不及时打断话题,自己也找不到北了。

"妈,这事你们内部处理吧,不能把我家跃刚搭上。他有个三长两短的,我就得当寡妇,还落下个命硬的名声,以后想二婚都难,你们不能为了秋萍的幸福而让我不幸福吧!谁请的神,就让谁去送吧!"

何玉兰已是痛哭流涕,"秋慧啊,你是吃石头末子长大的!你是个绝情无义的人!什么你们内部处理?你把亲爹亲妈和亲妹妹划分成外人,只有陈跃刚才是你的内部人?我告诉你,我们要是死了,你在这个世界上无依无靠!"

何玉兰痛哭失声,仿佛看到未来某个夜晚秋慧孤身走进荒野。

"所以,我必须把我老公保护好!"

母亲的哭声还是有震撼力的，秋慧内心已经产生了一个想法，但对母亲回家的要求决不答应。

她只好讲出实情，跃刚已经上了补习班，要考研，天天忙得饭都吃不上，不可能回家住。

何玉兰精神一振，在她心中，学习和考试是比天还大的事情。泪水还挂在腮边，却马上换成一种极其兴奋的语调夸陈跃刚有正事儿，当然没忘了摆摆自己在此事上起的巨大推动作用。

秋慧不高兴功被母亲抢了，回敬道："没有我软磨硬泡他能考研？是我天天给他当奴隶把他感化了，谁让我没娘娘命来着！好在我勤劳，一切靠自己，不等着天上掉白马王子！"

她对母亲"给"的命仍耿耿于怀。

14

徐永林开车，秋慧坐在副驾驶位置指挥着他往哪儿开。面包车的后面坐着秋慧的同学马小飞，他是厂保卫处的，穿着公安制服，只是帽徽不太一样。

秋慧今天的打扮是硬朗的中性风：黑色的闪着金属亮光的瘦脚裤，牛仔夹克，粗跟短靴，头发用发胶抹得又平又亮，嘴唇涂的黑紫色，头顶上架着墨镜。虽然个子矮小，但具备女大佬的气场。

到了区园林科门口，秋慧叫两人下车。你们不用讲话，往我后面一站就可以了。不许笑!

虽然是阴天,但按照秋慧的吩咐,徐永林不得不戴上了墨镜。园林处就在名为"桃花源"的小公园旁边,公园里长满了毛桃树和针叶松,从去年起,因为里面修了个小喷泉,入园开始收五毛钱的门票了。

三个人站在大门口等。

杨纪彪是被收发叫下来的,没什么准备,出来时只穿了件毛衣。他大约一米七八的样子,腿很长。

看到杨纪彪,秋慧的第一闪念是有点嫉妒,她不明白这个长相不错的男生怎么会爱秋萍爱得要死要活。除了穷以外,他哪点都配得上秋萍。闪念过后,秋慧暗暗谴责自己好色。这是阶级斗争问题。

当秋慧做自我介绍时,杨纪彪的身体明显颤抖了一下,叫了声"姐",这让她有了自信。看来这家伙并非什么亡命之徒。

"杨纪彪,既然你管我叫声姐,那我也愿意把你当成个弟弟看。你跟秋萍俩的事我是刚知道的,如果我早知道,就可以帮你们跟父母疏通疏通,你呢,细水长流地感化他们。但现在你自己把事情搞砸了,一提起你,我们全家人,包括秋萍都心惊胆战,这就注定你和我一辈子也做不成亲戚了。"

"我爱江秋萍,不想放弃。"杨纪彪虽然身体在颤抖,但语气还是很坚定。

"你们相处的时候,江秋萍欠过你钱吗?"

"没有。"

"你俩一起吃过饭吗?"

"吃过。"

"谁花的钱?"

"我俩都花过。"

"你给她买过礼物吗?"

"买过。"

"她给你买过吗?"

"也买过。"

"这么说,江秋萍没占你什么便宜?"

"她不是那种占便宜的女孩,所以我喜欢她。"

"在搞对象的时候,如果女的没占着便宜,那就等于吃亏了。本来就是江秋萍吃亏的事,你还砸我们家玻璃,上我妈单位威胁她,有这么欺负人的吗?我们不想计较了,你呢也别再纠缠了,此事到此为止。"

"我爱江秋萍,谁也不能把我们分开。"

"那可不是你说了算的!"

"我爱她!"

"爱不是一个人的事,爱情可是两个人的事。"

杨纪彪瞪着眼睛死死盯着秋慧,仇恨和寒冷使他抖得吓人。

秋慧极力压制住恐惧也盯着他,"你要有志气就好好混出个模样来让我们后悔。你要破罐破摔,继续用下三烂手段威胁这个威胁那个的,我们也不吃这套!你自己也有家人啊!"秋慧指着站在身后几步远、有些茫然地看着他们的两个男人说,"你是想玩黑道还是玩白道的?"

不等对方反应,她的话锋陡然一转,有如慈母一般地语重心长,"我真心实意地说一句,我希望你能和江秋萍保持同学友谊,到啥时候,都是同学最亲。"

杨纪彪竟没说什么。秋慧也没给他有所反应的时间便上了车。虽然无法预料此后几天会发生什么,但秋慧凭直觉猜测,杨纪彪不会再找什么麻烦了。

等三人往回返时,徐永林问坐在后面的秋慧,"你这事叫我们跟来干啥啊?"

秋慧说:"那你还不明白,那小子是个亡命徒,万一我有生命危险,你们俩好往上冲啊!"

坐在副驾驶位置的马小飞瞅瞅徐永林说:"不对劲儿呀!叫咱俩来堵枪眼,她自己家老爷们儿呢?"

晚上,秋慧回了娘家。这是被母亲拒之门外后,第一次在家住。吃饭的时候,她把去园林处找杨纪彪的壮举绘声绘色添油加醋地学了一遍。然而,秋慧没有得到她所期待的评价。

首先发难的竟是一向息事宁人的老江,他对大女儿关于"在搞对象的时候,如果女的没占着便宜,那就等于吃亏"的论调极为愤慨,他说:"你为什么要说秋萍吃亏呢?这话要传出去,你妹妹怎么找对象啊?"

秋萍也不满地嘟哝了一句谁也没听清的话。

"我为你们舍得一身剐,反倒落下埋怨了!以后,你们家的事,我再也不会管!"秋慧两眼直视前方说。每当她对娘家感到伤心时,便界限分明地划清"你们"和"我"。

何玉兰反驳道:"你明明是把火力往我们身上引嘛!你硬搬出个白道黑道来,那不是激怒他吗?到时你往市里一躲,由我们来当受害者!"

"放心吧,受害者我来当!大不了同归于尽!"秋慧说完,昂首挺胸地走出门。

天漆黑一片。秋慧蹽开大步疾走,将跟在后面大呼小叫的老江和何玉兰撇得老远。一直到车站,秋慧站下来假装等车,其实她已经知道公车早收了。老江、何玉兰一起上前,将秋慧一左一右地架了回去。

15

一晃,秋萍就上大学二年级了,个人问题还没解决。全家人一直进行着地毯式的苦苦搜寻。

从知道朱俊松个人情况后,何玉兰就开始操作了。

她马上打电话给秋慧:"秋慧,明天下午你请个假回家来帮我干活,让跃刚放学后也过来。"

"他晚上有课。"

"有课就跟别人串一下,他必须得来!"

自从陈跃刚考上研究生后,在何玉兰的心目中,地位又高出一大截。家里有较重要的客人来,她喜欢让陈跃刚在不耽误学习的情况下出个镜，有助于提高档次。而会见朱俊松，陈跃刚则必须要来，他是助教，又在读研究生，他在场，对朱俊松会起到旁敲侧击或叫抛砖引玉的作用。

秋慧问："来客人了？"

"朱俊松要来吃晚饭。"

秋慧问朱俊松是谁，何玉兰做了必要的解释。朱俊松，男，在读研究生，无对象，年龄比秋萍大四岁，他利用调研机会来南兴厂看望高中同学小柳。

小柳是厂计划处的，办公室就在档案室隔壁。因为是外地大学生，何玉兰很照顾他，也曾给他做过媒。

"我要给秋萍操作一下。"

秋慧注意到母亲用"操作"替代了"撮合"，显然是要把作嫁弄得不像"撮合"那么明显。

"多高？"秋慧问。

"一米八吧！"

"啊？你觉着有可能啊？"秋慧问。

"不操作怎么知道没可能？"何玉兰不满秋慧打破头楔。虽然心里也没底，但毕竟她是个勇于行动的人，该出手时绝不含糊。

在档案室工作多年的何玉兰知道，每年应届毕业大学生的档案一到，立刻会有各级干部的老婆围上来展开"圈地运动"，按图索骥为自己的儿女或亲戚物色对象。所以像朱俊松这样的条件一旦落到南兴厂，必然遭到圈地围剿，哪儿轮得上秋萍啊！

按照一般的眼光，秋萍配朱俊松差得不是一点半点，秋萍长相充其量算个中等，身高始终没有突破一米六零，又是个不包分配的自费大专生。

曾经撮合了二十六桩婚姻的成功媒婆何玉兰使用频率最高的词就是"般配"，她清楚秋萍和朱俊松不般配，但她更清楚的是，在恋爱婚姻上毫无定理可言，癞蛤蟆吃到天鹅肉，鲜花自愿往牛粪上插的情况时有发生。有时你觉得两人比螺钉螺母还般配，却不往一块拧；有时你觉得两人好像分别来自火星地球，根本南辕北辙，但歪打正着一拍即合。何玉兰深刻地发现，人不能太有常识了，太有常识的人还没等办事情，就先被各种权衡拴住了手脚，从而失去了"瞎猫碰死耗子"的机遇。爱情这东西最玄妙，无道理可言，男女之间一定要碰对那根筋，至于怎样碰上那根筋并且碰对，这就不是她的文化水平所能解释的了。

细细研究，朱俊松也是有机可乘。他是代培研究生，毕业之后要回宁夏工作。他当然是不愿意的，这次到南兴厂说是为看同学，实际上也是想找找门路留在南兴。还有，朱俊松穷。穷就是弱点。世界上只有两件事可以让人走投无路：没钱，有病。人要急着脱贫自然会放弃许多要求。何玉兰家的生活属于中上等水平，家里只剩下这个小女儿，老江作为高级焊工在厂内厂外都抢手得很，每月挣的外快比工资高好几倍，家里颇有积蓄。如果朱俊松跟秋萍成了，何玉兰愿意把他当儿子，起码供小两口吃饭没问题。故此，她特意制造了一个和小柳聊天的机会,只字没提想撮合女儿和朱俊松的事,只是一个劲地露富,她知道,这个信息肯定会传到朱俊松耳朵里的。

晚上,何玉兰开始训练秋萍。她找出一本《电影画报》,上面有日本影星吉永小百合访问中国时的照片。吉永小百合双腿优美地并拢,倾斜,与沙发的平面成七十度角,两手相扣,轻盈地落在膝上。这个姿态曾特别让何玉兰着迷,为此,她一直留着这本画报。

秋萍属于黏血质,没什么主见,母亲怎么塑造怎么是。但秋萍嘴馋、懒散,馋还可以掩饰,懒就会导致姿态不正确,站坐无相,容易露马脚。这一点特别让何玉兰担心。秋萍照本宣科地坐在沙发上,任凭母亲把她调试成各种各样的"吉永小百合",何玉兰泄气地发现,无论怎么摆弄,秋萍还是那个懒懒沓沓的秋萍,不胖,但坐到哪里都那么糯糯的一堆。折腾半天,秋萍得出一个让母亲比较信服的结论:沙发和着装的问题。吉永小百合坐的沙发要高些,身体不用蜷得太多,所以显得较挺拔。另外人家穿着裙子,两条美腿春光无限。何玉兰只好随秋萍自悟了,"高贵"这东西是教不来的。两个女儿在这方面都挺让她失望,秋慧悟性好,伶牙俐齿,但浅薄,浮躁,严重人来疯,永远成不了大家闺秀。秋萍倒是稳重,但悟性差,有淑女的性情无淑女的气质,表情木然,好像一辈子都开不了窍的样子。

整整一夜,何玉兰都在构思如何让秋萍和朱俊松碰对那根筋,关键是碰对朱俊松的筋。

第二天，秋萍没去上课，在家练习"吉永小百合"和古筝曲《渔舟唱晚》。何玉兰已经事先请了串休假，没去上班。她的购物任务繁重，七个人的晚餐，主副食再加上水果要不少东西。她先到市场买了一箱橙子和三斤小鲫瓜鱼，连拖带抱地弄回了家。冬季里，她家的水果以苹果为主，橙子太贵，舍不得。水果箱放在大门口的鞋箱子上，这个位置醒目，一进门就看得到。何玉兰让纸箱盖虚张着，这样可以看见里面装的是什么。

秋萍到厨房溜了一眼，看到欢蹦乱跳的鲫瓜鱼，抱怨道，"怎么买这么小的鱼？多难收拾啊，刺还多！"

何玉兰："还不都是为了你！"

何玉兰要做酥焖鲫鱼的确是为了秋萍。秋萍爱吃鱼，可每吃必被刺卡住，又喝醋又干咽馒头的，还上过医院。海鱼不新鲜，席上没鱼又不好看，所以才想出了这么个折中的办法，同时也避免了一根一根吐鱼刺的不雅吃相。将鲫鱼放进高压锅，加上阀，何玉兰又第二次奔向市场。再回来时，她扛回了一张纯毛小地毯。家里原来有一张，是腈纶的，用得太旧了。地毯面积不大，放在地中间，屋子里立刻有了那么几分浮华。

下午三点，秋慧到了，遵照母亲的指示，把家里的卡拉OK机也带来了。月初时，母女俩打了一大仗，何玉兰声称要断绝母女关系，秋慧果然也没再登门，这次借着秋萍的事，两人都找到了台阶下。秋萍是个卡拉OK迷，拿起麦克风就把古筝和礼仪训练放到了一边，声嘶力竭地唱了起来。何玉兰为秋慧安排的角色相当于司仪，串场子，活跃气氛，疯癫一点儿不要紧，正好可以衬托出秋萍的淑女气质。

朱俊松跟同学小柳隆重登场。小伙儿虽然长相一般，但高高大大，蛮有男子气。根据事先安排，秋萍是最后走上来寒暄的，有点压轴的意味。何玉兰和秋慧都穿着高领的套头衬衣，外加毛开衫，这是当时时髦的打扮。而秋萍则穿了件藏青色小鸡心领拉毛绒衣，头发像舞蹈演员那样在脑后随意一盘，刘海儿茸茸乎乎地支棱着，因此脖颈显得又长又白，肉光闪闪，跟周围人形成季节反差，于是被烘托得"惊艳"了。小柳来过江家几次，但在内心里将"漂亮"一词归结到秋萍身上还是第一次。当何玉兰一提要请"老乡"朱俊松上家里吃饭时，小柳立马就明白了她的用意，因为他知道何玉兰的老家离朱俊松的老家至少有两百公里的路程。

何玉兰让秋萍招待客人，糖盒里只有几块酒心糖，何玉兰把一个塑料袋放到桌上，抓了两把优质酒心糖放到糖盒里。这个举动看似家常，不经意，却是有部署的，目的是让朱俊松看看，酒心糖不是专为待客买的，而是江家女人日常的零食之一。

厨房，在某种程度上代表着一个家庭的生活气象指数。秋慧结婚前，何玉兰将厨房装修了一遍。新厨房空间利用得严丝合缝不说，设计师老江的一些奇思妙想在此处得到升华。比如吊柜是装了轴承和手柄的，需要时，往下一摇，就可降下半米，以便个子不高的何玉兰方便拿放东西。厨房装修完之后，不少人来江家取经，何玉兰心里很矛盾，她既想听别人夸奖，又怕被抄袭。小柳主动带朱俊松来参观江家的"现代化"厨房。虽然是做七个人的晚餐，但何玉兰边做边收拾，所以灶台和橱柜上整齐干净，纤尘不染。何玉兰一样一样地将老江的创新展示给客人看。一个柜门拉出，是个铁架框，上面挂着各种锅。仔细一看，铁架框下安了四个小轮子。那些锅连锅底都擦得锃亮。

朱俊松和小柳看得感慨万千。

小柳说："何姨，我对象要是能赶上您十分之一，我就知足了。"

何玉兰正等着这句话。她装着随便问问，"你未来的老丈母娘做家务怎么样？"

小柳说："好像挺能干的。"

何玉兰说："那就错不了，姑娘随妈。"

这话是说给朱俊松听的。

晚餐吃得非常温馨。菜数不多，但可口，荤素相宜，甚至配了葱丝大酱和几碟小咸菜，看上去，这只是一次不卑不亢，没有任何企图的轻松家宴。朱俊松、小柳长期吃食堂饭，这焕然一新的菜色令他们胃口大开，直嚷肚子快撑爆了。

饭桌一撤，掀开铺在地毯上的塑料布，一个小舞台就有了。表演开始了。

何玉兰把秋慧两口子请来虽然牺牲点尊严，但总的来说物有所值，秋慧从小爱出风头，人越多临场发挥越好，席间不断涌出连珠妙语，和陈跃刚连舞带卡拉OK的一曲《夫妻双双把家还》把晚宴推向了高潮。与姐姐动感十足的歌伴舞相比，秋萍表演的古筝曲《渔舟唱晚》则温雅恬淡，这时，她半跪半坐在地毯上，比吉永小百合更像个鸟语花香的日本女人。肤如凝脂，脖颈的肉光也是少女的，炫而不艳。被假指甲修饰得出神入化的手指魅惑地扣向琴弦也扣向心弦。何玉兰差点流出眼泪，她从没想到爱情的力量会如此强大，在瞬间就改变了一个人，而自己却永远体味不到这种力量的冲击了。现在想起来真傻，当年，老江只用一个不锈钢饭盒就把她搞定了。

秋萍，更确切地说是秋萍全家碰对了朱俊松的那根筋。

朱俊松和秋萍恋爱了。

16

在何玉兰的议事日程上，秋慧的生育问题是仅次于秋萍找对象的第二大事。女儿们的事，她样样都得精益求精地关怀到，一样没关怀到位就出毛病。秋慧结婚三年了，肚子仍悄然无声，她和小陈已经搬到了工程学院教工宿舍，小屋只有十平方米，六家共用一个厨房一个厕所。对外界，何玉兰总是一副不着急不上火的表情，说秋慧想等有了房子再要孩子。对内，她则心急如焚，有时夜里一想到秋慧的肚子，立马睡意全无。孩子是女人的底气，一个家庭要是没孩子就没根，夫妻至多算搭伙过日子，散伙也就迟早迟晚，现在看，秋慧倒是能拿住跃刚，谁知道以后怎么样！秋慧过日子的方式让何玉兰死看不上，那点工资全花在穿着打扮上了，两口子也不太做饭，主要是吃食堂，捎带着在娘家婆家蹭点。秋慧已经得到了婆家的热情接纳。陈跃刚考研究生成绩下来那天,秋慧说:"你给你爸妈捎句话,他们如果能接受我,那这个星期天,我们俩就去拜访。错过这个机会,他们就是雇辆林肯来接我,我也决不再登他们家门!"陈跃刚回去一说,竟意外地得到了父母的积极回应,好像儿子提的是另外一个人。后来,秋慧跟陈跃刚的嫂子聊天才知,她有和自己一样的遭遇。两人猜测,可能是公婆不想提供结婚费用和住房,而出此下策。

秋慧一进娘家门,何玉兰的目光就聚焦在她的肚子上。

"月经怎么样?"母亲问。

"正常。"秋慧说。

"这老正常怎么行啊?得努力一下啊!"

秋慧嘎嘎乐,"这跟大便干燥能一样吗?肚里没种儿,我再努力也拉不出孩子来啊!"

秋萍说:"咱妈最怕的就是你说月经正常。你俩是不是谁有毛病啊?"

秋慧说:"检查了,谁都没毛病。天天晚上努力,就是造不出来小人儿。"

何玉兰训斥道:"还觍脸说,光荣啊?这样的话只能跟家里人说,别四处乱讲,何必让一些人捡笑呢!"

秋慧说:"事实在那儿摆着哪,瞒也瞒不住。肚子鼓起来才是硬道理!"

何玉兰说:"那也得找个体面的理由。本来有些人看你找个研究生就嫉妒，巴不得看你的笑话！"何玉兰长叹一声，"你这事简直把我愁死了，我是走路寻思，吃饭寻思，睡觉寻思，穿着衣服的时候寻思，脱下衣服的时候还寻思！甚至打着喷嚏的时候都忘不了这事！"

小学文化的何玉兰喜欢用排比句，朗朗上口，有排山倒海般的气势。为了让秋慧感到心灵的冲击，她用了一个冗长的排比句来体现"寻思"的烦琐复杂与折磨人的程度。

到底是文化水平高些，秋慧一针见血地归纳道："你说了半天其实就一句话：整天都在寻思！"

何玉兰突然发现秋慧又穿了一件新衣服。

"多少钱？"

"一百二！"

"一百二？"何玉兰产生疑心，她掀开衣服里子仔细地审视，终于发现了破绽，"秋慧，你马上把死人的衣服扔外面，别挂我衣服旁边。不吉利！"

何玉兰立马站到了三米开外的地方。

秋慧翻了她一眼，"你别过敏了，这是商场里买的，要不能这么贵？"

"得了吧，我还没得老年痴呆呢！里子布都磨成什么样了？厕所里有个挂钩！"何玉兰用硫黄皂拼命搓手。

"都用医院的紫光灯照过了。"秋慧解释道。她爱美钱挣得又不多，所以经常买日本旧服装，便宜，样式好，这样，每月至少能有两身新衣服面世。

何玉兰点着一支香在屋里驱邪一般绕了几绕,"照了我也恶心!自从你穿这种衣服,我老觉得这屋子好像闹鬼,夜里有人嘁咕嚓地说日语!我不明白,你活得好好的,为啥要穿日本死人的衣服,丢中国人的脸!"

秋慧说:"听你这苦大仇深的,好像当过老八路!"

何玉兰指着大女儿对老江说:"咱俩一辈子要求进步,怎么养出这么落后的一个孩子?"

秋慧讥笑道:"那你俩进步了半天不还是个党员积极分子?"

"我没入上党那是极左造成的,有些女党员总在我的穿着上做文章,她们自己弄得跟铁姑娘似的,看我漂漂亮亮的就受不了!"入党问题是何玉兰的一块心病。

吃过晚饭,何玉兰要领秋慧去看老中医,秋慧不去,说有事。

何玉兰说:"你能有什么正事,肯定又是去跳舞,你对自己不负责任行,别对跃刚也不负责任。孙瘸子看妇科全市闻名,多少人看完就怀上了。"

"听他自己吹吧!于晓红在他那儿抓过药,差点没吃死。那老家伙还特恶心,脑袋和下半身都不好使了,上半身还猛忙活,给老太太号脉半分钟就完事,给小媳妇号脉得十分钟。"秋慧不相信中医,说中医最大的本事就是吹牛,之乎者也悬天悬地。秋慧嘴硬,觉得自己怀不上孩子是缘分问题,卵子和精子的缘分没到。何玉兰带她四处看医生,把缘分问题弄成了"病",多少伤了她的自尊心。

秋慧化了浓妆，连锁骨处都涂了一层厚厚的粉，唇膏是何玉兰最见不得的"心脏病色儿"——黑紫色。

"秋慧，你穿着死人的衣服，嘴又涂着这个色儿，我都怕你心脏脱落！你跟谁去跳舞？"何玉兰问。

"团员活动。"秋慧答非所问。

"你多大岁数了还团员？我问你跟谁去跳舞？"

"只要没过三十岁都属于团员青年！"秋慧避重就轻。

"我才不信呢！不年不节地跳哪门子舞？"何玉兰做出要穿衣服的样子，"我非要看看你今天跟谁去跳舞！"

秋慧知道，如果不说实话，母亲真能冲进舞厅做出让她难堪的事来。她打开厕所门，拿出日本毛料上衣，抖了三抖，大义凛然地说："我跟徐永林跳！"

仿佛被死人骨灰呛了一下，何玉兰跳起来打开大门，秋慧顺势走了出去，把表情凶恶的"门童"甩在后面。

何玉兰快速跟了两步，冲着已经下了半截楼梯的秋慧说："秋慧，女人有两样毛病最让人看不起，一个是不生孩子，一个是搞破鞋。你别把两样全占上！"

秋慧没回应。高跟鞋的鞋箍银光闪闪地敲打地面。

走廊和楼梯都是敞开式的，何玉兰趴到栏杆上朝下看，秋慧已经到了楼下，独自往街口走。大鹅一定是在路口等她。

陈跃刚读研后，时间不像当助教时那么充裕了，所以来岳母家的次数没以前频繁了。他一来，何玉兰就想给他提个醒，毕竟秋慧以回娘家的名义跟以前的梦中情人到舞场约会不太地道，万一事情大发了，老人跟着受埋怨。但为保护女儿，又不能说得太清楚。

"秋慧不爱学习这个劲儿我真发愁，就喜欢唱歌跳舞，你们俩要掺和一下就好了。"她没忘间接表扬一下女婿，"跃刚啊，你得督促她多看书，你们两人一块看，培养共同爱好，相互进步！"

陈跃刚说："算了，她不是学文化的那种人，爱跳舞就让她跳！我还能清静地看会儿书。"

何玉兰认真地看看他的脸色，不像在生气。"跃刚，那舞场上可什么人都有……"

"没事，她不乱跟别人跳，一般都是跟同事一起去或者跟徐永林跳。"

"你认识徐永林？"

"认识，我们一起吃过饭。"陈跃刚轻松地回答，"他俩的事，秋慧都跟我说了。"

"她怎么跟你说的啊？"

"她说，她喜欢过徐永林，但两家都不同意，就没成。"

何玉兰心想，这个秋慧真是个妖精，这种事怎么可以原原本本地说给丈夫听呢！再有心胸的男人也难忍受这种刺激啊。

话一出口却变了，"跃刚，秋慧告诉你就好，我让她跟你讲的，夫妻之间就是要诚实相处！现在呢，秋慧对他可没什么想法……"

"妈，在校园住久了，秋慧眼眶也高了，徐永林那点文化她能瞧得起吗?"陈跃刚自信地说。

何玉兰再次感慨,"知识分子的涵养就是不一样!秋慧那天让我给骂了,不知她跟没跟你说,我堵在门口不让她出门,我说跃刚这样的好男人天下难找,心胸广大,品德高洁,孝顺老人,聪明绝顶……"

陈跃刚听得面带窘色,他觉得这些夸奖都是应该用在悼词里的。岳母对成语的大面积使用和篡改,又令他忍不住想笑。

何玉兰意犹未尽,"慷慨大方,又是高级知识分子,他学习这么忙,你应该在家里好好照顾他,哪怕半夜里给他冲杯牛奶也好!我说,真的,你能找到跃刚这样的,是你妈你爸前世今生与人为善修来的。徐永林那个花心大萝卜,长得倒是比大鹅好看,脑子却不比大鹅聪明,不如跃刚一个小手指尖!我说,秋慧你公公婆婆也没得比,你要是跟徐永林到现在还没生孩子,他爸妈早把你……生了孩子也犯愁,生女孩断了人家香火,他们肯定不高兴,生男孩将来就是秃头,徐永林他们家遗传!跃刚你的额头长得就好,不是谢顶的脑袋。好人能看出来,我第一次看见就知道错不了,秋慧当时还……"

何玉兰看看表,电视剧的时间到了,陈跃刚赶快脱身。何玉兰有个毛病,如果她对谁有歉疚,会拼命夸这个人,不夸到语无伦次露出点内部消息来誓不罢休。

17

分隔两地的秋萍和朱俊松过起了鸿雁传情的生活。秋萍爱看琼瑶、三毛等港台女作家的作品，所以写起情书来比较拿手，连编带抄，竟然每封信都具有相当的文学价值。刚开始，何玉兰怕秋萍的表达有欠缺，还对她的信过过目，看过几封之后，彻底放心了。小女儿特别会抒情。

四月，朱俊松有一个星期的春假，他写信说准备来看秋萍。何玉兰想与其让他来，不如让秋萍去。他们相处一年了，都是朱俊松来，秋萍从来也没去他家或学校看看。朱俊松倒是说他已经把自己恋爱的事跟家里人和同学公开了，可实际情况是不是这样还得弄个清楚，万一这边牵一个那边扯一个可惨了秋萍。而且这个时候去还有一个好处，秋萍目前是个大学生，朱俊松在同学和导师面前介绍时，身份还算拿得出手。若等秋萍毕业再去，那时可就是待业女青年了。

走之前，何玉兰给秋萍三十块钱，"你去药店看看，把该买的东西准备好，你要不好意思，就把钱给你姐，让她买。"

秋萍不明白什么意思，"不用，去那么几天，估计也不能有什么头疼脑热的，再说，大学都有诊所。"

何玉兰索性直说："我怕你怀孕！"

秋萍有些不高兴，"你想哪儿去了？我可不能现在就跟他那样!"

何玉兰说:"预防点吧,你管得了自己,管不住男人,朱俊松的身体那么壮……"

对秋萍,她给予了比较充分的自由甚至怂恿,而对秋慧,她则死死看管着,稍有苗头就敲警钟。因人而异。

整整两大箱东西。那个瞅上去很高档的拉杆箱是借来的。为了让秋萍在穿着打扮上体现大城市人的风采,何玉兰默许她买了两套日本旧服装,特地给朱俊松的导师准备了一份厚礼:一盒鹿茸和一瓶蜂王浆。市面上卖得很贵。是老江干一次私活的酬劳。何玉兰特意嘱咐秋萍,一定要和朱俊松一起去看导师,否则,就把这些东西拿回来。秋萍不解其意,何玉兰骂了一声傻子,说:"要是朱俊松不愿带你到导师跟前亮个相,说明他不是真的爱你。"

送给朱俊松的东西更多,里外三新,袜子背心裤头这些小件是秋萍自掏零花钱买的,何玉兰给他织了件毛衣外套,还买了件夹克衫,另外拿了块裤料。朱俊松爱吃家制的干肠,何玉兰也给做了。五斤瘦多肥少的后鞧肉只做出三斤干肠,秋萍全要带走,何玉兰只让拿一半,她说朱俊松宿舍没冰箱,怕放坏了。秋萍嘴上答应了,等打完包后,何玉兰发现,干肠还是一根没剩。

何玉兰跟老江说:"秋萍比秋慧差远了,秋慧虽然嘴破但很顾家,秋萍看着挺顺从,但自私得很,又馋又懒又小气。我们给朱俊松拿了那么多东西,千万不要让秋慧知道,又该惹她心里不平衡了。"

晚上,何玉兰把秋萍叫到大屋,她要郑重其事地对女儿进行教育。

"秋萍,你这回去朱俊松学校,可不是朱俊松一双眼睛在盯着你,他的同学老师可是无数双眼睛,知识分子看人准着呢。谁愿意娶个又懒又馋又小气的女人?你怎么也要装出个样来,反正就一个星期,多干点活累不死,少吃点零食饿不死!"

秋萍翻了母亲一眼,"我怎么又馋又懒又小气了?"

何玉兰无视女儿的抗议,"你要是改不了这些缺点,那还不如不去,免得露马脚!女人要勤快才受人尊敬。你看,凡是到过我们家的人,哪个不佩服我?同样上班,同样有一堆的家务活,可谁的家比我们家干净?你爸为什么甘当妻管严?那是我把他侍候得好!这么多年,我连一顿早饭都没对付过,汤是汤,饭是饭,菜是菜!你的学历、长相和个头比朱俊松都要差一大截儿,再没有个勤劳贤惠劲儿来弥补,人家凭什么来爱你?在这一点上,你不如你姐,你姐虽然脾气大,不学无术,但干家务是把好手,说话又风趣,所以她能拿住陈跃刚!"

每当一和姐姐作对比时,秋萍就有说不出的烦躁,姐妹俩也总有相互嫉妒的地方。而何玉兰就抓住了这一点,对秋萍有气,她就夸秋慧,对秋慧有气就夸秋萍。秋萍扭过脸去,眼圈红了。怕她第二天眼睛红肿,何玉兰只好住了嘴。

秋萍到了航空大学,朱俊松就把她安排在了女同学的宿舍里,有个家住本市的女生主动把床位让了出来。由于性格温顺,又发自内心地崇拜这些女研究生,秋萍把自己放得较低,所以,她争取到了朱俊松女同学们的一票。

秋萍拿出鹿茸和蜂王浆,提出和朱俊松一起去见导师。朱俊松暧昧地问道:"还用送吗?不是特别有必要吧?"

知识分子说话爱用朦胧语言,"不是特别有必要"等于没必要还是等于有必要?

"是不是东西拿不出手啊?"秋萍问。

"不是,不是,东西够好的了!"朱俊松急忙否定。

这时候,秋萍多想像姐姐那样,大大咧咧地或嬉皮笑脸地问一句,那是嫌我拿不出手啊?但脸上的肌肉是僵着的,如果问出那句话,表情一定很恶劣。秋萍只能惆怅地说:"那就不去了,东西你留着吃,补一补。"她把东西放进朱俊松的柜子里,动作很缓慢,所有的委屈都通过这个动作释放了出来。

"别放进去了,我们还是到吴老师家看看吧。"

路上,朱俊松说:"我师母那人说话不太注意分寸,她说什么你就当没听见算了。吴老师那人挺好,就是老实大劲了。"

一进吴老师家的门,秋萍就意识到这是个阴盛阳衰的家庭。吴老师中等个,长得很瘦,总是含蓄地笑着。吴师母长得很高大,声音洪亮,非常热情。朱俊松曾对秋萍说过,喜欢娇小些的女人,女人一旦高大了,这个家的气氛就变味了。他应该是有感而发吧。吴师母大声地指挥吴老师去倒茶,拿糖,搬椅子,弄得朱俊松和秋萍都很不好意思。

吴师母的目光锐利地从秋萍的脚一直看到脸,问:"你现在做什么工作?"秋萍说还在上学。

吴师母问她多大。秋萍着实不想说出真实年龄,但当着朱俊松的面又不好撒谎,便如实相告。

吴师母皱皱眉头,"哎呀,按正常来说,你这个年纪该毕业了呀?"

朱俊松连忙替答:"七月份就毕业了。"

吴师母又问秋萍是哪个学校的,秋萍说是商学院的。从表情上看,吴师母显然对这个学校还算满意。秋萍松了口气,暗自庆幸读的不是电视大学。

整个拜访时间都被吴师母占用了。她先是谴责学校对吴老师的不公正待遇,有那么多的学术成果,现在却只是个副教授。接着,吴师母又以校学报副主编的身份批评朱俊松某篇论文写得不认真,错处多少多少,错别字多少多少,不实之处多少,引述的资料如何模糊。朱俊松面红耳赤,秋萍一个劲儿地深呼吸,怕眼泪掉下来,她心疼朱俊松,他受的这些屈辱都是自己招来的,也明白他为什么不愿上导师家来了。

临出门前,吴师母终于说了句夸奖的话,她指着秋萍的衣服说,你穿衣服蛮有品位。接着她做了个可怕的动作,将秋萍的衣服掀开一角,看了看里子。就像何玉兰检查秋慧的衣服那样。吴师母赞赏道:"做工也不错。"秋萍觉得那语气意味深长,脸一下子红了。幸亏接缝间的日文商标被何玉兰剪掉了。

他们从吴老师家出来时,天已经黑透了,还刮着风。两人心情明显不好,谁也没说什么,只是过马路时,朱俊松轻轻拉过秋萍的手，揣到自己的衣服兜里。

因为放春假，机械系研究生班的同学要集体到附近山区度假三天，班长客气地邀请秋萍也去，朱俊松急忙向他使了个眼色。班长心领神会，严肃地告诫朱俊松不能干违法乱纪的事。

等同学都走了，朱俊松把秋萍领到自己宿舍。正碰上那个办事非常死板的姓刘的女收发，针对另一个姓刘的男收发，她被研究生们称为女刘。女刘非得让秋萍压个证件，否则不让进。朱俊松抢先说没带证件。女刘问他们是什么关系，朱俊松说是我爱人。

女刘盯了秋萍一秒钟，讽刺地问："你俩有结婚证吗就称爱人？"

朱俊松嬉皮笑脸地说就是我爱人。

女刘一针见血地指出，"你们这种情况我见多了，你们自己心里明白！"

朱俊松只是软磨硬泡，最后，女刘终于答应让秋萍进去，但必须得把她的证件押在收发室，等出来时才能拿回去。秋萍没带证件，朱俊松不情愿地押上自己的学生证。

门一闩好，朱俊松就扑了上来，他深知女刘的原则性，时间一到，破门捉奸的事她能干得出。秋萍真心真意地挣扎了一番。她听过这么一种理论，说男人得到女人那个以后，对女人就不珍惜了。再说她若不挣扎，朱俊松会不会以为她对这种事很随便？终是争不过的。她觉得要笼络住朱俊松，不给这个是不行的。

几个小时后，朱俊松找来其他系两个老乡，一起演了个障眼法，把学生证从女刘的抽屉里拿走了。当晚和随后的两天时间里，秋萍就睡在了朱俊松的寝室，头也不敢往外露一下。这时，她才体会到姐姐住进男宿舍的尴尬。

18

转眼三个月过去了。朱俊松要到何玉兰家来度暑假。

何玉兰不得不去想"般配"的问题。一个仪表堂堂的硕士研究生，一个其貌不扬的待业女青年，又相隔两地，虽然他们的恋爱进程顺利，但何玉兰总是悬着一颗心。

在千头万绪中，何玉兰捋出了一个思路。要达到或接近般配，秋萍必须有个稳定的铁饭碗工作。以他们的现有能力来解决这个问题困难重重，只有靠朱俊松。

南兴厂虽然大学生成堆，但正规硕士稀缺。一般研究生毕业喜欢留在高校、研究所或外企，而且都往南方去，自愿来北方国企的极少。朱俊松的条件一上报到人事处立刻得到踊跃回应，好些科室都争着想要，并愿意支付朱俊松的代培违约金。何玉兰心中有数了。她托人花了四千块钱在劳动局给秋萍买了个国营工指标，又花了五百块钱在一个半死不活的地方国营小厂落了户。这样秋萍就成为了国营职工，为将来调进南兴厂打下了必要的基础。

何玉兰想想这五千块钱——加上人情费，心就一剜一剜地疼。只要秋慧不在场，她就开始抱怨，"江秋萍你是个花钱机器啊，我们的骨髓都被榨出来了，大专三年连学费加通勤费花了近七千，还不包括吃穿，这一下又五千，将来你结婚，还是要娘家拿大头，我看出来了，朱俊松家的条件是不用指望彩礼了。这些事不能让你姐知道，她结婚我只给拿了三千块。虽说现在的钱比以前毛了，可也没毛得太多，她要让我补偿的话，我拿什么给啊？骨髓干了，想卖血都不行，那就得去卖眼角膜了，要卖我只能卖左眼睛的，这只眼不知怎么回事，花得厉害——"何玉兰捂住右眼，好似要确认一下，以防将来卖错了，"你爸的不能卖，留着挣钱呢！"

每次听她抱怨，秋萍都委屈得痛哭流涕。

对秋萍的怨恨加深了何玉兰对秋慧的歉疚。秋慧要结婚时，她答应给买个吸尘器，但一直没兑现，双方也都没再提这个茬儿。她给过秋慧一对金耳环，娘儿俩打仗的时候又要回来了，现在自己耳朵上戴着呢。秋慧身体好，从小省事，高中一毕业就进了技校，培养成本大大低于秋萍。

一往深里检讨，何玉兰就觉得秋慧有千百个好，为报答这些个好，她不仅把耳环又给了大女儿，而且还搭上一块连衣裙布料，是别人从深圳买回来的。做了好吃的，她就连连打电话给秋慧，叫她回家。如果她不回家，何玉兰会派秋萍拿到学校或通勤车站交给秋慧。秋慧跟妹妹说："妈突然对我这么好，我倒有种不祥的预感。要不要带她去医院查查？"

朱俊松来的前两天，秋萍没什么衣服，向秋慧借了两套日本旧服装，秋慧来送，这回何玉兰没让拿到厕所里，还仔细看了看式样，神态透着满意。秋慧还带来了自己家的卡拉OK机，何玉兰让带来的，她说因为朱俊松来家里一直用的是这台，如果换了新的就显得有假。

"秋慧，等帮秋萍圆完这个场，我就买台新的卡拉OK机给你，价钱肯定比这个贵。我现在手里钱紧，朱俊松来还多多少少要花两个，咋整？秋萍不争气，就得巴结着人家。你放心，等他们一结婚，我就彻底撒手不管了，全力以赴帮助你！你生孩子的时候，我去侍候月子。"秉承以往习惯，何玉兰又不吝言辞地夸赞了大女儿。秋慧是典型的"戴高乐"——一戴高帽就乐，她立马挽起袖子干活，收拾厨房洗衣服刷厕所……想拦都拦不住，生怕歇一会就辜负了母亲的表扬。

秋萍好吃懒做，一到干活的时候准没影。

"你看，秋萍又失踪了吧？多不懂事啊！"一控诉起来就刹不住车，何玉兰忘记了保密原则，把为秋萍花的各种费用一一算给了秋慧。说完又后悔，连忙向秋慧道歉，大量许愿，口头债又欠了一大笔。

朱俊松来那天，何玉兰找了一台凌志轿车去接站，司机的老婆是她给介绍的，所以她用这车稍有点特权。晚饭时，秋慧讲起了学校一个老师结婚，头车是××型的凯迪拉克，如何抢眼。

何玉兰问："凯迪拉克和凌志哪个车好？"

秋慧说:"当然凯迪拉克好。"何玉兰问,"是不是阚厂长那台车?"

秋慧说是。

饭后,秋慧两口子回家了,秋萍去刷碗,屋里只有何玉兰和朱俊松。何玉兰手里织着毛活。

朱俊松小声问:"何姨,我们结婚的时候,头车能用上凯迪拉克吗?"第一次从他嘴里听到结婚的信息,何玉兰心花怒放,竟织掉了好几针。她说:"只要这凯迪拉克还属于南兴厂,我保证能让你们坐上,到时把小钟的那台凌志也请过来!"她在给朱俊松的爸爸织毛外套,过些日子,朱俊松想带秋萍回老家见父母,她力争在此之前把毛衣织出来。

第二天晚饭后,为了把空间留给女儿,何玉兰跟老江出去逛夜市,她刚花二十八块钱买了一件新衣服,也想试试反响。

何玉兰和老江回到家后发现不对劲了,朱俊松和秋萍并排坐在大屋的床上看电视,床单和毛巾被都换了新的,何玉兰的枕头和毛巾被放到了小屋的床上。原计划安排是秋萍跟母亲睡大屋,朱俊松跟老江睡小屋。秋萍瞅着她笑,又鼓励地瞅瞅朱俊松。

朱俊松笑着说:"何姨,这几天您就睡小屋吧,江叔打呼噜我受不了。再说,秋萍早都是老朱家人了,您就别管了。"

天热,门窗大敞四开。

何玉兰小声说:"俊松,这可不行,让左邻右舍知道了,得说我和你江叔老不正经。我们都这么要面子……"

朱俊松索性无赖地往床上一躺，笑着说："反正我今晚上就跟秋萍睡，她在哪儿我在哪儿！"

看朱俊松这么喜欢秋萍，何玉兰心里高兴，但嘴上还很强硬，坚决让他去小屋。什么事太顺了反而无味。朱俊松不动，何玉兰笑着打他的脚，"你要愿意睡大床，我就让你江叔到这屋来住！秋萍，你上小屋睡！"

朱俊松拽住秋萍，生怕被分开。

秋萍则倾向性明显，"妈，你不早就有思想准备了吗？"

何玉兰看得出，朱俊松在江家人面前是有优越感的，这是由不般配引发的落差，她得替秋萍恭敬着这份优越感。老江在唉声叹气，他一个劲地问，要出事可怎么办？不让人笑掉大牙？他打内心里不能容忍非法同居，尤其是女儿在自己眼皮底下跟人同居。但既然妻子都没能制止，他就更白搭。何玉兰说："将来他们家啊肯定是朱俊松做主，秋萍得听人家的，除非生个儿子！"

听到大屋闩门的声响，何玉兰走到门口说："秋萍，你俩说话别太大声，影响邻居睡觉！"

但愿他们能明白"说话"的含义。

朱俊松进南兴有绝对的把握，不存在任何障碍，何玉兰考虑的是怎样把秋萍加进来。组织部干部处处长邱晓成告诉她，厂里有规定，对急需的专业人才，厂里可以帮助解决家属的落户及工作。

邱晓成是何玉兰帮助过的大学生之一。他大学毕业刚来南兴那会儿，举目无亲，生活困难，何玉兰经常把他叫到家里吃饭，还为他女朋友织毛衣。在还没有股市的年代里，何玉兰已经懂得了原始股的价值，她帮助别人强调雪中送炭，这可能是种付出成本最小但回报最大的投资。当然，她也不是谁有困难都帮的。大学毕业生是资源，何玉兰喜欢知识分子，也坚信他们早晚会成为南兴的中坚力量。现在她手里的资源已经到了利用阶段，当年，许多被她关怀过的大学生都走上了领导岗位。

人事处的人说，硕士并不一定就是南兴急需的专业人才，即使朱俊松算"急需"，但他跟秋萍没结婚，厂里也不可能为秋萍解决工作。在厂部大楼工作多年的何玉兰明白，如果朱俊松档案落到南兴厂，秋萍还没成为家属，那以后再想解决工作问题难度要大很多。一则跟工厂手里没有筹码了，二则肯定有不少追朱俊松的女孩。

秋萍从朱俊松老家回来后，心情不太好。朱俊松的二姐没看上她。他们临走前，何玉兰对秋萍一再叮咛，农村人最怕遇上又馋又懒不会过日子的媳妇，千万不能给人留下这个印象，反正只有十天，再苦也要撑过来。何玉兰给朱家每一个人都备了份礼物，给朱二姐的礼物最重，因为她知道朱俊松上大学是由二姐接济的。其实还没见秋萍的面，朱二姐就不太满意这个弟媳，主要嫌没工作，个子也矮了点，但没太干涉。等见了面，发现秋萍不如照片上的漂亮，而且身高还被夸高了三厘米，她更加不满，不过还算很给秋萍面子，准备以后再跟弟弟谈。

在朱家的头一个星期，秋萍较好地控制了自己的缺点，跟大家都熟了以后，就有些懈怠了。朱家的粗茶淡饭让她难以下咽，天天没到饭点时就饿，做梦都想肉吃，她的嘴被母亲的厨艺给惯坏了。临回城的前三天，朱二姐请全家人吃饭，做了几个带肉的菜。秋萍盯上了那盆红烧肉，开始把肥肉给朱俊松吃，自己只吃两边，肉皮和瘦肉。朱俊松吃饭快，下桌早，秋萍的肥肉没人给，就只好放到桌上，在碟边垒起一堵脂肪小"长城"。朱二姐非常生气，当时就把弟弟叫到院墙外面表明了自己的态度。

何玉兰恨死秋萍了，如果她是朱二姐的话肯定也不会认这个弟媳，幸好朱俊松能理解秋萍，他说自己现在也吃不惯家里的饭了。想起来害怕，这么多的努力差点毁在几块红烧肉上。

朱俊松的研究生是两年半学制，年底就毕业。他跟秋萍是二月份认识的，到现在才满半年，虽然两人已经睡过了，但提结婚还早点，怕追得急令朱俊松反感。眼看九月份快过去，何玉兰沉不住气了，亲自往朱俊松的学校打了个电话。

电话是打到研究生宿舍收发室的，可以听得到里面嘈杂的声音。何玉兰先以朱二姐的卵巢囊肿作为开场，说秋萍一直让她帮着联系厂医院，看能不能找最好的医生给动手术。

朱俊松说："我早就劝过我姐，可她说没事。秋萍工作的事联系得怎么样了？"

何玉兰一直跟朱俊松说，在给秋萍联系市财政局下属的珠算协会。

"一提这事我就上火，原定20号有个例行考试，都得走这个过场嘛！可 19 号那天秋萍就来事了。她肯定没告诉你吧？哎呀，她也不让我跟你说，怕你惦记——"何玉兰做了个稍长的停顿，"她流产了！"

朱俊松没说话，只能听见人来人往的说话声。

"她第一次没经验，两个月没来例假也不说，大概不好意思吧。那天骑自行车摔倒了，回来就开始肚子疼，出血。我估计可能是流产，没敢去厂医院，这事让人笑话啊，在厂外医院看的，确定是流产。现在已经养得差不多了。"

接着她从朱俊松的角度阐述了尽早结婚登记的重要性，说南兴这边因为朱俊松的原代培单位要的违约金太高，有些犹豫，如果朱俊松跟秋萍登记，那就可以作为工厂子弟得到照顾。朱俊松没反对，说要先跟学校打个申请报告。

回到家，何玉兰觉得有必要嘱咐一下秋萍，免得穿帮。

秋萍睁大眼睛，"撒这种谎不好吧？他有什么反应？"

何玉兰说："他要先跟学校打报告。"

"我也没做过流产啊，他要问我什么滋味，我也说不出来啊！"

何玉兰觉得小女儿真是笨得不可救药了，她的耐心已经被磨没了。你就说疼，反正他这辈子也不能有切身体会！

半个月后，朱俊松和江秋萍成了合法家属。婚礼择日再办。

不久，江秋慧怀孕了。

喜事连连。何玉兰跟老江说："早知道这样，我生五个女儿好了。"

19

朱俊松毕业后分配到南兴厂特设科工作，秋萍随即以"急需人才家属"身份进了南兴厂保教科当出纳。朱俊松和秋萍在春末举行了盛大的婚礼，酒席办了七十多桌。婚车是一辆加长的林肯，档次上绝对超出了朱俊松所期盼的凯迪拉克。婚后，小两口没房子，只好住娘家。给秋萍筹备完婚礼，何玉兰的小金库就空了，好在礼金收了不少，经济紧张才有所缓解。

保教科离何玉兰家不到五十米。秋萍的班上得很舒服，单位没什么事，闲聊比干正事的时间要多得多，她不会做饭，回家的第一件事就是唱卡拉OK。其他三人因在厂内上班，回家要比她晚二十多分钟。何玉兰越来越看不上秋萍，除了个好脾气之外一无是处。心里巴不得她早点搬走。但对朱俊松，她是有愧疚的，为了让秋萍得到他，当初是使用了一些"骗术"的，过这么长时间，朱俊松不会看不清楚，但他是个有责任感的人，从没抱怨过，和秋萍恩爱有加，何玉兰和老江对他更多了份敬重。

每当陈跃刚晚上给夜大生上课时，秋慧下班就直奔娘家吃晚饭，吃完就上舞厅。她肚子已经很大了，像扣个小锅，但身体还出奇的轻盈，照旧舞姿翩翩。秋慧比没怀孕的时候漂亮了，看面相和身形，十有八九是生女儿，何玉兰看出来也不敢说，生怕孩子的性别因她这句话而变了。秋慧一心想要个男孩。

秋慧又穿了件新的孕妇装，何玉兰警惕地翻了一下衣服里子，断定不是日本旧服装才放心。何玉兰对两个女儿的好感总是此消彼长，现在秋萍让她厌烦，所以本应该是觉得秋慧特别可爱才对，可今天她心情不好，秋慧总拖着大肚子去跳舞，不太像良家妇女的做派，她受不了。

孕妇饭量大，一盆肉炖豆角，秋慧一人吃掉大半。吃完，秋慧要走，说晚上不在家住了，去盛美英家住。何玉兰最恨她去舞厅，这么个肚子万一哪个圈转得不对劲了，就会出大事。也让人笑话。她曾叫陈跃刚管管，陈跃刚说，这么多年你都没管服她，我能管得了吗？

何玉兰说："秋慧，你要把孩子生在舞厅了，别人来报信我都不带管的，丢人！"

秋慧笑，"那还省住院费了呢！要真那样，孩子长大了，肯定到哪儿都不怯场。"

何玉兰说："你要觉得那样好，预产期那天你就去舞厅，我把电视台的人找来，让你当新闻人物。你不总梦想着上电视吗？"

"孕妇就得多运动，医生说的！"

"医生是让你在户外运动，不是乌烟瘴气的舞厅！人那么多，万一把孩子挤着碰着怎么办？"

"我和大鹅都是在墙角跳。"

何玉兰有些急眼，"我看你们是不正经！在墙角跳你们不也有肚皮碰肚皮的时候?"

"碰不着,他拿把铁钩子搭着我腰跳!"

其他人都笑,何玉兰没笑,"你要不知好歹我可没办法!以后你晚上别再回家吃饭了,如果非回来吃不可也要买点副食鱼肉之类的东西,从昨天开始,家里吃饭由俊松和秋萍负责,我和你爸每月交三百块钱伙食费。以前你吃的是你妈你爸的,白吃白喝就算了,谁让我们欠你的呢!现在不能白吃,因为是人家俊松掏钱!"

秋慧从钱包里掏出十块钱拍在桌上,"十块够了吧?我最多也就吃七块钱的东西,剩下的是烹调费!"

朱俊松和秋萍让她把钱收回去,秋慧傲岸地拒绝,秋萍又不敢和她拉扯,只好把十块钱交给了何玉兰。

朱俊松非常生何玉兰的气,他只能过后把气都撒到秋萍身上。

"你妈那么说不是明显挑拨我和你姐的关系吗?好像我不愿意让她回娘家吃似的!我再穷也不会因为十块八块的跟家里人计较吧,何况她还怀孕了。你妈是不是嫌我们每月交的伙食费少啊?我们两个人每月交两百块钱的伙食费,她却说他们两个人每月交三百块钱,这不明显是暗示我们给得少吗?!她把三百块钱给你了?"

秋萍急忙说:"她什么时候把钱给我了?"

"那你当时不吭声?"

"她是说给我姐听的!"

"可不光是你姐一个人听啊!"

"她就那样人,嘴不好,想说什么就说什么。"

朱俊松冷笑一声,"你妈嘴还不好?用得着的时候,她比谁都会说,能把人哄得以为自己进天堂了呢!这一点你应该最清楚!"

秋萍说:"你要实在受不了她,我就向单位申请要个母子宿舍,咱俩搬走算了。"

"搬出去过你就得勤快点。"

秋萍点点头。两人手拉手出去散步。在文化宫门口,一辆面包车停在他们跟前,秋慧坐在车里喊让他们回家,说有重要事。然后车就开走了。

开车送秋慧回家的是徐永林。徐永林比秋慧晚一年结婚,婚后,他和秋慧的社会距离远了,心理距离反而近了。秋慧缠磨人的劲儿有时很让徐永林烦,可一旦她召唤了,他就会屁颠颠地听从召唤。她是他的烟,明知沾上不好,瘾却戒不了。

今天晚上,秋慧的舞伴不是徐永林,是她的中学同学马小飞。马小飞已经有三个多月没见秋慧了,两人在舞厅门口一见面,马小飞吓了一跳,他没想到秋慧的肚子有这样突飞猛进的扩张,并排往舞场里走的时候,他觉得好像全人类的目光都集中在了自己身上。

马小飞自嘲地说:"人家可能都以为我是孩儿他爸呢!都这样还出来逛呢,还不老实在家眯着,多大肚子了?"

言语里颇多责怪。

秋慧说："为什么在家眯着啊？我的肚子又不是被强奸大的！"

多半时间，他们都坐着，只跳了一曲慢四。

马小飞嘴还不停地唠叨，"你瞅你，都什么样了还出来跳舞？"好不容易等来一曲慢三，秋慧坚决要跳，马小飞不动，"我说算了吧，这舞花步太多，搂你我这胳膊不够长。"

马小飞不太高，微胖，显得身材有些五短。

一对对舞者从他们眼前娉婷而过。因为肚子大，秋慧的双腿不得不叉开，这使她的坐相异常凶恶。

马小飞突然站起身说："哎呀，我小姨子来了！"他消失得特别快，秋慧几乎都没反应过来，他就没影了。本想着跳个舞能把情绪调节一下，现在心情更加恶劣。秋慧一遍遍地传呼徐永林，徐永林终于回电话，说在跟朋友喝酒。

秋慧说："我都要上吊了，你还喝什么酒？马上过来！"

徐永林马上就开车过来了。

车开到何玉兰家楼下。秋慧说："你帮人帮到底，现在得跟我上楼。"

徐永林说："我今天就不进去了，空手上你家不好意思。"

秋慧说："你又不是来相亲的，空手有什么不行？正好帮我搬东西！"

徐永林问："这么晚了，找个白天搬不行？"

"不行，我要马上和这个家断绝关系，拖一分钟我都难受。"

徐永林慌忙把车打着火，"我可不能帮你这个忙，你妈得骂死我！我没招没惹她还管我叫大鹅呢！"

秋慧问："你怎么知道？"

徐永林说："我啥不知道啊！"

他要走，秋慧不许，让他在车里等。

这时，朱俊松和秋萍也到了楼下。秋萍问秋慧："叫我俩回来有事啊？"

"你们进屋就知道了。"

屋里只有老江，秋萍两口子不知为什么迟迟不上来。见大女儿进来，老江瞅瞅表问："散场了？"

秋慧问："人都哪儿去了？"

"你妈在厕所呢！秋萍他俩出去溜达了。"

秋慧做事向来需要大场面，没观众情绪就调动不上去。老江是家里的骑墙派，虽然私下无条件支持妻子，但表面上谁也不得罪。秋慧跟老爹吵不起兴致来。

朱俊松捧着一个大西瓜和秋萍进来了。当事人都到齐了。

秋慧跪到地上，把卡拉OK机从电视柜里拿出来，拔掉上面的各种线。

"我把我家的卡拉OK机拿走，你家的那个我让跃刚给送过来，唱了不到半小时的歌就坏了，我们没那么多钱去修，谁知道在哪儿买的，连三包都没有。"秋慧没瞅别人的表情，自顾自说着。

何玉兰接茬儿，"那你就拿走，我以新换旧还没落个好，秋慧你啥也不是！"

秋慧站起来，"说对了，我是啥也不是，属于姥姥不亲舅舅不爱那伙的。"

朱俊松递过一块西瓜，"姐，先吃块西瓜吧。"

秋慧看了西瓜一眼，"孕妇不能吃西瓜。"她把眼睛移向母亲，"你在秋萍身上花过多少钱，你在我身上又花过多少钱？工作我是自己找的，嫁妆我是自己挣的，我这么大岁数才怀个孕，在你家吃口饭你们管我要钱？"秋慧委屈得哭了，好像她怀孕是为全家人做出的牺牲。

何玉兰说："秋慧，你别没良心，要是在国外十八岁就得自立了，我养你到二十大几，朝你要一分钱房费和饭费了吗？你结婚我没给你五千块钱吗？"

秋慧叉腰站在地中央，"你是给我五千，但最后我同事朋友随的礼不是你都收下了吗？那就将近两千块钱！秋萍结婚你花多少，林肯奔驰凌志全有，我跟跃刚那会儿差点没骑自行车！你答应给我一台吸尘器，当着我爸和跃刚面说的，买了吗？现在吸尘器还在商店里摆着呢吧！"她指着挂在墙上的衣服说，"我要穿件日本衣服你就让挂厕所里，秋萍这也是死人穿的衣服，你怎么不管了呢？"

何玉兰捂住胸口，"秋慧，注意点胎教吧，你女儿都长耳膜了，小心她以后跟你学！"何玉兰并不敢绝对肯定秋慧是生女儿，这么说纯粹就是为了刺激她。

秋慧果然蹦了起来，"我非生个儿子给你看看！"

老江赶紧制止，"你俩别吵了，一个心脏不好，一个大肚子，少吵两句多活几年吧！"

娘俩各自把陈芝麻烂谷子全翻出来了，本想观战的秋萍也被卷进冲突，纷争中，三个女人都哭得鼻涕一把泪一把的。

最后还是徐永林上楼把秋慧劝上了车，送她回了家。

十几天过后，秋慧给老江买了一条皮带，叫老江来学校拿。这是一个信号：秋慧有服软的意思。母女俩每次大吵完，都会陷入一个奇妙的时期：相互怀念却又谁也不肯认错。她们只好拿老江下手。何玉兰会通过老江来邀请大女儿回家吃饭，而秋慧则是给老爹买东西。

"小何，秋慧都给我买皮带了，你就给她几句好话吧！"老江抚摸着皮带说。皮带样式倒挺酷的，也是真皮，但太硬了，戴上这样的腰带，老江没法干活。不过，为了秋慧能得到何玉兰的原谅，老江还是装着无比喜欢的样子。无论如何，他要忍痛戴上几天，一直到秋慧回娘家。

20

南兴厂专为分配到本厂的外地大学生盖了一栋家属楼，朱俊松的硕士学位虽然加分多，但他刚进厂，所以打分靠后，没分到房子。在房子即将封顶之时，厂里突然决定多加一层，由七层楼变为八层楼，这样就多出了二十几套住房。朱俊松幸运地拿到了选房权。

何玉兰高兴之余又为一万二的房款发愁，要再加上装修呢？她先发制人，主动把四千块钱交给秋萍，"我和你爸只有这么点积蓄了，你们买房先拿去用，等手头宽裕了，还我们三千块钱就可以，有一千算给你们的。"

秋萍满脸愁云，"那怎么整啊，我们手里只有三千块钱，还差五千呢！"

何玉兰看不得女儿无能的样子，生气地说："我们已经是拼老命帮你们了，你让俊松借点吧！"

秋萍说："他刚上班时间不长，脸皮又薄，跟谁借啊？那只能跟我姐借了。"

何玉兰说："你姐马上要生孩子了，你还朝人借钱？你多大个人了，还什么难题都推给家里人？就这点能耐啊？不行你就去卖血吧！"

秋萍哭了起来，"那就不买了！"

何玉兰来气了，"你不买威胁谁啊，更好，省了！"她把钱又揣到了兜里。何玉兰转头跟老江说，"我养了一帮吸血鬼，要按现代的想法，我一个孩子也不要，婚都不结，当单身贵族，老的时候当五保户，往敬老院一住！"

过了两天，秋萍又来向母亲要钱，她说还是要买房，剩下的钱由俊松负责借。何玉兰问他从哪儿借，秋萍说："俊松往家捎信儿了，他两个哥两个姐帮着凑两千，他爸能给拿两千。我们也不装修了，直接搬进去就行。"

何玉兰越想越不对劲，她悄悄把秋萍叫到外面。

"你们结婚的时候他家都没给出一分钱,怎么买房子反倒有钱了呢?"

"听说是他爸借了一千块钱,这不等着把粮食卖了再还上嘛。"

何玉兰说:"他们把养老钱都花了,以后怎么办?"

秋萍说:"以后我们给养老呗。俊松想等他弟、妹结了婚,就把我公公婆婆给接过来。"

何玉兰本来是要把朱俊松当养老女婿的。听秋萍这样一说,不免恼火。她点着女儿的脑袋说:"我就知道俊松有这个心思,你反应也太迟钝,宁可不让他们掏钱。他父母来了睡哪儿啊?搭吊铺?"

"即使他们不掏钱,该养的时候你不还得养!"

"凭什么非得你们养啊?俊松还有七个兄弟姐妹呢!"

选房号那天,正好是秋慧的预产期,因属于大龄产妇,她头三天已经住进了南兴医院,陈跃刚全天候陪着。朱俊松、秋萍不想让何玉兰参与选房,他们的意见一致。朱俊松说:"妈,你今天还是去医院吧,姐生孩子比我们选房号重要,我倒数第四个选,肯定没有太多选择余地,您觉得八楼好,我们就争取选个八楼。"

秋萍也附和,"是啊,我姐那是大事!"

何玉兰今天穿了身新衣服,腰板拨得溜直,安了定海神针一般。她开口道:"秋慧她婆家人都在医院,你爸也已经去了。你姐那人办事没准,今天生不生还难说呢!我估计选房也花不了太多时间。"

轮到朱俊松选房号时,只剩下三套八楼的房子和一套一楼的房子。不出何玉兰所料,朱俊松坚决主张要一楼,说怕八楼顶层漏雨,以后父母来了上下楼也太困难。一楼那套是阴面。

何玉兰说:"房子是你们住,我管太多了招人烦,可是,你们如果想要孩子的话,那就必须得听我的。一楼那间房子本来就阴面,还是个冷山,到时孩子百分之一千得缺钙!"

后面的人催促他们快拿主意。何玉兰一指女婿,"B803!"

摘下B803的那一宿,朱俊松和秋萍都没睡着觉。后悔。朱俊松从上大学那天起就发誓,将来自己有了房,一定把父母接到城里享受享受,现在要个八楼,好像成心不守诺言。秋萍不喜欢八楼是因为懒,办公室在四楼她都嫌高。第二天早上,秋萍的嘴唇起了一圈水泡。两姐妹的火气都是从嘴上走,但方式不同,秋慧是骂人发脾气,秋萍则是沉默而有定力的水泡。

开每周干部例会那天,何玉兰在会议室门口堵到了朱俊松单位的领导,她说朱俊松为买房子差点去卖血,还在家乡借了高利贷,看能不能给点补助,或从工会借点钱把高利贷还上。领导爱才,非常同情年轻知识分子的窘境,他回单位后马上就做了安排。

当单位的工会福利委员让朱俊松填补助借款申请表时,朱俊松有些发蒙,脸唰地红了,忙问是怎么回事,福利委员也没关照他的情绪,当着好几个人的面把缘由讲了。

朱俊松拒绝填表。他说:"她肯定是弄错了!"

福利委员问:"你说刘主任弄错了?"

朱俊松说:"我没说刘主任弄错,谁跟刘主任说的这事谁弄错了!"

晚上回家,朱俊松明显不爱说话,何玉兰知道是怎么回事,但女婿不明讲,她也不便挑破。躺到床上,朱俊松跟秋萍说:"我真恨不得去卖血挣钱还给你妈!"

21

秋慧果真"办事"没准,拖了五天才生。当时,疲惫不堪的陈跃刚正在自己家睡觉,等他坐车赶到医院,孩子已经生出来了,是个女儿,六斤八两。陈跃刚早给她起好了名字,叫陈灿然。秋慧进产房不到两个小时就生了,医生都感到惊奇,很少见年过二十八周岁的高龄产妇能生得如此顺利。秋慧嘴急,生完就嚷着饿,幸亏何玉兰有经验,事先带了一小暖瓶小米粥,秋慧心急火燎地喝光后,说嘴里没味,让陈跃刚去日丰园饭店给她买酱肘子。

婆婆来侍候秋慧坐月子,两个人都是急性子,婆媳关系从根儿上就不好,现在圈在一个十平米见方的小屋难免有磕碰。何玉兰去看女儿时,她婆婆总是告状。秋慧是那种不听劝的人,热了就开窗,难受了就洗澡洗头洗屁股,菜淡了就放酱油,想吃水果就吃。她婆婆则守着老传统,认为人坐月子不能受风,不能吃水果，不能洗脸洗头，不能去外面，可秋慧就像要跟她作对似的，每样大忌都犯个遍。为此，婆婆也罢过几次工，都被陈跃刚给劝了回来。

这天，何玉兰在单位接到邻居的电话，说秋慧抱孩子回来了，没进去屋。何玉兰大吃一惊，秋慧离满月还有一周，生女孩还要多加一天，怎么突然回家了呢？何玉兰在厂办大楼门口截了一辆车急忙赶回家，秋慧正在邻居家里看电视，陈灿然睡得正香，身边放着一个大包。南兴厂地处市郊，而秋慧家在市内，坐公车要一个小时车程。何玉兰问她怎么回来的，秋慧说打车，何玉兰问花了多少钱，秋慧说四十来块。

何玉兰说："遇上你这个败家娘儿们是倒透霉了！孩子要是被折腾病了，我跟你没完！"

过一会儿，陈跃刚和自己母亲来了。见到亲家，秋慧婆婆两眼泪汪汪。原来，秋慧要生吃西红柿，婆婆不让，说吃又酸又生冷的东西会倒牙，秋慧不听，非吃不可，两人由拌嘴发展到争吵，相互把老账新账一起算。何玉兰拉开架势要狠狠批评女儿，被陈跃刚给拦住了，说等秋慧坐完月子再批评，免得弄成产后忧郁症。何玉兰说："即使忧郁症通过空气传染，她都得不上。"

按规矩，女儿坐完月子要到娘家住一个月，叫挪臊窝。从秋慧要生孩子开始，何玉兰就在愁这一个月如何打发。孩子吵闹，奶臊味大，秋慧还难伺候，她要是住娘家，陈跃刚也得常来，家里实在挤不下。秋慧的提前到来，让何玉兰措手不及，对额外的一周磨难没有思想准备，内心里天大的不情愿。

本来，朱俊松和秋萍提出要借个母子宿舍住，何玉兰没同意，她怕秋慧住得太舒服，整个产假都在娘家过，那就惨了。这样，娘儿仨和小孩住大屋，朱俊松跟老江住小屋，陈跃刚来了就在小屋打地铺。

陈灿然满月那天正好是星期天，秋慧去澡堂狠搓了一顿，然后她跟同事在街上无节制地闲逛。陈灿然在家里饿得哇哇大哭，何玉兰让陈跃刚传秋慧，陈跃刚说："不用传了，秋慧想好好品味四九年的感觉，特地没带传呼。"

何玉兰边骂女儿边给孩子冲奶粉，孩子不喜欢喝奶粉，但因为实在饿极了，将小半瓶牛奶全喝了进去。何玉兰对陈灿然说："陈文佳，你摊着这样的妈，真是可怜啊！"

何玉兰不喜欢"灿然"这个名字，觉得有转瞬即逝之意，不那么吉利，所以她让陈跃刚用"陈文佳"这个名字报户口，陈跃刚答应得挺好，等户口簿拿回来一看，还是"陈灿然"。

到了星期天，秋慧虽然没出去逛街，但打了几乎一小天电话。晚饭后，秋慧说跟陈跃刚出去消消食，马上就回来。一个小时过去，老江接了个电话，告诉何玉兰，说秋慧他们俩有点急事，得晚点回来，孩子饿了就给她冲点奶粉。

何玉兰急了，"你为什么不让我接电话？什么有点急事，他们早就密谋好了要晚上出去玩！秋慧她根本不配当妈，没孩子的时候歇斯底里想要，有了孩子她全扔给别人。老江，她要再住一个月，我不死也得疯！她住的这些天，我几乎没睡觉，尿臊味把我熏的啊，孩子半夜里哭她也不管，尿布都是我给换，好像陈文佳是别人生的，她只当下奶妈！"

何玉兰把陈文佳托付给邻居的一个老太太，拉着老江往外走。老江不知是怎么回事，何玉兰说："他们要快乐，我们也得要。"

他们来到舞厅。何玉兰让老江站在门口等。因为没买票，舞厅把门的人不让她进，何玉兰说我来找个人，马上就出去，我拿十块钱押你这儿也行。把门的一看她这年纪，放她进去了。看了一圈，没见着秋慧两口子的身影，何玉兰出来，带老江奔另外一个舞厅。老江不去，何玉兰一指远处，"那我就找老沈跟我去跳。"

老沈是南兴厂有名的老舞皮子，三任媳妇都是由舞伴发展的，最后也都跳散伙了，现正单身。虽是老妻，可老江也不能放任，只好跟她进了舞厅。

秋慧和陈跃刚果然在里边跳舞。何玉兰也不理他们，拉着老江就跳，老江只在晨练的时候学过大慢三，他以不变应万变，不管什么曲子只跳大慢三。

母女翁婿跳到了一起。秋慧瞅了再三才确认这对"大慢三"是自己的父母，她的第一反应：我家孩子呢？让陈跃刚心头一热。随即，秋慧带着丈夫旋转出舞厅。

22

春节过后，朱俊松的新房子给钥匙了。

新房为一室一厅，居室不小，有十五平方米，厅还不到十平方米。秋萍两口子因为没钱，原本不打算装修，直接就搬进去。何玉兰说怎么也应该把厕所和厨房铺上瓷砖，等搬进去以后再铺就困难了，这几个月省下的生活费应该够买瓷砖的。自从买房以后，她没再要他们的生活费，提一下，也是让秋萍两人领领情。

在装修问题上，何玉兰和女儿女婿又发生了分歧。朱俊松要把厅改成一间小屋，放个上下铺，以便亲戚来住。何玉兰死活不同意，说在厅里看电视多好。秋萍说："我俩都愿意躺床上看电视。"

何玉兰暗恨女儿傻。她说："这块地方谁也不许动了，以后留给我外孙子玩游戏！"

朱俊松语气平和地说："那就留着吧！"

谁也没想到朱俊松会大动干戈地装修房子，不仅厨房和厕所铺了瓷砖地砖，室内还铺了实木地板，打了墙裙，天花板吊了石膏花。何玉兰从朱俊松领导那儿得来点口风，单位里搞了个民品开发项目，朱俊松牵的头，得了三千多奖金。

何玉兰心里不平衡，她跟老江说："秋萍这两口子心计重，蔫不声地往自己兜里划拉,家里藏座金山都不露口风,属于保密局的,我这儿还天天替他们装修发愁呢!现在看起来,还是秋慧两口子实在,跃刚他每个月有多少奖金,在外讲课挣多少钱,存折里还有多少全告诉我,误差不超过三十块钱。"

可惜,何玉兰和秋慧各自的美好感情似乎很难出现交集。在同一时间同一频道,要么是双方都在怨恨中,要么是一方在欢喜中但另一方在怨恨中。自从秋萍装修房子,秋慧就难得回趟娘家,她心里嫉妒。和陈跃刚结婚这么多年,至今仍住筒子楼里,而秋萍结婚还不到一年,房子就分了,新房子,有个厅,而且是大装修。她清楚,母亲肯定没少拿钱。嫉妒妹妹的好总是说不出口的,但对于母亲的偏心,她是有权责备的。责备的方式就是向婆婆靠拢。

母亲节头一天,秋萍打电话约秋慧回来过,秋慧说要带陈灿然去婆家,自己给婆婆买了两米多呢子料,还买了好些水果、副食。秋萍估摸大约一百二十元的东西。秋慧接着说:"给咱妈也买了,我让跃刚送过去。"

因为秋慧说"给咱妈也买了",冲这个"也"字,秋萍为姐姐的这句话擅自添加个宾语,以为她给自己妈肯定也是买了块呢子料、水果和副食,她赶紧去商场给何玉兰买了双一百零七块钱的皮鞋,原本,她只想花五六十元就行了。回家后,秋萍把秋慧的话跟父母学了一遍,老江还开了个玩笑,说要生三个就好了,再有一个姑娘给买裤子。

何玉兰说:"那我可不要,有成千上万培养孩子的钱和精力，买个纯金裤子也够了。"

第二天，陈跃刚自己来了。

何玉兰问："秋慧和陈文佳怎么没来？"

陈跃刚说："陈灿然在我妈那儿睡觉呢，秋慧离不开。妈，这是秋慧给您买的母亲节礼物。"

陈跃刚递过来的小包绝不可能是呢子料。

何玉兰接过礼物的时候暗中捏了一下，是个小盒子，猜不出什么东西。她笑着说："买什么礼物啊，你们现在钱也够紧的，光陈文佳就得花掉秋慧的工资。"

女婿走了以后，何玉兰把礼物从塑料袋里拿出来。里面还套着一个花的不透明塑料袋。老江和秋萍都凑过来，想看看被重重"迷雾"包围的"谜底"。不透明塑料袋里是一个旧挂历纸包着的扁长盒子。秋萍开始朗诵起一首童谣：从前有座山，山里有个洞，洞里有个盆，盆里有个碗……撕开挂历纸，只见一个透明的小塑料盒里装着一双喜气洋洋的绣花鞋垫，盒子上一行紫红色烫金小字：去臭、除菌、治脚气。

秋萍先"啊"了一声说："包得里三层外三层的，我还以为是什么贵重东西呢！"

老江说鞋垫好看，放鞋里试试。

何玉兰瞪了他一眼，没打开塑料盒，她让秋萍把透明胶布拿来，然后把撕坏的挂历纸粘好，又把礼物包了起来，按原样套进各种包装里。

秋萍问："你不要？那给我吧！"

何玉兰斥道:"你没见过东西啊?早市上三块钱一双你不会自己去买?我要早点打开就好了,直接让陈跃刚给她带回去,我垫不起这种鞋垫!"

秋萍看热闹不怕事大,"我姐说给你也买了呢子料哇,是不是等她来的时候再带过来?"

何玉兰说:"我不稀罕要她的东西,也别总带孩子过来吃住,以后,我不招待她!"

秋萍依然迷惑地说:"不对啊,我姐亲口说的啊,买了这买了那的。会不会她自己送过来啊?"

母亲节是新兴的洋节,何玉兰本没太在意,如果不是秋萍张罗,她根本都不知道还有这个节。假使秋慧不给她买礼物,她也不会像现在这样生气。越想越不是滋味,何玉兰往秋慧的婆家拨了电话。

秋慧的公公接的电话。为节省话费,何玉兰飞速寒暄了一下,说找秋慧。她听得见里面欢声笑语的,陈文佳"啊啊"地搭话的声音。陈文佳长得像陈跃刚,圆头圆脑。皮肤像秋慧,粉嫩得要出水。孩子正是好玩的时候,冒话了,见人就"啊啊"地打招呼,一听音乐就来电,手舞足蹈。抱出去人见人爱。何玉兰也喜欢外孙女,秋慧看出这一点,专门不往家里抱。何玉兰想孩子了,就去秋慧婆家看看。

秋慧拖了一会儿才过来接电话。

"秋慧,你们临回家以前过这边来一趟。"

秋慧问:"有事啊?"

何玉兰说:"我腌的咸鸡蛋全出油了,给你们拿一些。"

"那你刚才怎么不让跃刚带回来呢?那就让他再回去取一趟!"

何玉兰说:"刚才忘了,才想起来!跃刚干什么呢?"

秋慧说:"逗陈灿然玩呢!"

何玉兰想让她提绣花鞋垫的事,秋慧没提,看来也明知自己的礼物拿不出手,如果礼物值钱,她早惊天动地了。

秋慧仍惦记着腌鸡蛋,"灿然可愿意吃咸鸡蛋黄拌大米粥了!"

"那你就让跃刚再过来一趟吧,顺便把绣花鞋垫带走!"

秋慧似乎愣了一下,"你不喜欢啊?"

何玉兰想,你是真无知还是装无知啊,她换了种柔和的语气说:"我这脚啊小时候在农村没鞋穿,磨得邦邦硬,费鞋费袜子,秋萍花一百多块钱给我买了双鞋,我把她给说了!你买的那双鞋垫花绣得么么贵重,我怕给磨坏了,艺术品哪禁得住踩啊!再说我也没脚气也没脚臭,用不着除菌除臭,别白瞎东西,你看欠谁人情就送给谁吧!"

秋慧听明白了,话也不含糊。

"秋萍花一百你就心疼了?她给你花一万也是应该的!你们往她身上搭多少她自己不清楚吗?地催多少肥出多少产!"

"秋慧,你属疯狗的?说鞋垫的事,你往秋萍身上扯什么?"

"你不就是嫌我送的东西不值钱吗?你也没啥心里不平衡的,说给我看孩子,看了吗?说给我保姆费,给了吗?你当姥姥的，给陈灿然买过啥了？我这人就这样，别人给我一百个好我得还一百零一个好，别人对我一百个不好，我得还二百个不好！"

何玉兰急了，"江秋慧你跟谁叫号啊？你也是有孩子的人了，小心遭报应！"

娘儿俩的嘴功势均力敌，又都不肯主动甘拜下风，所以，经常是打着打着便不管不顾了，什么话伤人说什么。何玉兰要不是顾忌电话费，可能还要跟大女儿理论一会儿。

秋慧更是个一不做二不休的主儿，放下电话，骑自行车直奔娘家。陈跃刚拦不住她，只好给何玉兰打电话，说如果他媳妇说了不好听的话，叫岳母担待点。

秋萍开的门。

秋慧二目圆睁，"江秋萍，以后你别里挑外撅的，我只说过给我婆婆买呢子料和水果副食了，没说给别人买，你瞎替我许什么愿？"

秋萍说："你吃枪药了，冲我来什么？怪你自己嘴破，有的也说，没的也说，当时，我听得清清楚楚，你说给咱妈也买了块呢子料和好吃的！"

"我什么时候说的？你心眼没长好，耳朵也没长好？"

何玉兰和朱俊松都出来了。朱俊松一眼也没看秋慧，把媳妇往屋里拉，秋萍不肯，摆出决一死战的样子。朱俊松严肃地说："江秋萍，你别学得破马张飞的，给我马上进屋！"

秋萍乖乖地进屋了。两人把大屋门关上了。

这扇关上的门，把何玉兰的心堵得上不来气。她把鞋垫扔给秋慧。秋慧坐到门槛上，扯开包装，把鞋垫垫进鞋里。

秋慧的脚比何玉兰的脚大一号。

陈跃刚一听秋慧将鞋垫作为母亲节礼物，叫苦连连。进入中年之后，他有些话痨。

"我看是个小扁盒，也没打开，以为是项链什么的。我要知道里面是双鞋垫，肯定不会去送啊！你不寒碜我嘛！"

气消下来之后，秋慧也觉得自己做得有点过了，但她不会轻易向母亲低头，这等于把所有的错都揽到了自己身上。僵持了一段时间，何玉兰也有点挺不住了，老有想和秋慧聊天的冲动。有些事情，如果不和秋慧倾诉一下，就像没宣泄透彻。正当何玉兰翘首以盼的时候，秋慧送来两张体检券。她在帮一个单位排练大合唱，正赶上这个单位员工每年一度的体检，也给了她两张券。秋慧站在门厅里，有些傲然地将体检券递给何玉兰。老江让她进屋，被她彬彬有礼地拒绝了。看着体检券上印着的金额，何玉兰还是被感动了。秋慧转身要走，何玉兰忙说要给她煮几个咸鸭蛋带走。

"不用，我自己腌的已经出油了。"

何玉兰心里想笑。秋慧就是这个样子，即使道歉，也不会让对方接受得太舒服。

"哪天过来吃饭吧！"何玉兰说，没等秋慧有反应，她扬了下手中的体检券，"谢谢。"

23

朱俊松的房子装修好了，结构未动，厅果然留了出来。不出何玉兰所料，刚搬进新房，朱俊松就把父母从农村接了过来。朱俊松让父母睡屋里，自己和秋萍在厅里支了两张折叠床。

结婚前，朱俊松就提出以后会把老人接到自己身边生活，让秋萍考虑。那会儿，秋萍根本不用考虑，朱俊松让她上刀山她都能上。这会儿，她的委屈只能跟母亲说。何玉兰最怕两个女儿跟公婆在一起生活，这个想法虽然卑鄙了点，但哪个做母亲的不愿意自己的女儿生活舒服些？在和亲家头次见面时，何玉兰就对朱俊松的父母说，儿子多了有福啊！可惜我没儿子，跟大姑娘又像冤家似的，今后我们会把俊松当成儿子看，老的时候也有个依靠。这话就暗示朱俊松基本上属于倒插门了。

一个月下来，秋萍痛苦不堪。本来折叠床睡着不舒服，一翻身吱吱乱响，公公还频繁起夜。可能是怕打扰儿子儿媳或者没有冲水的习惯，公公上完厕所后从不拉水箱，厕所没有窗子，味道全往客厅里跑，臊烘烘的。公公夜里上多少次厕所，秋萍就要醒多少次拉水箱。其他一些生活上的不便利更不用说了。

秋萍的看家本领就是哭，虽然心疼女儿，可何玉兰知道这种时候不能火上浇油，否则她会感到更委屈更痛苦，万一在家里表现出来，肯定叫朱俊松不高兴。朱俊松可不是陈跃刚。

何玉兰劝道:"你再烦也得忍,谁让你爱朱俊松呢!能当孝子的人,至少人品都不错,朱俊松要是个打爹骂娘的主儿,你敢跟吗?既然他父母已经来了,你就好好相待,也给朱俊松在兄弟姐妹面前争个面子。你先照我说的办,每月把工资连同工资条都交给你公公婆婆,活多干点,别太懒了!"

"凭啥都给他们呀?这钱拿出去了,再从他们手里往回抠可就难了。"

"你不给俊松能不给吗?哪多哪少你算不出来啊?为什么放着好人不做呢!再说,跟老人卖卖好不掉你什么价。等你有了孩子,腰杆子才能真正硬起来。"后半句,何玉兰没说出口,女人要是没孩子,总不像家里名正言顺的女主人。

提到孩子,秋萍又泪流满面。

母亲说的道理秋萍都懂,可一想到遥遥无期的折叠床生活和不断被尿臊味打扰的睡眠,内心的愁苦就变得无边无际。秋萍一回娘家就不愿意走,说看见公公婆婆就难受。何玉兰撑她,"秋萍,你现在剩下的唯一优点就是温柔贤惠了,如果这个优点你还保持不住,那就一无是处了!都什么份儿上了,你还没点紧迫感!"

何玉兰不敢往下说了。秋萍结婚也两年多了,同居的时间更长,可肚子始终没什么起色。何玉兰比对秋慧那会儿更急。陈跃刚随和,思想开放,从来没表露出对孩子的渴求,而且秋慧能拿住他。朱俊松不同,他是个传统的人,不仅渴望有个孩子,而且公开表示喜欢男孩。最关键的是,他和秋萍的条件相差悬殊，凡认识他的人背地里都有议论，说找的媳妇不咋样。好多人见着何玉兰就问，你姑娘有没有小孩呢？何玉兰看得出，这些人装着好心，实际上是幸灾乐祸。

对秋慧，何玉兰还敢把急迫的心情表现出来。秋慧外向、心大，又在丈夫面前有权威，说深了重了都没关系。而对秋萍，何玉兰加倍赔着小心。秋萍自己也着急，再加上失眠，在母亲面前，动不动就心焦地抹眼泪。

何玉兰带着秋萍去职工医院做检查，没查出什么毛病，大夫说最好两口子一起来查，说不定男方有毛病。不是自己的毛病，秋萍恢复些自信，兴致陡然高了起来。朱俊松下班刚进屋，秋萍就迫不及待地告诉他，"今天咱妈带我去妇科做检查了，大夫说我没毛病，他说你应该去查查。"她撒娇地说，"我净在这儿从自身找毛病了，人家大夫说也许是男方的毛病呢！"

朱俊松停住迈向厕所的脚步，若有所思地说："我能有什么毛病啊？你不是怀过孕吗？"

秋萍陡然想起那个茬儿，惊出一身冷汗。

星期天上午，何玉兰蒸了两锅包子，将一大半拣出来准备拿到秋萍家。老江说："费那么大劲剁的馅子，搁家吃得了，他们要愿意吃就自己包！"

何玉兰反驳道："你也没看你的二姑娘懒成什么样了，她会自己包？"

老江说："你要不管，她能饿死？秋萍的事你管得也太多了，落不下好不说，秋慧那边也有意见，说你偏心眼！"

何玉兰说:"我要是想着当老好人,凭她们的条件能找上高知?为了保全大家,坏人就全归我做吧!唉,朱俊松父母也真是的,住了快四个月了,还没走的意思,把小两口挤到厅里,也不怕他们儿子憋出病来!"

见亲家母又给送包子来了,朱俊松的父母免不了千恩万谢一番,直夸儿子摊上了好岳父好岳母。何玉兰被让到屋里的床上,亲家母也随着盘腿坐到了床上,倚着被垛,袜子上沾着一团白头发。她把放在床上的装烟叶的小篓递给丈夫。亲家公开始卷烟叶,他的手指甲又黄又厚,瞅着就不卫生。把纸烟卷上,他伸舌头在纸边润了一圈,粘住,抽了起来。屋内尼古丁弥漫。两人的做派让何玉兰添堵,别说秋萍这样的年轻人了,就是自己这样上了年纪的都接受不了。此刻,何玉兰对死去的公婆充满了敬意和感激,他们一辈子没麻烦过晚辈,这么自觉的老人打灯笼难找。

被垛被倚得快塌了。枕巾上净是头发。"拉舍尔"毛毯的镶边烧出了一个洞。这些床上用品都是何玉兰给置办的,尤其这个毛毯是老江当厂劳模的奖品,当初把它送给秋萍时,她经过了激烈的思想斗争。现在眼见它们这么被糟蹋,何玉兰心脏疼得抖了三抖。

秋萍打开衣柜拿衣服,她问何玉兰:"妈,你是直接回家吧?我跟你一起回去,看看我爸。"

何玉兰一阵难受,她知道秋萍不想在家待着。

"俊松呢?"何玉兰问。

"他买菜去了。"秋萍答。

何玉兰扫视一眼亲家后,冲女儿说:"俊松都去买菜了,你还不在家帮着做菜?平时你上班都是婆婆做饭,今天休息了也该你好好侍候老人了。"

朱俊松父母急忙说:"不用,不用,让她回娘家看看吧,平时上班也没时间。你们都等吃了饭再走吧,俊松马上买回来了!"

"我去热包子!"亲家母起身。

何玉兰拦住她,"不用,不用,我来时刚吃完饭,现在哪儿吃得下啊!秋萍啊,我看这样,晚饭以后,你跟俊松再回去,直接就在我那儿住吧!"何玉兰亲热地拉住秋萍婆婆的手,"我那里住得比这里宽敞,小屋平时就闲着,不如每天晚上让他们在那边住,省得分床睡,他们这么年轻……老让你抱不上孙子,我都跟着着急!"

朱俊松父母连连点头称是,但随后又忙说:"不急不急!"

晚上,朱俊松和秋萍在何玉兰的大屋里住的。几天后,朱俊松的父母回农村了。何玉兰怕女婿不高兴,准备了许多应对的话,但朱俊松看上去挺高兴的。秋萍悄悄地跟何玉兰说:"别看他嘴硬,实际上也有点受不了他爸妈了。"

该创造的条件都创造了,可秋萍还是怀不上孕。她原本抱着幻想,以为可以像秋慧那样,不疼不痒地过几年自然就怀上了,可经省医院确诊,她是输卵管堵塞。

秋萍被确诊没几天,朱俊松被提为副科长了。何玉兰的高兴是发自内心的，忧虑也是发自内心的，秋萍用什么拴住走上仕途的朱俊松啊？

疏通输卵管的治疗很痛苦，第一次通水的时候，秋萍疼得晕厥过去，把陪同去的何玉兰吓坏了。通了几次，秋萍实在受不了了，秋慧带她去看了中医，带回几百块钱的中药。何玉兰骂秋慧，"你不是说中医都是悬天悬地骗人的吗，怎么还带她去看？你怀不上孩子的时候我那么劝你都不去看中医！居心不良啊你？"

秋慧急了，"你把我当成阶级敌人算了！我能害自己妹妹啊？我不去看中医那是因为我根本没毛病！事实为证！"

娘儿俩又是一番口舌。

何玉兰把中药扔到了床底下，"秋萍，你的病就和塞车一样，不疏通道路车就是过不去，这个道理我小学文化都懂，你念了那么多年书还不明白？哪儿也不用看，就老老实实地在医院通水！"

秋萍赖叽叽地说："通输卵管太遭罪，疼的时候恨不得要自杀，中医就是慢点，但不遭罪。"

何玉兰急了，"你真是不知愁！非得让我把形势给你挑明了？公鸡司晨，母鸡抱蛋，这是天经地义的真理！女人要是连本分都尽不了，人家要你干什么？"

秋慧火上浇油地对妹妹说："听见了吧，这就是当妈说的话？"

24

讲师陈跃刚在女儿满两岁时终于分到了房子。虽然是两家共用一个厨房,但毕竟比六家共用一个厨房的筒子楼要好多了,而且居室面积也增加了,有十四平方米。

钥匙拿到手,秋慧的心气高涨,将全部的热情抛洒在十四平方米的空间里,一到星期天,秋慧就把孩子往婆家或娘家一放拉着丈夫去逛商店,看家具和家居装饰。回来后,就兴致盎然地讲看见了什么好东西,摆在我家哪里哪里合适。然后她盘算着几年后,对门邻居搬走,那时,陈跃刚的工龄和职称会前进一格,有条件独占整套房子。还没装修,秋慧已经开始源源不断地购买小物件:布艺玩具、床罩、纸篓、台灯、工艺品、瓷器……买得陈跃刚忧心忡忡,担心揭不开锅。

何玉兰私下里和老江说:"秋慧也不看自己腰包里有多少钱房子有多大,想买这个买那个,不知道的还以为她家有个洋房别墅呢!"

"秋慧搬家你准备拿多少?"老江问。

他竭尽全力想一碗水端平。

"看她表现吧,我可不想拿热脸往冷屁股上贴!"

老江说:"你也别显得太偏心了。"

"我偏心有偏心的道理,你看她把陈文佳启蒙成什么样了?"

老江说:"咱家就她俩,你也不能差别太大。"

何玉兰斩钉截铁地说:"我这里不搞共产主义大锅饭!再说,秋萍他们是买房。秋慧的房子是学校分的,不花钱,装修呢,简单装装就可以了,她要非得把钱往墙上贴,我一分钱也不会出。"

开始,秋慧想把房子及家具都搞成黑白两色的,何玉兰说:"阴森森的,要再放段哀乐,还以为进殡仪馆了呢!你非那么装,我一辈子也不会进你家,晦气。"

秋慧有心想坚持,又觉得一个好好的方案被母亲给说得晦气了,只好作罢。虽然改了主意,但秋慧和陈跃刚早达成一致意见,装修的时候坚决杜绝何玉兰插手。好在秋慧家离娘家远,一个小时的车程,中间还要倒车,何玉兰的手伸不了那么长。而秋慧又不如秋萍那么听话,何玉兰一问装修的事,她就闪烁其词,今天说这样,明天又变成另一样。何玉兰禁不住打电话向陈跃刚探问实情,陈跃刚推说装修的事全由秋慧负责,他也不管。

秋慧要安装铝门窗的事,何玉兰还是听陈灿然说的。陈灿然表达能力好,特别会学舌,是个双重小间谍,来回传话,有时还能添油加醋。何玉兰知道,从秋慧那儿是别想问出什么,她直接打电话给陈跃刚。

"跃刚啊,陈文佳都跟我说了,铝门窗你们就不必安了。两家一厨的房子,能住几年啊?等你评副教授还得搬家,这个房子就简单地把墙刮个大白,地上铺块地板革就可以了。"

陈跃刚打哈哈说:"装铝门窗的事秋慧只是提了一下,还没定呢!"

"既然还没定,那我的意思是不装了,铝门窗中看不中用。我们单位小王家安的就是铝门窗,一到冬天那缓霜水哗哗往下淌,把地板都泡了。我告诉你跃刚,你要是由秋慧任性子来,她一天就能把你给花破产了,柴米油盐的事你可以让她当家做主,装修房子这么大个事,你心里得有个定数啊,不该花的钱绝对不能花!我这可是为你们着想!"

"我知道了,妈,我会把你的意思传达给秋慧。"

陈跃刚用的是官方语言,肯定是秋慧教的。

"跃刚,你傻啊?她要是能听我的,我还跟你说什么?你就拿出个男人样来,不叫她往大了整!我是秋慧的亲妈,我要不替你着想,我管这些干什么?"

放下电话,何玉兰就后悔了,这是何苦呢,两头不落好,陈跃刚百分之百得把自己的话跟秋慧学。对这个女婿,何玉兰有时难免哀其不幸怒其不争,怎么竟能让秋慧摆布成那样啊!

果然,秋慧来电话了。

"妈,跃刚说你不同意我们装铝门窗?"

"木头窗户比铝门窗好,冬天暖和,不缓霜。住咱厂的那些外国专家都喜欢木头窗户的房子!我们单位小王家装铝门窗,现在都后悔死了。"何玉兰拍着自家的木头窗户,以正反两方面的证据苦口婆心地劝着。

"别人喜欢不等于我喜欢,别人后悔不等于我后悔。"

何玉兰火了,"你们两口子是不是钱多烧的啊?你非得跟我反着来是不是?我叫你跳火坑了,还是要骗你财产啊?"

秋慧慢悠悠地问:"妈,我们装修你想给掏点钱啊?"

"我掏钱?十八岁就应该自力更生了,你现在快十八岁的两倍了,说这话不嫌丢人?"

"既然你不想掏钱,那我们怎么装修你就别管了!秋萍他们装修听你的,是因为拿别人的手软,我们花的是自己的血汗钱,怎么装修都心安理得。"

"秋慧,你属狼的,跟父母总是钱钱的?我们究竟还欠你多少钱,你说个数,明天下午,你在市医院门口等着,我和你爸卖完血,你把钱领走就行了。"

秋慧说:"不用了,我自己也有血!你们卖血的钱去贴补秋萍吧,我受用不起!"

她把电话摔了。

"我怎么养了两个冤家?"何玉兰问老江。

老江说:"你就别管了,她有钱就装呗!"

何玉兰还是没法放手,她就是这么个眼里不揉沙子的性格,想管的事必须要管彻底。秋慧兜里有多少钱,她最清楚。为一个住不了几年的房子投入多年积蓄,甚至负债,那是罪过。她有责任阻止他们犯罪。

星期天一早,何玉兰坐了五十分钟的公共汽车来到秋慧家。筒子楼是工大的过渡房,住的都是青年教师及家属,走廊被各种杂物占据,显得极其逼仄。秋慧正拿着尿盆从屋里出来,看见何玉兰，她略感惊讶，但又不失热情，好像根本没和母亲吵过架。

秋慧倒另外一只手拿尿盆，推开门，"灿然，姥姥来了！跃刚，把被子叠起来。"

何玉兰被让进屋，她先揪了块手纸把门把手和自己的手擦了擦，才拿出给陈灿然买的零食。趁秋慧没在屋，她抓紧时间审陈跃刚。

"房子装修到哪儿了？铝门窗到底安了没有？"

陈跃刚支支吾吾地，"谁知道，活都包出去了，秋慧管，我天天上课也没时间。"

陈灿然嚼着米饼说："姥姥，我妈就喜欢铝门窗，我也喜欢。"

童言无忌，何玉兰不好计较，但话里的信息值得重视。

待吃过早餐后，秋慧极不情愿地领着母亲来到正在装修的新居。果然安的是铝门窗，窗户外面还搭建了一个小阳台，封闭的，弄得屋子里光线暗淡。人在里面一活动显得鬼鬼祟祟。

两个满身尘土的工人正在量木料。

"秋慧，你想气死我啊，你把屋里搞得跟老鼠洞似的，你是地下工作者，要在屋里印传单哪？这平时怎么生活啊！费电不说，再把陈文佳眼睛给搞坏了，身体肯定缺钙。搭个放杂物的窗台架子就可以了嘛，非弄个封闭的，暗无天日，看着都恐怖！要是遇刮风下雨掉下去，砸着人你要吃官司的。摊着你这样的妈，孩子倒大霉了！"何玉兰觉得用铝合金封闭的小阳台像竖起的铁笼子，把里面的人变成困兽，非常不吉利。

电锯声响起来了，秋慧把要反驳的话咽了回去。阳台当然得要，秋慧觉得一个家没有阳台就没有了浪漫。她一直憧憬那样的情景，夫妻坐在阳台的躺椅上看夕阳西下，小桌上放着两杯冒着热气的咖啡。窗户是放飞想象的地方，她最不能忍受往窗外望去，只看见窗台架子上的酱缸或拖布。

秋慧示意工人把电锯关掉。

"妈，阳台已经装上了，马后炮的意见就不要再发表了，拆下来人家也不给退钱，而且，还得多花钱。我装修房子，你不掏钱我没意见，但上我家来指手画脚可不行。"

"江秋慧，就凭我是你妈这一点，我在任何时间任何地点任何事情上都有权指点你。你结婚以前都是我在养你，这笔钱装修十个房子都够了。"

两个工人幸灾乐祸地看着母女俩。

"别光看热闹，帮我把厨房量一下，看需要多少瓷砖？"秋慧对两个工人说。

这是临时想出的主意。她曾经打算装修厨房，但对门邻居不配合，不想为两家共用的厨房投资，连抽油烟机都坚决不安。这样一来，秋慧从根本上放弃了装修厨房的打算。她指挥工人测量厨房，纯粹只为了好好气气母亲。

何玉兰冲准备去厨房的工人大吼道："你们别听她的，别说这装修钱我一分不给你们！江秋慧你要敢铺瓷砖，我就敢雇人一片挨一片地给你砸碎了，你试试？"

"你要想练臂力就到秋萍家砸去,反正是你出的钱!"秋慧面带微笑地说。

"又不是秋萍惹我生气,我为什么要砸她家?秋慧,你白活,一点儿当姐的样儿都没有,总瞅着妹妹的好眼红!我向着秋萍也没错,她就是比你知道心疼爸妈,也从来没跟我顶过嘴。"

"她是吃你的太多,嘴软了!"秋慧撇下气急败坏的母亲走了。

25

新居起伙那天,秋慧在饭店办了八桌酒席,娘家人和婆家人悉数到齐,占了一桌,另外七桌全是她的朋友和同事。秋慧不光是贪图热闹,这么多年随出的礼份子也有不小的数目,正好借这个机会回收一下。相对于秋慧的轰轰烈烈,陈跃刚低调很多,他没通知任何人,到场的一对同学夫妇是邻居,主动来的。高校跟地方的风气不一样,人情往来疏淡,其实倒免去很多麻烦。

在秋慧和陈跃刚的再三邀请下,何玉兰终于拗不过似的,答应出席他们的搬家宴。虽然对女儿心怀不满,何玉兰还是拿了五百块钱。在家里包这五百块钱的时候,她的心隐隐作痛。何玉兰手捂左胸,一个劲儿地跟丈夫说:"就当被打劫了吧,而且是坐在家里被打劫的。"她的样子很像发誓。

这晚,何玉兰穿了件真丝短袖衫,深蓝带暗花,裤子的蓝比衬衫更深一度,纱料的,很有悬垂感。为了避免太素,她在衣服上别了个金光闪闪的胸针。这身行头是何玉兰早就准备好的,强忍欲望直等到今天才穿。她还特地去美发厅做了头发。对着镜子,何玉兰觉得自己不输于任何一个中老年女电影明星。果然,到了酒席上,女来宾们都过来夸她漂亮会打扮。

秋慧佯装妒忌地对母亲说:"你看,你把我的风头全抢去了!"

何玉兰心花怒放,眼前的大女儿也美好起来。

秋萍终于逮着卡拉OK的机会,酒席还没开始,她就一首接一首地唱。酒过三巡,来宾们的演唱热情高涨起来,纷纷上台一亮歌喉。秋萍被迫排队,半天轮不上一首歌干着急,于是见缝插针,不管谁独唱,她都拿着一只麦克风在旁边伴唱。秋慧的一个男同事邀秋萍同唱《在雨中》,男同事处于酒后兴奋状态,按歌词的内容加动作,唱到"在夜里我吻过你"时,他象征性做了个亲吻的动作,引来一片起哄之声。何玉兰禁不住看了看朱俊松,女婿脸色明显有些难看。从两个女儿上幼儿园开始,何玉兰就按淑女的标准来塑造她们,可收效甚微。秋慧早已经走向另一极端,秋萍平时的举止还算文静,可一拿起麦克风酒精含量便超标,至少是个微醺状态。

趁着秋萍抽空下台吃菜的机会,何玉兰轻声告诉小女儿,"别唱了,赶紧吃两口回家吧,俊松好像不高兴了。"

秋萍满不在乎地说:"他爱咋咋地,我可得唱够了再回去。"

何玉兰说:"秋萍,你是把麦克风当成手枪了,只要一握上,胆子就特别大。"

秋萍说:"我唱歌犯法啊?"

她又上了台。

秋慧今天是主角,又难得做一次被众星捧着的月,所以十分亢奋,像个花蝴蝶似的穿梭在各桌之间,妙语连珠,秋波四射。为了答谢各位来宾,秋慧要登台表演最拿手的《执迷不悔》,这首歌作为代表学校参加工厂文艺汇演的曲目,她已经精心准备多日了,正好借今天的场面预热一下子。秋慧刚唱了两句,秋萍就捧着另一个麦克风跟着唱,这也是她的拿手歌之一。

借着间奏曲,秋慧笑着上前去夺秋萍的麦克风。秋萍躲,两人随着音乐在小小的舞台上绕,麦克风不断发出特技噪声,制造噱头,逗得吃饭的人都笑。秋慧再回头唱,秋萍又跟着唱,结果在高音部位将秋慧拐跑调了,大家笑得更厉害。这回,秋慧有点不高兴了,她直接对着麦克风问妹妹,"你都唱这么半天了,我刚拿起麦克风,你就跟着搅?要不然你先唱,等会儿我唱的时候,你上一边清静去!"

秋慧把麦克风放回原处,正要往下走,朱俊松上来,指着秋萍说:"你别唱了,给咱姐唱,还没完了你!"

本来秋萍被姐姐损得脸就有点挂不住,见丈夫又凑上来多事,更加来气了,她一扭身道:"唱完这首!"

朱俊松拉长了脸,"我叫你别唱了,听没听见!"

还剩下两句歌词,秋萍致气地拿起麦克风。

"赛脸啊?"朱俊松拂袖而去。

秋萍刚吐出两个字,泪就流了下来,还没来得及哽咽,音乐就止了。

酒足饭饱的人看情势不妙,纷纷告辞,秋慧忙着送。陈跃刚有点喝高了,见人就咯咯笑。酒这东西对情绪就是起个助涨助跌的作用。走到门口的朱俊松被陈跃刚来了个熊抱,非要再喝两杯,可刚一转身,就哇哇吐了起来。

何玉兰把什么都看在眼里,气得全身发凉。全家人这不是集体大现眼吗?脾气大的缺心眼的小心眼的喝醉酒的,够人议论半年的!何玉兰见人走得差不多了,走到秋萍跟前,"你还有脸哭?以后让你爸在你下巴上焊个麦克风,走哪儿唱哪儿,也许还能顺便挣点零花钱!"

秋萍因为跟朱俊松致气,本想跟父母一起回家,何玉兰哪里肯,愣是在饭店门口把她骂走了。何玉兰和老江刚到家,秋慧就拎着两大包折箩进来了。

"这是给你家的!"

"我可不要,你们拿回家吃吧,我从来不吃折箩!"

"讲究啥!"秋慧嗔道。

"我这人就是讲究,就是不吃折箩。那么多人筷子在里面翻腾,东西再好吃,我也咽不下去。要是这些东西给我,我要!"何玉兰指指刚才秋慧拿回来的东西说。

没想到秋慧很大方,"就是给你们的!"

何玉兰马上怀疑那些包装里面不是什么好东西。她打开来看。

一套茶具。

"人家送的。"秋慧解释道。

何玉兰不满地说:"现在随礼哪有给东西的,就应该给钱嘛,人家愿意买什么就买什么,这东西要用不上不也是白搭?等回人情的时候,你给他拿多少钱才对?"

秋慧接茬儿,"有些人就是不自觉,欠下人情不还不好,但又心疼钱,就拿这些公家发的东西凑数。"

何玉兰说:"这肯定是公家发的,你记不记得,朱俊松那年得奖也是套茶具?"

秋慧说:"给你留着用吧,我家两套茶具呢,也是别人送的。"

一只不粘锅。

"这锅不错,可惜不实用,没盖,做不了锅贴,光煎鸡蛋什么的又太大了。还苏联产的呢……"何玉兰富有感情地摩挲不粘锅。从她一上班就开始跟苏联专家接触,所以凡是带俄文字儿的东西都让她感到温暖。

"给你留着用吧,我要买个带盖的。"

"这个也给我?"何玉兰拿起最后一样东西,不相信地问。大女儿的慷慨让她心存怀疑,"你今天不是喝多了吧?"

"我跟饭店结的账,你说我醉没醉?"

为证实自己没醉,秋慧拿起不粘锅,念起了上面的俄文。

单词一个也不认识,只是念字母,果然字正腔圆,尤其那个 P 字,秋慧的舌头不断卷动,在口腔里形成优美的气浪。

何玉兰打开包装盒,里面是四件套的内衣:衬衣、衬裤、背心、裤头。

"这手感不错,穿着肯定舒服,你怎么不留着自己穿呢,这尺寸你又不是穿不了!"何玉兰还是疑心重重。

秋慧顺水推舟,"等你过生日我就不给你买东西了。"

"那也用不着给我这么多,那套茶具我不要了。"

秋慧说:"给你你就拿着,送人也行啊!什么时候,等你回老家当礼送。"

何玉兰说:"这能拿得出手吗?样式都不时兴了,农村人也未必看得上眼。你想送谁就送谁吧!"

秋慧特别有耐心地说:"这茶具以前可挺贵,一百多块钱呢!"

"刚出来那时候挺贵,现在小摊上最多三十块钱就能买一套。"何玉兰说。

"比你家现在用的这套茶具好点。"

"你真不识货,我家这是正经景德镇瓷器!"

秋慧诚心诚意地,"要么等朱俊松他弟结婚,你送一百块钱,再送套茶具,不等于一百五十块钱了,对吧?"

难得秋慧这么诚心诚意,何玉兰觉得如坚持不收就过于残忍了。她答应收下,禁不住打开包装看一下。抽出硬泡沫托的时候,一张发黄的纸片掉出来,捡起一看,上面写着"朱峻松厂级青年标兵奖"的字样。这张纸片一定是当时为防止奖品发错而随便写的,其中有个错别字。

何玉兰马上明白了怎么回事。秋慧的表情有些不自然。

"这是秋萍送你的吧?"何玉兰问。

"作价一百五十元卖给我的!"秋慧说。

"秋慧,你也够阴了,挖个坑,引我一步步往里跳,想借我寒碜秋萍啊。我若是稀里糊涂地用上这些东西,秋萍和朱俊松的脸往哪儿放?幸亏这张小纸片了。"

今天,最高兴的人是秋慧,最生气的人也是秋慧。

秋萍迁新居时,秋慧给拿了三百块钱。那个月正赶上结婚高峰,光随礼份子就花去七百块钱,没到月中,家里就出现了财政赤字,连活期存折都榨干净了,最后还是陈跃刚跟同事借了一百二十块钱才度过"饥荒"。那段日子,她几乎天天发脾气,老威胁陈跃刚说自己要出轨。她本以为这回妹妹的礼份子应该是三百元以上的现金人民币,但秋萍回过来的礼物让她极其愤怒:一口俄罗斯产的不粘锅,一套茶具,四件套强力保暖内衣。那套茶具她早就认识。当时秋萍还抱怨,给一百块钱现金也比给东西强啊!就像母亲说的,现在时隔两年,同等式样的茶具地摊上只卖三十块钱。那套内衣是一个幼儿家长送给秋萍的,秋萍还托她到市里的商店去看看价钱。这几样东西想必秋萍也觉着拿不出手,所以装着那两天特忙,直到秋慧办酒席,她才直接把东西拿到了饭店。

平日秋萍在为人处世方面的小气何玉兰是领教过的,可这次跟自己亲姐姐算计到这地步，太过分了。

"她在为人处世方面照你差远了，好像不懂似的，另外她现在治疗不孕症也缺钱。"何玉兰低声下气地。

"得了吧，她不懂怎么知道让自己占着便宜呢？那你说我有钱吗？我还比她多养活个孩子呢！当时为了给她搬家凑份子钱，我们家都断顿儿了，吃糠咽菜，吃得我们仨脸都跟土豆皮儿似的，这样我都没拿锅碗瓢盆去对付她呀！"

"啧，至于吗？你没卖儿卖女呀？"何玉兰半幽默地解劝。

"我都插了草标，只是没卖出去！生过孩子的身子骨，谁要啊！"好像真卖过身一样，秋慧竟委屈得眼圈红了，"妈，你算算她这些东西，值三百块钱吗？再说，通货膨胀率这么高……你看今天，他们两口子搅我的场子。是我办酒席，我唱歌感谢来宾，秋萍上去抢什么风头啊？"

为了让大女儿解恨，何玉兰也咬牙切齿地说："我也看不上她这一点，拿起麦克风就疯疯癫癫的。"

"两口子没一个有人味的！"秋慧恨恨地说，"朱俊松也叫个大学生，就不能把火搂住了回家去撒啊？人脑袋打成狗脑袋，谁管！"

秋慧越骂越偏于恶毒，这倒让秋萍在何玉兰眼里成了弱势群体，天平又倾到了小女儿这边。

"秋慧啊，这些东西我不要了，心意我领了，也算你给我买生日礼物了。"

"怎么的，这些东西安定时炸弹了？"秋慧不满地。

何玉兰索性直说："也跟安定时炸弹差不多。你说我不用不穿吧,对不起你,也白瞎东西了。可用了穿了吧,又让秋萍两口子挺没脸的,本是给姐姐送的东西,可姐姐没瞧上眼。"

秋慧发起狠来,"你不要我就拿回去,等朱俊松的弟弟妹妹结婚或将来他们家有事,我再还回去,抵现金了。我还划算呢,现在通货膨胀率这么高……"

"你在钱上面老算通货膨胀率,你对亲人的感情怎么不按通货膨胀率往上增加呢?"

伶牙俐齿的秋慧竟被母亲噎得卡壳了。她干脆地问:"你到底要不要?"

何玉兰怕秋慧再把这些东西回给秋萍,到时,两姐妹说不定要吵起来。先收着,送人也好。于是她自嘲地说:"白给的还不要!"

秋慧二话没说,接了两大盆水,等何玉兰反应过来,她已经将内衣茶具不粘锅分别泡了进去。送人是不可能了。

等秋慧走了,何玉兰对老江说:"我是被屈打成招啊,这些东西就是定时炸弹,什么时候爆炸都掌握在秋慧的手里!秋萍这两口子也真够可以的了,谁跟他们也换不出一边大来。"

26

何玉兰满五十六周岁了,不得不离开工作岗位了。她十八岁参加工作,工龄长,若是早几年内退,工资一分不少拿,而且也不耽误涨工资，但她舍不得自己的岗位。人到多大年纪都需要个展示的舞台，否则还叫人生吗？现在企业岗位缺乏，女职员在五十岁的时候，就基本内退了，像何玉兰这样的熬到五十五周岁退休而且又被留用一年的人非常少。何玉兰找了四个高层领导签字才获得这样待遇的，这让苦苦等待这个岗位的徒弟小任一见她就翻白眼。小任二十六岁了，婆家有点背景。现在是工人编制，列架子等着转职员。小任业务不行，邋邋遢遢，缺少一个资料管理人员应有的细致，什么东西一"随手"就没影。何玉兰不得不整天跟在后面收拾残局，这也让她产生后继乏人的恐慌。按理，后继有人或乏人都是组织的事，何玉兰拿的退休金一分也不会少，南兴公司也不会因为一个小档案员的失误而毁了百年大业。但她就是放不下，总对档案室的未来有一种莫名的危机感。由于何玉兰四处数落小任的不称职，师徒关系僵到见面不说话的程度。在何玉兰档案员生涯的最后几天里，她一直在打扫卫生，连暖气缝儿都用布条捋擦了一遍。有时收拾着，她的眼泪就掉下来了。那一排排档案架子之间的过道，就是她的人生之路，走着走着，就老了。她喜欢牛皮纸做的档案袋，密实、温暖，每份人生装在里面，能显出郑重来。

小任看她忙活，不时发出一声冷笑。她这一代人根本不理解老一辈对工作的感情，何玉兰想。

最后一天的工作结束，何玉兰抱着一些东西回到家中，一见到老江，眼泪哗哗流下来，"老江，我正式退出历史舞台了！"

老江是工人令，已经退休好几年了，对现在的生活很享受。

他安慰老伴，"在家待着还不好？有时间去逛街买衣服了。"

何玉兰听后更加悲伤，"舞台都没了，我穿再好的衣服给谁看啊？"

"我看！"

"老江，我说句话，你别生气。"何玉兰看着老江。老江急忙表示不生气。

何玉兰说："我觉得这辈子最能理解我的，不是哪个人，而是那些档案。每天我做什么说什么话，它们都知道。说起来，别人肯定不信，它们有灵性。你看，有些档案，刘师傅找或者小任找都要好半天，我一去找，几秒钟就能找到，不是我记性好，业务熟，是我能听见它们在喊我，就是那种吧吧的纸叫声。还有一次更神奇，五十车间的郭主任让我给他女儿介绍对象，我想了半天没想出好人选，就去翻档案，结果，一个档案就掉下来了，我用手一摸档案袋，只是摸档案袋啊，心突地格外动了一下，我想就是这个了！一打开，果然是个男孩的档案！我通过别人一问，小伙子恰巧还没有对象。后来，真跟郭主任的女儿结了婚，两人过得好着呢，现在孩子都快上学了！你说，神奇不神奇！"

对母亲退休这事，秋慧和秋萍都没隆重地表示关切，这让何玉兰非常生气。她打电话给秋慧，指责女儿对自己漠不关心。秋慧不屑地说："自然规律无法阻挡。就一个小职员，退了就退了！你要有个一官半职，我们可能会帮你悲痛一下！"

"用不着你提前帮我悲痛，把眼泪留到你自己退休的那一天吧!"

"我希望这一天早点到来,相夫教子养条松狮狗,这才是我梦想的生活。"

何玉兰知道,在大女儿这里,她永远别想获得劝慰。这辈子最失败就是没生一个善解人意的女儿。

"可是你到五十五周岁才开始相夫就来不及了。你看跃刚,一个大学教师,整天傻吃茶睡,挣不着钱,往学问上奔奔啊!以为当上了硕士,革命就到头了?以他那点工资,什么时候能让你穿上貂儿啊!"何玉兰反击道。

貂儿是貂皮大衣。秋慧做梦都想拥有一件。

母女俩向来话不投机,相互又太了解,知道什么是对方的痛处,专门哪壶不开提哪壶。何玉兰告诉秋慧自己退休后的打算,想到市里地下商场租个床子卖服装。秋慧立马表示赞同,聊赚钱的事,她很热心。母女俩的谈话友好起来。秋慧说人还得做生意,靠工资永远也富不起来。何玉兰说某某那眼光卖服装还挣到钱了,我不比她强百倍?秋慧爽快地表示,若母亲开了店,晚上可以住在她家。何玉兰急忙赞扬秋慧孝顺,知道心疼妈妈,生怕女儿反悔。

"总共得投多少钱?"秋慧问。

"连租床子带上货怎么也得三万块钱,我让秋萍出一万五!"

"你也太偏心了,挣钱的事,你不带着我?"秋慧责怪道。

"我是怕你钱紧。"

"我借!"

何玉兰的激将法果然奏效了。

"那你也出一万五吧!"

"说定了!"

母女俩又聊了一会儿,秋慧突然想到一个重要的问题,急忙问:"我出一万五得多少股份?"

"你家我家秋萍家各占百分之三十。买了床子,肯定是我经营,所以要占百分之四十。"

秋慧的热情明显骤降,"我回去跟跃刚商量一下。"

一听这话,何玉兰就知道大女儿的投资没戏了。她想做的事,什么时候跟陈跃刚商量过啊?

秋慧跟陈跃刚说这事,陈跃刚说:"她要做生意,得把你折腾个半死,她要出床子,晚上就得睡我们家,我就得打地铺。再说,咱家哪有钱投资啊?"

"她真卖服装了,即使我没股份,她也得照样来住。你要想不叫她来住,只有一个办法……"

秋慧卖关子。

陈跃刚却没往下问,"打地铺容易着凉,伤肾,你男人要是肾不好了,你会有幸福日子过吗?"

"所以我就跟我妈说你要攻博,需要安静环境。"

"这样的谎不能撒,没法圆场。"

陈跃刚就是不爱读书。

秋慧把母亲贬斥陈跃刚的话添油加醋地学了一遍,陈跃刚说:"你妈小学都没毕业,怎么对我们要求这么高呢?她没看自己姑娘是啥学历！找这样的岳母太累了！"

"你就不能争点气，要么考个博，要么给我买个貂儿？"

"你就是虚荣心。"

"没虚荣心那还叫人吗？精神或物质，你总得有一方面供我虚荣一下吧，不然我找老爷们干吗？"

"我们学校刚死了一个博士后，比我大一岁，二系的。你看见了吧，学士、硕士、博士，紧接着就是英年早逝。"

何玉兰打电话跟秋萍商量卖服装的事。秋萍一听她有下海的打算，非常高兴。

"正好，俊松还说让我婆婆干点啥呢，你俩一起开饭店吧，我婆婆烙饼不错。"

何玉兰一愣，"你婆婆想在哪做生意？"

"俊松想把他妈他爸都接过来，但闲待着我们也养不起，想让他妈支个小买卖。"

"这事，你俩商量好了？"

"啊！"

何玉兰气得咬牙切齿，暗骂秋萍没心眼，但她知道朱俊松肯定在家，不好发作。

"你公公那腿，能爬动八楼吗？要是整天憋在家里不活动，病不是更严重吗？"

朱俊松的爸爸双腿关节坏死，走路得拄拐。

"俊松说了，实在不行，先给他爸妈租个平房。他俩没文化，干个小吃店还可以，我公公择个菜切个墩儿都能干。"

何玉兰说:"开饭店又脏又累,再说也不是我的爱好!"

放下电话,何玉兰又给秋慧打电话,把秋萍数落一番,宣布做服装生意的事到此为止。她发现自己还是跟秋慧贴心,遇到难事烦事,她第一时间要跟秋慧联系。秋慧对她虽然故意伤害多,但都是皮外伤,疼一时半会儿就好。秋萍对她是无意伤害,但伤得比较深刻,恢复起来难度大。曾经,何玉兰是打算让秋萍两口子来养老的。

27

朱俊松的业务能力得到上级的赏识,被提名为室主任,科级待遇。朱俊松本不想让何玉兰知道这事,怕岳母参与过深。朱俊松想凭自己的能力当上室主任,可不知为什么,干部任命迟迟没下。眼见着自己从唯一人选到人选之一,朱俊松怕夜长梦多,和秋萍一商量,觉得还是要何玉兰这个老将出马。

何玉兰很纠结。女婿能当官她高兴,可若真当上了,跟秋萍的差距又拉大了一截。是福是祸很难说。何玉兰答应帮女婿"运作",可心里也没底。虽然在厂办大楼工作了三十多年,和厂级领导都认识,但办事情就说不上话了。

朱俊松打听到一个信息,副部长是彭总帮着调过来的,两人是老乡。彭总原来是南兴的副总工程师,退休五年了,因为在部里有关系,能批来钱,一直被公司留用。这下,何玉兰心里有谱了。

自从老伴去世后,彭总成了柳邺地区著名的钻石王老五。退休金三千多块,有两套大房子,据说北京还有一套,一儿一女皆在国外。提亲的人满为患。彭总老出差,没闲着的时候,似乎不急着找老伴,挑拣得厉害,而且因为提亲的太多,对提亲很抗拒。

何玉兰选择一个风雨交加的晚上将傅金玲隆重推出。和预想的一样,她打电话时,彭总正在伤怀。一年前一个风雨交加的夜晚,他的老伴心脏病突发,等救护车赶到,人已经不行了。在这样的夜晚,老彭是脆弱的孤独的,对衰老和死亡的思考让他格外忧伤。窗外霹雷闪电,老彭只听清"护士长"几个字就答应相亲了。

傅金玲退休前是区医院的护士长,何玉兰把这当作主打来推介。在所有给他介绍过的女人中,傅金玲并不是相貌最好的,更不是最年轻的。她能够脱颖而出,完全是资深媒人何玉兰运作得好。到了这把年纪,何玉兰知道老年人的疼处在哪儿:怕病、怕死。妻子的死,让老彭对生命爱惜到令人发指。把晚年托付给一个小自己九岁、身体健康的护士长,这至少是个科学的选择。黄昏恋,重在满足需要,而不是成就梦想。

在相亲那天,何玉兰不咸不淡地提起了女婿提干的事。一周后,朱俊松拿到了干部令——特设一室主任。

在南兴公司,特设所算有钱单位,业务多得忙不过来。领导为了花钱方便,在开发区又成立了一个公司,拉了一批退休技术工人，专门从事军民用飞机仪表的修理、校验，设备都用所里的，挣了钱就分奖金。全所上下都乐和。朱俊松当了干部，明里暗里拿的奖金是工资的好几倍。男人一有了创造财富的能力，腰板就硬了，他买下了一个平房，给父母居住，所有手续都办好后，才告诉秋萍。秋萍倒没多想什么，但何玉兰的危机感更加沉重了。

朱俊松把父母接来的主要目的就是给父亲治病。他一直想象着那样的情景：父亲扔掉拐杖，健步如飞地走在村路上，邻居们夸他腿脚好，他自豪地说，多亏我三儿子！朱俊松觉得那是另一种衣锦还乡。

朱爸爸看病全是自费，花大把的钱不说，每次都是秋萍陪着去，排队挂号等号取药全是她一个人忙活，比上一天班累多了。单位考勤严，秋萍请假困难，只得不停地给领导送礼。这天，考勤员有意无意地说丈夫做痔疮手术，秋萍马上拿了五十块钱塞给了她。这礼份子钱拿得秋萍很委屈，如果不是为了公公看病，自己何苦花这冤枉钱呢！

已经很晚了，朱俊松才回家。当干部以后，他总是早出晚归，秋萍很不满，但朱俊松通常一句"这是工作，没办法"就把她打发了。秋萍冲丈夫唠叨了一会儿，朱俊松哼哈地应付着。秋萍想玩个冷幽默，说："我容易吗，考勤员老公割痔疮还得我掏钱！"可惜她没姐姐的口才，话一出口硬邦邦的，无趣而乏味。朱俊松没什么反应，或者说干脆没听明白。秋萍又重复了一遍，"哎，你说，我容易吗，考勤员老公割痔疮还得我掏钱！"

这一遍说得更干瘪。

"你说什么?"

朱俊松又问:"谁长痔疮了?"

秋萍不说话。

"我刚才没听明白。"

秋萍不耐烦地,"不用明白。都废话!"

沉默。

如果聊到这儿就干脆断捻儿也就好了,可秋萍又唠叨起公公看病花了多少多少钱,自己如何如何辛苦。

朱俊松态度强硬地说:"你辛苦还能有我辛苦吗?家里外头双重压力!你轻手利脚的,尽点儿媳的本分,你看你这个不平衡!"

秋萍听出了朱俊松话里的优越感,她本想回击几句,可一生气,她的大脑便一片空白,什么也说不出了。

秋萍赌气回娘家,朱俊松拦不住,把她送到门口,自己便回家了。

何玉兰劝她,"俊松他爸的病,宁可花点钱也要治,不然,你们以后负担更重。但钱要花在明处。每次看病,你要跟俊松报报账,钱花多了,超过他的心理底线,他爸的病治不好,他自然就放弃了。你就假装大度点吧!你舍得花钱给公公治病,俊松也会舍得把钱交给你掌管。他若是私下里给,你上哪儿知道去?秋萍,你现在要再不贤惠点,身上一点中国妇女的美德也没有了!"

"就因为我不生孩子,就什么美德也没有了?"

"当然了。一个人脸上若是长个大疤,眼睛鼻子长得再好有什么用?"

秋萍迟钝,如果不往她灵魂深处捅,就看不清形势,何玉兰想。

第二天一下班,朱俊松就来到丈母娘家。秋萍虽然气恼地击退了朱俊松伸来的"魔爪",但从肢体语言上分析,撒娇的成分远多于愤怒。吃完饭后,两人挎着胳膊回家了。

28

秋慧特别希望丈夫能出国镀金,以后评职称也多了个筹码。但陈跃刚在学术方面只求及格不求出色,秋慧只能干着急。工程大学下属一个公司组织的劳务,去日本,当研修生。为了陈跃刚能挤进出国队伍,秋慧掏了一千多块钱的运作费,而且把陈跃刚的学历调低至大专才报上名。"研修生"和"研究生"从字面上看是亲戚,可血统上差远了。研修生就是打工,干的都是体力活,学历高了,人家还不要。

陈跃刚本来是个懒人,满足于老婆孩子热炕头和四平八稳的工作,但在秋慧和何玉兰的影响下,他已把出国当作自己的使命,表现出较高的热情。陈跃刚的同事小魏曾在日本做过研修生,满肚子的血泪史,他劝陈跃刚不要去,说就是出国当农民工。听小魏这么一说，陈跃刚出国热情锐减，有点打退堂鼓。秋慧哪里肯让，"你就是一个大石碾子，别人不推不动弹！你读完硕士都好几年了，除了多长两颗立世牙以外，还多什么了？小魏站着说话不嫌腰疼，他研修本来是一年，非得在日本赖了两年，房子也买了，反过头来劝别人别出国，他安的什么心？现在摆你面前两条路：要么出国，要么读博！"

把丈夫送出国是秋慧的梦想，眼见周围的人，尤其是陈跃刚的同事或同学以各种名目出国，向来不甘人后的她能不急吗？

"你看韩老师，自打丈夫去了韩国后，档次明显上来了。以前她用的手纸都是大市场批发来的，又硬又黑，一撕一股烟。自从她丈夫出国，用的手纸都是商场里买的，又白又软，手感还好。"秋慧用事实教育陈跃刚。

"报纸上说了，手纸太白反而不好，里面添加了化学品。"

陈跃刚特实在，从来听不懂比喻，他只会就事论事。

"我说的不是手纸，是生活质量！"

"可你刚说完韩老师的手纸……"

"要不说你这人当不了科学家。科学家得有想象力，能透过现象看本质。同样是看见苹果掉在地上，牛顿就能发现那个什么引力定律，而你看见的只是地上的烂苹果！所以，你就老老实实研修去吧！凭你挣工资，什么时候能让我们娘儿俩住上独门独户啊？孩子也逐渐大了，又是个女孩，天天晚上上厕所都不方便。"

"我评上副教授以后就能住上两室一厅。"

"等你评上副教授,灿然都大学毕业了!我在这个小瘪屋里度过更年期,肯定得综合征,到时遭罪的是你。"

听说陈跃刚开始抵触出国了,何玉兰想自己必须及时出手了。她叫秋慧一家来吃饭。在调教陈跃刚的事情上,她和秋慧很默契。

何玉兰对陈跃刚说:"跃刚,人往高处走,水往低处流,我知道去日本打工委屈你了,但日本毕竟是发达国家,你去看看,当长见识了,学点日语也是好的。反正就一年,虽然辛苦点,可也累不死人。力气又不能储蓄,不用就浪费了。我都快六十了,这辈子最想去的地方就是日本、法国和苏联,这个理想就靠你来帮我实现了。"

何玉兰仍把俄罗斯叫作苏联,就像一直把陈灿然叫陈文佳一样。以前,她最想去的国家是法国和苏联,为了劝说陈跃刚,她把日本放进了最爱国家之列。

陈跃刚说:"我们存折上才两千多块钱,可劳务费得三万块钱,借这么多钱心慌!万一这钱挣不回来呢?"

何玉兰把三沓钱摆到陈跃刚眼前,"这三万块钱,是我和你爸的过河钱,你们先拿去交劳务费吧,什么时候宽裕了,再还给我。你真说去趟日本,连这三万也没挣回来,那这钱我不用你们还了,反正我跟你爸有退休金看病报销。"

"那不会不还!十万八万的,还是能挣到手。"见后路被堵得严严实实,陈跃刚无论如何也要拿出点气概来。但他心里想:你怎么不去逼朱俊松出国或者攻博呢!

"跃刚,我是拿你当儿子,说话不考虑轻重,所以对你督促得多一点。朱俊松在事业方面比你有上进心,自己有套章法,我说多了,反而起副作用。再说了,他们当务之急是要个孩子。你们家没什么操心事,趁年轻,多往事业上奔奔!"

陈跃刚觉得老丈母娘都神了,一眼能把他看透明。

"那是,出国肯定的,没想不出去,这不一切都办着呢嘛!是得出去奔奔,嘿嘿,满足下秋慧的虚荣心……"

陈跃刚一不小心又漏了实话。

"活人都有虚荣心。像你这种一点没有的就是怪物!"秋慧抢话道。

"跃刚啊,你这人优点是没有虚荣心,缺点是太没虚荣心了!虚荣心虽然不是好东西,可多少得有点。就像味精似的,放多了有害身体,可少放点,那菜就是好吃,增加食欲。"何玉兰说。

秋慧讽刺地说:"别跟他用比喻,听不懂!"

"我听懂了,虚荣心是上进的动力。"陈跃刚茅塞顿开。

秋慧说:"这就对了!你不仅要出国,而且还要树立烂在国外的雄心壮志,靠我的力量,哪辈子能移民?"

临出国前一天的晚上,陈跃刚搂着熟睡的陈灿然哭得稀里哗啦。秋慧也想应景儿地掉几滴眼泪,可掉不出来,离别的哀愁无法冲淡丈夫出国的兴奋。她知道这样的表现不好,自嘲地对陈跃刚说:"跃刚,我没掉眼泪,你别以为我不爱你,我爱你,等到独守空房的时候,我会泪流成河。"

陈跃刚走的那天，两家的亲戚都到机场送行。赶上个阴天，飞机晚点，一大群亲属都情绪低落。唯有秋慧显得欢天喜地，她活泼健谈，妙语连珠，不时让人们破涕为笑。何玉兰对女儿的表现深感羞愧，不时用泪迹斑斑的手去捅她，希望她调整到适度悲伤状态。但都没得到回应。

何玉兰气愤地把秋慧拉到一边，"秋慧，这种时候，你还能嘻嘻哈哈真没人味啊！我要是你婆婆，都得认为你在外面有人了！"

"我也是强颜欢笑，这叫坚强！再说了，他去的是日本，又不是伊拉克，我非得哭哭啼啼？"

"跃刚真倒霉，背井离乡替你卖命，一年见不到孩子，你都不知道难过一下，太不正常！秋慧啊，你不是人，是妖魔鬼怪！"

"我的眼泪都咽到肚子里了！"秋慧凛然地说。

"你别往肚子里咽，白瞎了好东西。你流出来，一滴泪我给你十块钱！"

"我不想让你破费。我就是要把欢乐留给别人。"

"呸，你别恶心人了！"

到达日本后的第二个晚上，陈跃刚将电话打到何玉兰家。他走后，秋慧就住在娘家，上班和接送孩子都方便。陈跃刚说已经开始上班了，在流水线上干活，只能站着，累得挺不住了，只得在厕所里打了几分钟的盹儿。他有午睡的习惯。电话用了免提，何玉兰和老江听了，眼圈都红了。秋慧自然要安慰军心，说了几句类似"既来之则安之"的鼓励话。

何玉兰把女儿挤到一边,"跃刚啊,要注意身体。白天工作累,晚上回家就不参加集体活动了,早点睡,最好能花点时间锻炼身体……别出去喝酒,挣点钱不容易……发了工资及时寄回来,免得人多手杂给偷去。我们想你啊!好了,别唠了,费钱!"

何玉兰果断地挂断电话。

秋慧嚷起来,"我还想跟他多聊会儿呢?"

何玉兰说:"聊啥?到现在你都一滴眼泪没掉,让跃刚恨你?"

秋慧不想应战,她知道,自己的眼泪没掉下来之前,母亲不会停止找碴儿。

睡觉的时候,何玉兰跟老江说:"老江,秋慧铁石心肠,拿跃刚当奴隶使一点儿不心疼!跃刚真可怜,家里摊上个不着调的老婆,外头落到了小日本手里……"

凌晨时分,秋慧上了趟厕所,再躺到床上就怎么也睡不着了。秋慧想起送别时的情景。陈跃刚抱着女儿匆匆一吻。劳务队排队安检时,他的个子最小,气质最文弱,回头一瞥时,秋慧看见他的娃娃脸上带着茫然和恐慌。秋慧咽在肚子里的泪终于流了下来,开始还是默默地,后来终于忍不住抽泣起来,接着转为号啕。陈灿然被吵醒了,也跟着妈妈哭了起来。何玉兰没去劝女儿,她跟老江说:"以前总说秋萍迟钝,现在看她比秋萍迟钝。回过味也晚了,跃刚的心已经凉透了!"

大约有两三天的时间，秋慧在思念和疼痛中辗转反侧孤独难耐。她被闺密拉到音乐餐厅唱卡拉OK，一曲下来，赢得众食客的掌声，秋慧的疼痛消解了不少。音乐厅管音响的小古和秋慧早就认识，他说星期天有个婚礼，请他的乐队去伴奏，但女歌手家里有事，去不了，他问秋慧能不能帮忙。这是求之不得的机会，秋慧满口答应。她一直想给婚礼伴唱或到卡拉OK厅当歌手好挣点俏钱，为此还买了个比较高档的电子琴。可好多乐队成员都基本固定了，挤不进去，只是偶尔顶个缺。

周日为婚礼伴唱，短短四个小时，秋慧挣了一百块钱，而她的工资才六百块钱。秋慧觉得自己的音乐才能没用在赚钱上是多么大的损失。

秋慧想到音乐餐厅当歌手，既能赚钱又能抛头露面。但音乐餐厅已经有女歌手了。秋慧只好想了个迂回之策，先去了音乐餐厅当服务员，卧薪尝胆等待机会。

何玉兰坚决反对秋慧去音乐餐厅打工。

"你一个人民教师，让人吆五喝六地使唤着，太掉价了，让学生知道了，你脸都没地方放！"

"我才不管学生怎么着呢！我都三十多了，再不转型以后就没机会了。"

"老师转型当服务员还急三火四的，你掰不开镊子了？"

"我的志向不是当服务员，我要当歌手！"

"当歌手影响就更不好。丈夫不在身边，你还跑台上去出风头，一唱唱到半夜，这就叫不守妇道，让人说三道四。你现在的任务就是把文佳教育好!"

"当歌手,一个晚上三十块钱呢!业余时间,空手套白狼,不挣白不挣。"

"你去空手套白狼,孩子怎么办?我和你爸不会帮你照看!你别把孩子舍了,狼也没套着!"

秋慧一听有点傻眼,她的确想让父母给照看孩子。"灿然五周岁了,用不着特地照顾,看一会儿电视,吃点零食,时间就打发了。"

"什么叫'不用特地照顾?'那么小的孩子就需要大人紧盯着,不然出事就是大事!我和你爸都这岁数了,我们得享受生活,不能再帮你看孩子了!"

"秋萍要是有孩子了,你们也不帮着看?"秋慧将了母亲一军。

"不看!"何玉兰坚决地回答。

"好吧,我找人帮忙。"

"找谁?"

"正在想。"

"你不能找你公公婆婆!他们会认为你不正经!"

何玉兰继续堵秋慧的后路。

"我花钱雇人。"

"你当服务员,一晚上挣多少钱?"

"十五!"其实才十块钱。

"你雇人一个月得二百吧?这边挣,那边花,钱就是经你手过一下？那跟摸下牛皮纸有什么区别？秋慧，你不是想挣钱，你是想出风头，当名人。"

"当然啦！谁不想当名人啊？你不也总夸自己是著名媒人吗？"

"以前，楼上的那个二库出名！"

二库是何玉兰家的老邻居，劫银行被枪毙了，上过各大报纸头版。

29

秋萍仔细地捻着上衣的料子，诚心诚意要买的样子。

"这是棉麻的，穿着可舒服了，做工也好，你看里子就知道了。"摊主热情地向她做介绍。

秋萍"哦"了一声，又去仔细打量另外一件。

"这个减价了，原来卖二十七的，剩两件了，二十三就卖。你穿多大的？"

秋萍实在不好意思再折磨摊主了，又"哦"了一声，低头走了。

远处的厂大门的侧门已经有稀稀拉拉的人在往外出，主门的铁栅栏还没拉开。秋萍看了下表，刚刚四点五十九分。起码还得等十二三分钟。为了把这十几分钟消磨掉，她又买了一捆菠菜和三根黄瓜。另一只塑料袋里装着两袋大酱和两包米醋。

嚓的一声,厂大门的铁栅栏拉开了。瞬间,自行车浪席卷到了门口。秋萍的心即使在高考的时候,也没像现在这样狂乱地跳过。她蹲在一个杂货品地摊前,扭身盯着从厂门里涌出的自行车浪。这种奇妙的姿势便于她及时扭回身来假装买东西。厂门口的这条路很宽,一侧很难看到另一侧人的面孔,但秋萍不用看面孔。

远远看见那辆自行车骑过来时,秋萍的心反而莫名其妙地平静了。没错,后座上坐着一个大方干练的短发女人。秋萍认识,是朱俊松的同事乌真梅。

朱俊松笑着,跟后面的乌真梅说了一句什么,自行车把扭了几扭。乌真梅在笑。俊松没看见秋萍。因为在杂货摊前蹲太久了,秋萍只好掏五毛钱买了两个刷锅用的钢球。

音乐餐厅晚上五点营业。秋慧正为第一拨客人点餐,一只手拍了她一下,回头一看是秋萍。

秋萍头发有些散乱,手里拎着两个塑料袋,可以看见里面的黄瓜和菠菜叶都露在外面。

像农村人。秋慧心想。她写完点菜单才问:"有事啊?"

秋萍淡淡地一笑,"我想唱首歌。"

"这时候唱歌?"秋慧真觉得妹妹有些疯狂。看着秋萍有点哀求的表情,她看看表,犹豫地,"李秀马上来了……"

李秀是餐厅的主持人兼歌手。音乐伴唱六点开始。

秋萍没有不唱的意思。秋慧只好领着她来到音响室找小古,"小古,这我妹妹,是一魔儿,就跟麦克风亲,想唱首歌。"

小古说没问题，问秋萍想唱什么，秋萍点了首辛晓琪的《领悟》。秋慧说："最多唱两首啊，我得忙活客人去了！"

唱到高音处的"啊，多么痛的领悟……"时，秋萍唱破了音，嘶吼加跑调，服务员和客人都笑得不成个儿，秋慧恨不得找地缝儿钻进去。但秋萍竟泰然自若地抽空说了句"大家晚上好"，颇有明星范儿。她平时胆小，安静，略显腼腆，但只要一拿起麦克风，立马就换了一个人，多大的尴尬都撑得住阵脚。有时秋慧都不得不感叹妹妹是为舞台而生的。

秋萍唱完两首歌，恋恋不舍地下了舞台。秋慧正忙，只跟往外走的秋萍简单打了个招呼。

秋萍拎着两个塑料袋走到路口，她停住了，往左走是娘家，往右走是婆家，往前走是自己的家。朱俊松应该还在父母家里吃饭。秋萍向右走了几步，又转回来，向反方向走去，因为她觉得眼泪要流出来了。

何玉兰见秋萍拎着两兜菜进来颇有些吃惊，"你怎么上这儿来了？俊松刚来电话问你。"

"啊，我不去婆婆家吃饭了。"

"那你得告诉他一声啊！"

"刚才传他了，说了。"秋萍撒了个谎。

"那你买菜干什么？"

"给你们吃。"

"不要，我们现吃现买。"何玉兰可没看上她那点东西，"你吃饭了吗？"

"不饿。"

"剩点米饭,要不你放鸡蛋炒炒?"

"不想吃。"

何玉兰生气,"秋萍,你家里还不起火呢?"

"不用起火啊,晚上上他妈那儿吃。"

"早上就对付?"

"没对付,我吃面包牛奶,他吃豆浆油条。"

"秋萍,日子就你这么个过法,越过越冷清!一个家,要没有饭香味和烟火气,那跟宾馆有什么区别?你姥爷说过,人有热乎气儿朋友多,家有热乎气儿人丁旺!正经过日子人家,灶台老那么暖着,炉火旺旺的,风水就是从这里头来的。自从跟你爸结了婚,我少做过一顿饭吗?哪顿都是菜是菜饭是饭。你们俩出嫁前,每天早餐我都要炒两三个菜,连吃还要带饭盒。你看我们家的风水就是比别人家好,要不,凭你和你姐的条件,能嫁给两个硕士!"

"嫁硕士就一定好啊?"秋萍小声嘟哝一口。

"什么?"

秋萍不吱声。

何玉兰虽未听清秋萍说什么,但从表情看,是在反驳自己,她更加恼火。一恼火就免不了拿最利之器伤人。"秋萍,你本来就生不出……"

秋萍也恼了,打断母亲的话,"生不出就不生。有了我也不想要了!"

秋萍呜呜哭了起来。

这种伤心的哭法，跟平时不一样。何玉兰马上意识到了什么，"是不是和俊松有什么矛盾了？"

秋萍一五一十地讲了。

事情很偶然。秋萍生不出孩子着急，喜欢算卦，她从卦摊上得到了巨大的安慰，因为每个算卦师都说她是有后代的命。半个月前，秋萍去算卦，被告知丈夫可能有外遇。卦师说得有鼻子有眼，说第三者长得腰是腰屁股是屁股——秋萍暗自总结：性感——大专学历以上，是个大姑娘。当时，秋萍没当回事，还把这话当笑话讲给同事贺姐听。贺姐笑得很奇怪。秋萍问："怎么了？"贺姐表情依旧奇怪，"没说那女的多高个儿？"秋萍再问，贺姐笑而不语，再问，一直奇怪地笑而不语。秋萍再迟钝也看出了可疑。

"你自己得盯着点，别成为地球上最后一个知道真相的人。"贺姐意味深长地说。

秋萍一回忆，觉得朱俊松是有反常的地方，回家不像以前那么爱说话了，上班特别早，近期他们搞造人运动的次数急剧减少……秋萍觉得自己不能再逃避了……于是，她知道真相叫乌真梅。

何玉兰虽然对秋萍的婚姻充满危机感，但她马上意识到秋萍"遇上坏人了"。

"贺艳娟太坏了，给你做套呢你没看出来？心眼好的人会这么说话吗？你用脑袋好好想想，她哪句是实打实告诉你她听说了什么，有什么证据？全是虚的！就是没安好心，看见别人活得好就不舒服！你能和朱俊松结婚，多少人瞅着眼热，恨不得你俩早点出问题，他们好看笑话！你还偏不能让他们看笑话！同事之间，谁坐谁自行车下班很正常，以前，我下班也经常坐男同事的自行车，你别想得复杂。"

何玉兰嘴上安慰着秋萍，但心里也七上八下。朱俊松跟陈跃刚不同，他脑子快，有主见，对事业有一番设计，在南兴公司的中层干部里属出类拔萃的，大有前途。何玉兰非常明了秋萍和他的差距，所以她对朱俊松是恭敬着的，也心存愧疚。当年，为了让朱俊松娶秋萍，她曾编造了秋萍怀孕的事，朱俊松很厚道地没有挑破。

经过母亲一番教导，秋萍的情绪明显好转，吵吵饿了。何玉兰看下表，"饿也挺着吧，快八点了，女人一过三十，嘴上一不留意就会胖。秋萍，你对美太不重视了，有钱别总吃，去美美容，你照镜子看看，你现在多憔悴，还没到三十就黄脸婆了！"

"整天为生孩子这点事发愁，能不憔悴吗？"

"越是发愁的时候越要打扮。这点你得像你姐学，当妖精。"

电话铃响，是朱俊松打来的，问秋萍在不在。何玉兰说在。朱俊松说过来接她。

放下电话，何玉兰对秋萍说："朱俊松来了，你态度好点。到厂门口去抓现行这事你对谁也不能说！"

很快，朱俊松到了。男人一旦事业上升了，长相都会变好看。三十岁的朱俊松比二十几岁时要帅气多了，举手投足间都透着精英男的自信与成熟。

唉，男人一过三十，就要开始花心了，这是自然规律啊。

"你不回家吃饭怎么不说一声啊？我们等你老半天！"朱俊松责备秋萍。

何玉兰急忙圆场，"俊松，你来得正好，我有事要和你商量。"

朱俊松似乎有些紧张。

"俊松，你爸的腿应该上北京找个好医院治疗。他得的是股骨头坏死，不是绝症，有治好的。"

朱俊松一脸为难，"我也想过，可心有余力不足。北京看病多难啊，我和秋萍单位都走不开，我妈一个农村老太太，不识字，出门都需要别人照顾，怎么可能陪我爸去看病。再说了，北京的住院费旅店的住宿费都是巨额开支……"

"我有这么个想法。"何玉兰下了一番决心才把这话说出来。多么不愿挨的辛苦，为了女儿也得挨。"我在北京有个小朋友小王，秋萍认识，原来咱厂计划处的，总上我们家吃饭，后来考研究生分到北京了。前些日子我才知道，小王的丈夫是301医院的大夫。我就托她爱人帮忙，找北京专家给看看病。你要信得着我，我就陪你爸妈去北京一趟。做手术的话，可以花钱把专家请到南兴医院来做，这样能省不少钱。"

其实，何玉兰早就知道小王的爱人在301医院工作，但她有私心，想如果亲家去北京治病，自己和秋萍肯定要忙前忙后，医药费都得朱俊松掏腰包，所以她就没吱声。现在，秋萍出现了家庭危机，她不得不出手，也算好钢用在刀刃上。

朱俊松感动得不知所措。

30

周六的晚上，南兴音乐餐厅多显得冷清，休息日，一般家庭都是买些好吃的自己在家做。九点钟的时候，客人已经走光了。没有听众和看客的晚上，秋慧感到落寞。经理老邱告诉秋慧可以提前半个小时下班了。秋慧已成功转型，担任南兴音乐餐厅的歌手兼主持了，每周二、四、六晚上表演。今天是她作为歌手的第三次登台。

秋慧混上歌手不容易。她当服务员的时候，一遇到来吃饭的熟人，就鼓动人家点她唱歌。点唱歌曲，一首五元。秋慧不光为钱，重在展示。舞蹈是秋慧的强项，每次她都选择动感十足的歌曲，载歌载舞，再加上即兴的插科打诨或者诙谐滑稽的动作，总能把全场食客的情绪调动至HIGH。她的人气逐渐超过了女歌手李秀。李秀也不太争气，经常迟到或早退，弄得老邱对她很不满。有了强大的群众基础，秋慧又给老邱塞了几百块钱，老邱终于答应让李秀一、三、五、日唱，秋慧二、四、六唱。

秋慧刚走出餐厅几步远，传呼就响了，老邱叫她回去，说有客人到。

果然来了两个客人。秋慧都认识,厂工会的艾明章和王谦。艾明章跟李秀有一腿,见到他,秋慧心里闪过一丝不安,但仍热情地打招呼。音乐餐厅是厂工会开的。艾、王在别的饭店刚吃完饭,就是来听歌的,所以只叫了两瓶啤酒。秋慧登台为"二位老朋友"献歌,唱到第二首时,艾明章将瓶起子扔到台上,差点没打着秋慧。

艾明章喊:"唱得真他妈难听,闭嘴得了!"

秋慧为了给自己下台阶,半开玩笑地,"说我唱得难听,反动了啊!"她以为他醉了。

"跟号丧似的!"艾明章又说了一句。

秋慧也板起脸,"艾明章,你喝高了吧?"

艾明章叫:"我一点儿没高。江秋慧,你可别哪儿乱BB,造我的谣!"

王谦急忙阻拦艾明章,"哎,瓶中酒,喝完赶紧走吧。"

这时,几个服务员和经理老邱都过来劝架。

秋慧也不敢跟他硬顶,夹包要走。艾明章拦住她,"我告诉你啊,以后,把你破嘴管住了,我再听到流言蜚语,整死你!"

秋慧喊:"你把话说明白了,我怎么惹着你了?"

"你凭什么说我跟李秀有一腿?"

"我没说过!"

艾明章和李秀有一腿的事,秋慧确实在背地里传播过,但那是因为李秀说她不正经在先,而且艾李两人的事早不是什么秘密了。不过，面对艾明章的指责，秋慧当然不能认账。

艾明章指着秋慧的鼻子骂了些很脏的话。他今天显然是为了给李秀出气的。

秋慧知道如果自己没反应，今后得让餐厅的人笑话死。她猛地抓住艾明章伸出的食指，一口咬了下去。艾明章惨叫，朝秋慧的脸上打了一拳。幸亏有众人拉架，他没使上劲。

回到家中，秋慧蹑手蹑脚地上床躺下了，连脸都没敢洗，怕惊动了何玉兰。被窝里，她抚摸着肿胀的左脸，心里想着怎么应付母亲。

星期天一早，秋慧特意用很热的水洗脸。左脸的瘀青还是比较严重的，虽用热毛巾敷过，但看上去仍然刺眼。何玉兰立马注意到了。

"你脸怎么了？"

"闹着玩撞桌子角上了。"

"我还没老年痴呆呢，你能骗过我吗？让谁给打了吧？"

"谁打我干什么呀？"

"那谁知道！夜间工作者人身安全都成问题！"

何玉兰每次都是把"夜间工作者"用重音读出来，让秋慧总想到"性工作者"。

"妈，你说话那么不好听，我晚上工作也是穿得严严实实光明正大，以后别跟我提夜间工作者这几个字！"

"哼，光明正大的生物都是白天工作晚上休息，只有老鼠蟑螂和鬼才夜间活动呢！"

"解放军晚上站岗也叫夜间工作者？"

"我不跟你抬杠！"

"今天你不抬还不行呢！"秋慧火了，"我挣的是血汗钱，不是血肉钱，至于这么让你瞧不起吗？我没你宝贝二姑娘的娘娘命，有人给挣钱有人伺候着，我得为自己的家卖命去！有你这么做老人的吗，对孩子分薄厚远近，一碗水端不平？秋萍要是个男孩子，你偏着宠着，我理解。同样是姑娘，你为她付出多少，为我付出多少？没事的时候，捏手指头算算！远的不说了，就说最近：跃刚走了以后，你帮我看过孩子吗？不仅不帮着看，还不许我爸帮着看……"

"我们没那义务！"

"那你有义务陪亲家看病吗？而且是去北京看病！我求你带灿然去医院打预防针，你说医院脏，北京的医院就不脏了？住六人一房间的小旅店就不脏了？坐十几个小时的硬座火车你不嫌累，帮我看会儿孩子就吵着累？"

老江进来打圆场，"行了行了，都少说两句。"

"你白天没事总上秋萍家打扫卫生，你以为我不知道啊？你什么时候为我出过这样的力？"

"秋慧，你现在住在我的家里，每天谁给你做的饭？谁收拾的屋子？你端着我的饭碗骂娘，你是人吗？"何玉兰气得呼呼喘。

看见老伴被气成这样，老江不干了，冲着女儿，"你要嫌我们管得严，就搬出去住吧！"

听老爸这么一说,秋慧伤心地哭了起来,"我是不是你们亲生的啊,从小就看我不顺眼……"

"那你就多做点让我们顺眼的事吧!"

"让你们满意,我得回到封建社会去!"

母女俩大吵一架之后,相互间反而客气了一些。秋慧是没办法,寄人篱下,不在这里住,她和孩子就得天天通勤,歌手也做不了了。何玉兰则对秋慧略有愧疚:秋慧去餐厅打工后,何玉兰坚决不帮着照顾孩子,秋慧只好请邻居张娘帮忙。陈灿然每天上幼儿园由老江接送,晚上则由张娘照看到八点,再由老江接回家睡觉。秋慧每月付一百元的托儿费。而一个多月前,何玉兰却带着朱俊松的父母去北京看病,忙活了二十天才回来。何玉兰心里清楚,一碗水确实端得不够平。

吃过晚饭,秋慧接到老邱一个传呼,要她去餐厅一趟。

"你准备就这么出去啊?"何玉兰问。

"一个小时内保证回来。"秋慧以为母亲要提看孩子的事。

"你出去带个破盆,说不定能要到俩钱!"

"我稍一打扮,你就说我是妖精,要出去卖弄风骚。我要不打扮,你就说我像要饭的。反正我怎么都不入你法眼。"

"你岁数也不小了,又是个教师,应该往淑女上打扮。"

"我不是淑女!"

"但你可以打扮得像淑女!"

"香菇有香菇的价值,没必要假冒灵芝。"

秋慧不敢恋战,说完即走。她一出门,何玉兰对老江说:

"我怀疑她是跟谁争风吃醋被打了。"

老江替女儿说话,"不能,秋慧就是爱玩,大毛病没有。"

何玉兰说:"哼,秋慧可是个花心大萝卜,最近又总跟一些混子、流氓在一起,学坏很快。"

何玉兰死看不上搞文艺的,她把文艺青年叫混子,把文艺中年叫流氓,把文艺老年叫色棍。

见到老邱,果然,他有叫秋慧下课的意思。虽然说得极为婉转,大概意思是维护安定团结。

秋慧心想,我当了三个多月的服务员,就为了当歌手,才登台三次,你就开我,我能下这个台吗?

"经理,我知道你肯定是让人给胁迫了,但你是共产党的干部,说话办事得对得起良心!昨晚上的事,怨谁?艾明章明显就是来找碴儿的!他和李秀的事,全人类都在议论,非赖到我头上?这是餐厅里人多,要不然,我得被他毁容!"秋慧指着自己的左脸说,"按理说,我应该报警,但我考虑餐厅形象,不给你添乱,哑忍了。你现在让我走人,你对得起我吗,经理?我是在工作的时间工作的地点受的伤,百分之百工伤,你懂吧!昨天晚上,我本来已经走了,是你硬把我叫回来的,结果挨了一拳,我没让你发我抚恤金就不错了!"

老邱哭笑不得,"我操,抚恤金是什么意思,你懂吗?而且我亲眼看见,是你先咬人家的!"

"他要不是骂得那么难听,我这么小个剂子,敢冲上去咬他吗?士可欺,不可辱!他打我这事,我不想再计较了,但如果让我走人,那就另当别论了。我江秋慧不缺钱,老公在国外多少能挣点,我要的是这口气!经理,你选择吧,是让我恨你还是恨艾明章?"

老邱强硬地说:"你要恨我也没办法。我实在没办法。真一点办法没有!"

老邱连用三个没办法,以强调无可奈何。

秋慧说:"那我就去找邵主席,让他评评理。"

老邱叹口气,"实话实说吧,就是邵主席不让你登台的。"

秋慧愣住了,她跟邵主席很熟,何玉兰跟邵主席也很熟。她马上又缓过神来,"邵主席能管那么具体吗,连个音乐厅的歌手都由他定?"

"你妈给他打过电话,说不愿意让你在餐厅唱歌。"老邵说,"昨天晚上我把你叫回来是想说这事,看你被打了,我也就没吱声。"

秋慧如子弹般地奔向家中。

"我的生活你样样干涉,只要不按你的思想方针办,你就千方百计地破坏!我是当歌手,不是坐台,你还用得着走后门把我撵走?"

"跃刚……"

秋慧气愤地打断母亲的话,"别老拿跃刚说事!他喜欢让我当歌手,以前要不是通勤,我早到餐厅干了。凭本事挣钱有什么错!"

"当歌手挣的那点钱还不够你买衣服呢!跃刚要是在家,你爱干什么干什么，但他现在不在家，你就应该大门不出二门不迈！秋慧，你不是想挣钱，你是想出风头！"

"出风头说明有能力！"

"出风头要什么能力？就是看脸皮够不够厚！我是为你好。别等到跃刚出国回来，无数人劝他跟你离婚。那时候的跃刚可不是个穷教书匠了，要钱有钱，要文化有文化，很有可能就甩你！"

"天下好男人有的是！"

"好男人有的是，你跟人争风吃醋！"

秋慧火了，跳起来，"我跟谁争风吃醋了，跟谁争风吃醋了？"

何玉兰轻蔑地瞥了女儿一眼，"要不是争风吃醋，人家能往你脸上打？"

秋慧知道，如果自己不把真相说出来，母亲会一直认为她不正经了，会不断拿这事来刺激她。她激动地把昨晚上发生的事叙述了一遍。

"你怎么不找公安处？"

"那不是把音乐餐厅的名声给败坏了吗？"

"你都不唱了，还管餐厅的名声？"

秋慧放慢语速，"我必须唱呢，而且就在音乐餐厅唱，我非要气死那对狗男女！"

31

艾明章打完电话正想往外走,迎面进来一个人,吓了他一跳。是何玉兰。

工会也在厂部办公,艾明章跟何玉兰认识,见面都会点头打招呼。何玉兰和艾明章的岳父岳母也认识。

"小艾,我找你有点事。"何玉兰不拐弯抹角。

艾明章有点紧张,对何玉兰的长袖善舞,他有所耳闻,最重要的是她认识他的岳父母。

"何、何姨……"

"你岳父岳母身体都挺好的?"

"都挺好。何姨,坐。"

何玉兰没坐。"小艾,出什么事了,你把我家秋慧打成那样?"

"就是话不投机,她先过来咬我,当时特别疼。我一急,就……"艾明章伸出手去给何玉兰看,但手上没有伤痕。

何玉兰特意不去看他的手,"她不气到一定份儿上,能咬你吗?你骂她可以,就事论事,你把我们全家八代祖宗都捎带着骂了,换作是我也要咬你!"

"何姨,我那天是喝高了。"

"你喝高了怎么还记得是秋慧先咬的你?好男不跟女斗,何况你是工会干部,你的身高是秋慧的两倍,你打她,不用问,那就是你错了!"

艾明章心里直叫苦:我身高不到一米八,江秋慧的个头肯定超过一米了吧!"我是不应该打她,但她背地里造谣!"

"秋慧和我说了,她没造你的谣,只是别人议论的时候,她跟着附和了。这是她的错,我不护短。如果你就事论事,光是骂她,我决不会来找你。但你骂我和老伴,我可不能让!人老了,有些话忌讳。要不我把你那些骂人话亮出来,让你岳父岳母评评理?"

话里明显透着威胁。

艾明章急忙说:"我骂你们了吗?那我真是喝浑了!你打我,解解气吧?"

"小艾,既然你讲理,我也就不再追究下去了,但江秋慧她好脸,你在公众场合打她骂她,心里转不过劲儿来。你在哪儿惹的祸就在哪儿收拾烂摊子,我认为,你该到音乐餐厅当众给她个台阶下。"

艾明章心想,这可能吗?为了让你们有面儿,就得让我丢面子。"何姨,我可是一个劲儿地给你道歉了,你还想把这事搞多大?"

话里已经透着不耐烦。

何玉兰温和地说:"小艾,我要是想把事情闹大,就不来找你了,我又不是不认识邵主席。我只是想让你给秋慧个台阶下,至于什么方式,你怎么说我都不挑。我要这么个姿态!"

每晚七点钟左右是客人们点歌最为踊跃的时候,大概肚子里有酒肉垫底了。秋慧只需起一个连接的作用。

"下面有请六号桌的朋友为大家演唱一曲《小白杨》!"

还没等秋慧把麦克风放好,艾明章上台来了。那一拳的阴影还在,秋慧有些紧张。

艾明章冲秋慧不易觉察地点了下头,拿起麦克风,"我把这首歌献给我们的主持人和在座的每一位朋友,祝大家幸福快乐,万事如意!"

台下有稀稀拉拉的掌声。

秋慧好半天转不过向来。但她是个识时务的人,也特地回报"六号桌的朋友们"一首歌,算是心领神会,投桃报李。她怎么也弄不明白,艾明章究竟吃了什么药。

《新闻联播》和《焦点访谈》是老江每天必看的节目,这个时间段,何玉兰是无论如何也抢不上电视看的,她不理解,一个焊接老工人为什么对政治如此感兴趣。每天,何玉兰会利用主旋律时间收拾屋子,给陈灿然洗漱。

"陈文佳,你跟你妈说,不让她去唱歌!"何玉兰边给陈灿然洗脚边说。

"不行,我妈唱歌挣钱给我买钢琴。"陈灿然永远站在妈妈一边。

"她净骗你!"

"没骗我!"

何玉兰暗自叹了口气。

电话铃响。这个时间，多半是陈跃刚打来的。这个女婿真是迟钝啊，何玉兰心里暗恨。这个时间正是电视剧进入高潮时段，略过了，好多情节就接不上茬儿了。她曾暗示过陈跃刚，改换个时间，或早点儿或再晚点儿，或者一三五日晚上秋慧在家的时候打过来，但陈跃刚还是想什么时候打就什么时候打。

何玉兰照例把问了N次的问题又悉数问了一遍：饭能不能吃饱？晚上几点下班？工资能不能按时发？跟同屋的人处得好不好……一介绍到秋慧的时候，她总是犯难，怕说错了，让跃刚有什么想法，只好往秋慧脸上贴金：又要工作又要带孩子又要赚外快，眼角纹和白头发都出来了……陈跃刚对秋慧到餐厅唱歌倒没什么反感，他说既能赚钱又符合她的爱好，就随她去吧，不然天天在家哄孩子能把她憋死。唉，理工男通常都是好男人，对别人没什么要求，只对自己有要求。

每次接完陈跃刚的电话，何玉兰的心情都很复杂。现在，她在熟人眼里是个幸福的人，一个女婿出国，一个女婿提干，这种成就感让她很乐意参与群体性活动。可她也发愁，一个大学教师，干两年粗活后，业务知识还能剩下多少？岂不是离博士梦越来越远？她最怕的是秋慧出轨，她比谁都清楚，大女儿不是省油的灯。陈跃刚去日本四个多月了，总共往家里汇了三万块钱。还掉借款，剩余的钱都由何玉兰去银行代取并强行保管，她知道这钱一旦落入秋慧手里，日元就会逐渐变成服装、化妆品、酒肉和手机。摆谱是秋慧的强项。

"跃刚真可怜，找了这么个不省心的娘儿们……"何玉兰趁着广告时间和半梦半醒的老江唠叨了一句。

秋慧回家的时候，何玉兰随着韩剧的情节乐得前仰后合。这个时候，秋慧最安全，母亲抽不出空来骂她。

老江进到小屋来了。"又回来这晚，跃刚来电话了，你又没在，让他怎么想？孩子整天见不着你面，跟没爹没妈有什么区别！你妈让我告诉你，我们不能再给你看孩子了！"

秋慧揶揄道："你怎么一直拿我妈的话当圣旨呢？家里没孩子的时候，你看哪个老头老太太领小孩都眼红，现在自己有外孙女了，你倒领着让别的老头老太太也眼红啊！"

老江生气地说："我带孩子你干啥去？净指着我们？你要是忙正经事，我帮你看孩子，你跑歌厅当歌女去？你能不能替我和你妈想想，我们见人脸都挂不住！"

"我又不是去澡堂子当歌手！"

"赶紧把歌厅的活儿辞了！"老江吼道。

秋慧一点不在乎怒吼的老江，"行了，老爹，去睡觉吧！"

"跃刚在外无私奉献，你应该在家里甘当好后勤。"

秋慧被他的一句"无私奉献"逗得嘎嘎大笑。

老江长期受《新闻联播》的浸染，经常会冒出些主旋律词语。

何玉兰冷不丁进来了。"秋慧，我可给你最后通牒，要么你把歌厅辞了，要么你带孩子走人。你半夜不回来，跃刚心里怎么想？他还得怪我们做老人的没正事，管不住自己的姑娘！"

"那你把跃刚寄回来的钱给我吧，我租房子！"秋慧将了母亲一军。

"你都被打成那样了,还没记性?"何玉兰转移话题。

秋慧轻蔑地说:"哼,艾明章已经向我道歉了,当着全餐厅人的面,向我献歌又献花,然后又拉着我碰杯,一口一个妹妹地叫!那天他也是喝多了,跟我装愣,酒醒以后知道闯祸了!我江秋慧是省油的灯吗?他敢惹我,我就敢灭他,让他付出代价!一个工会小喽啰想在我头上拉屎,找错地方了!这是他识时务,及时道歉了,不然,我跟他有完啊?我找邵主席去!这事闹大了,他还想提科级?一辈子当小白丁吧!再说了,艾明章的好几个哥们儿也是我的哥们儿,他们听说艾明章打我都要替我出头,我没让,我就跟他单挑!本来我想连李秀那娘儿们一块整,但他这么一道歉我还不好意思了。算了,得饶人处且饶人。"

电视广告已经结束,电视剧主题音乐响起。何玉兰强忍着没插话,她要看看她能把牛皮吹多大,比电视剧好看。

秋慧喝了一口水,"李秀吧,其实挺怕我……"

"秋慧,星期一那天,我去厂里找过艾明章,叫他给你道个歉。"

好一个四两拨千斤。一向伶牙俐齿的秋慧足有两分钟没想出应对的话来。

32

台上一个男人在嘶吼着《我的未来不是梦》。而秋慧正在梦中：她被儿时的偶像搂在怀里，蹭着那种时兴的两步舞。他比秋慧高出一大截，怕她累着，他只把她的手握在胸前，离心口不远处。软软地，姿态里就透着爱护。他现在仍然迷人。

"有一次中午放学回家，你穿着一条工作服裤子，很多人都在看你，后来我才知道，那叫牛仔裤。我太喜欢那条裤子了，一直跟在你后面，忘了拐弯，结果一直跟到了你家门口！当时，我还上中学呢。"

"哟，我怎么没注意身后的小不点？"他自责地。

那句"小不点"叫得秋慧心直颤。

"在刘德华出现之前，你是柳邨区全体少女的偶像。"

他微笑着，"这个我可真不知道。"

他叫柳萨沙，祖母是白俄，因此有一副西化的面孔：鼻梁高挺、皮肤白皙，深邃而略微发蓝的眼睛。三十八岁的男人，他看着你时，眼里依旧会闪烁着顽童的天真和戏谑。柳萨沙是柳邨的传奇人物，不仅因为血统特别，更因为他是个艺术天才，在绘画和音乐方面有天分，十五岁便进了一个令人仰慕的部队文艺团体当文艺兵。和所有的艺术天才一样，他脾气暴躁，无政府主义严重。由于受不了部队的约束，二十岁便放弃大好前途转业了。他在市工人文化宫工作了三年，跟领导闹翻了。辞去公职后，组过乐队，做过广告公司，当过俄罗斯倒爷，开过装修公司，总之，他始终在折腾，却什么都做不长。

秋慧和柳萨沙有共同的朋友。这位朋友请柳萨沙来音乐餐厅吃饭，正好赶上秋慧当班。这是他们第一次交谈。因为音乐太响，秋慧说话时，柳萨沙会把头放得很低，有几次，秋慧能感到他的胡楂儿刮过她的额角。

"哪天一起吃个饭吧。"不知道谁先说了这么一句，立马引起对方的积极响应。

躺在被窝里，秋慧的心还在不正常地跳着，一遍遍地温习着和柳萨沙共舞的一幕。她对文艺人才有着不可救药的崇拜感，更何况像柳萨沙这样著名的大帅哥。她甚至回忆起了第一次见到他时正是春天，积雪消融，他大步流星地往前走，满街的泥浆溅得裤角全是泥花。她小小的，懵懂地跟着他，不知要干什么，也是满裤角的泥花，嘴里呼呼地冒着白色蒸汽。

这天，柳萨沙约秋慧吃烤串。两人随便找了个路边的铁皮房坐下来。像他们这种单男单女若进正规的餐厅，很可能招来风言风语，但吃烧烤就不一样，比较轻松随意，又便宜。

他们交谈得十分愉快。柳萨沙讲了许多在部队里的糗事。不知为什么，秋慧认为这些糗事他从来没跟其他女人说过，包括他的妻子。她为掌握这些独家秘闻而骄傲。柳萨沙说某某某和某某某都是他的战友，他们经常在宿舍里用煤油炉煮肉吃。两个某某某现在都是中国家喻户晓的明星。

"你要是留在部队,现在也成腕儿了,一幅画能卖个十万八万的。"秋慧由衷地说。

柳萨沙摇摇头,"部队把我害了,如果我没参军,现在可能是个大画家了,或者摇滚明星。"

柳萨沙不屑于流行歌曲,只唱摇滚。"艺术家最重要的是自由,部队那鬼地方,稍有点个性的人就待不下去。在我最喜欢幻想的时候,思维被框住了,这不行那不行,被子要叠得比砖头还有棱角,转业以后,艺术感觉已经废了!"柳萨沙平静地说。因为手上沾了油脂和炭灰,他只好肘部拄在桌上,两手爪状地耷拉下来。他的手是如此修长细腻,这是秋慧见过的最美的男人的手。

"我真的不愿意跟别人提起入伍这段历史……感觉不好……"柳萨沙说。

秋慧欣慰了一下,不错,真的是"独家秘闻"。

烤板筋上来了,秋慧的最爱。

"快吃,小不点!"柳萨沙拿起一串,递给她。

从小到大,秋慧最烦别人拿她的个头说事儿。但她喜欢柳萨沙叫她"小不点",每听一次,她的心头就会战栗一次。不知是因为那音色还是口吻,像极了一个父辈,在你犹豫着蹚过激流时或在一个沟壑前徘徊时,他说:"来呀,小不点!"

从那天起,秋慧和柳萨沙开始交往了,几乎每天都要通电话或传呼,隔三岔五吃顿烧烤。两人嘴上都强调是普通朋友,但心里都朦胧地知道其实不是这么回事。柳萨沙跟老婆符爱华也算青梅竹马，他们有一个上小学的儿子。符爱华以前是远近闻名的大美人，跟瓷娃娃似的，经过岁月的脱水，成了真正的黄脸婆，浑身吐露出世俗女人的剽悍。

柳萨沙现在在市内开了个高考补习班，专为艺考生补习油画。秋慧特地请了一个下午的假来参观柳萨沙的工作室。他租用了一间技工学校的实习教室当工作室，总共招了二十一名学生，分成三班上课。工作室还有两台残破的机床，墙上挂着各式老照片和古怪的装饰品：铁锅、叫不上名的乐器、马鞭子、草帽……一些破烂玩意儿，挂上去竟这么艺术，秋慧在心里赞赏道。

"一个学生交多少钱？"秋慧对经济问题向来很关心。

"一堂课一百五十元。"

"一个学生一周上几堂课啊？"

"一周一堂课，上多我不累死了！"

秋慧停止发问，眼珠转动，显然在内心速算着：天啊，他一个月可以挣九千多块钱！

柳萨沙仿佛看透了秋慧的心思，"其实挣不了多少钱，工作室房租一个月得两千，还有颜料画布乱七八糟的，一个月也就剩五千多块钱吧，照你老公挣的差远了！"

"在中国你是高薪阶层了！我每月工资才六百块钱！这个是你爸？"秋慧指着墙上的一幅黑白老照片问。相片中的外国男人身穿呢子大衣，叼着烟，脸上挂着蒙娜丽莎样的微笑。

"这是法国的加缪。"

"演过什么?"

"他是个哲学家和小说家,得过诺贝尔奖。"

"你为什么挂他的照片呢?"

"挺喜欢的,觉得……传神。"

秋慧轻蔑地说:"一看就是个流氓,脸上的粉刺疙瘩都拍得那么清楚!"

柳萨沙笑着默认了。

秋慧累了,但不愿意坐在洒着油画颜料的椅子上。柳萨沙从一个大帆布包里拿出一件东西,还没等秋慧问是什么,他已经踩着气泵开始充气了。一个单人床大的气垫子转眼间成形了。柳萨沙用修长的手做了个很帅的手势让秋慧坐上去。

秋慧一屁股坐在气垫中间,从姿态上看,她有点犹豫是否要坐上去。下一步该干什么。柳萨沙没坐,倚在椅子背上,看着她。秋慧往旁边挪了一点,拍拍床垫。柳萨沙坐了下来,两条长腿却不知怎么放才好,折腾几个来回,才摆出个稍微舒服点的姿势。一个非常生僻的词出现在秋慧的脑海:颓废。柳萨沙那种令人心疼的美就是颓废。那个叫加缪的男人和挂在墙上显得挺美的破烂都是!

"怎么还弄了个床垫?"

"有时候画太晚了,就在上面将就一宿。"

看着满是灰尘和颜料的水泥地和冰冷的车床,秋慧感到想流眼泪。对男人,她向来是使用加折腾,她也对他们好,但那是为了更变本加厉地使用或折腾他们。这是第一次,她很无私地心疼一个男人，想为他做点什么，不计回报。

工作室两面都是大窗子，阳光充足。充气床垫在阳光中像个舞台。他们俩像行为艺术家似的坐在上面，什么也没干，只是晒太阳。傍晚，他们到对面的一个小饭馆吃了杀猪菜。

对秋慧来说，这是个充满千言万语的空洞下午。坐在回柳邨的面包车上，她在想，如果当时柳萨沙真把自己按在充气垫子上了，从还是不从呢？

秋慧仿佛堕入初恋。她觉得自己可怜，忽然明白自己从未恋爱过，跟徐永林那会儿半真不假的，有点像过家家。跟陈跃刚那根本不叫恋爱。但秋慧明白，跟柳萨沙的感觉再好，也无非是一份镶在岁月上的蕾丝花边，有就更好，没有也无所谓，而家才是给她遮风挡雨的那部分。

33

何玉兰感觉到了秋慧的异常。有句电影台词说得好，人有三种东西是无法隐瞒的：咳嗽、贫穷和爱情。以往，秋慧每天为了消耗供过于求的精力，有事忙活，没事找事也要忙活，像热锅上的蚂蚁。近来，她深沉了，经常陷入思考状，有时思考着便微笑起来。能让她如此沉静，一定是心里头有了更美的事情。何玉兰知道这不是好事。

秋慧有点绷不住自己的喜悦了，她向母亲问起了柳二毛子。

柳二毛子是柳萨沙父亲的外号。这里把混血儿都叫二毛子。柳二毛子当过南兴厂的俄语翻译，何玉兰认识。其实，秋慧知道自己的问题毫无意义，而且会给母亲留下蛛丝马迹，但她憋不住。当你爱上一个人时，便想知道有关他的一切。

"怎么想起问他了？"何玉兰问。

秋慧不经意地说："没怎么，有人提起他家柳卡娅了，说在奥地利做的生意挺大。"

柳卡娅是柳萨沙的姐姐。

何玉兰说："没什么印象了。他退休早。"说是这么说，她在心里还是努力地想了想柳二毛子：热爱吹牛和跳舞，曾经因为举办家庭舞会进了"学习班"，牵扯出好几个女人。何玉兰挖掘着女儿打听柳二毛子的动机，顺藤摸瓜便想到了柳萨沙。直觉告诉她，没错，让秋慧深沉起来的人一定是这个柳萨沙！她轻而易举地从陈灿然嘴里抠出了"柳大大"。秋慧好几次和柳萨沙吃饭，都带着陈灿然去的。

好几次，何玉兰试图跟踪秋慧，但都以失败告终。多数情况是刚跟了几步远，便遇上了熟人，只好站下来聊天。有一两次为了跟上秋慧的步伐又不被发现，她差点被汽车撞倒。何玉兰只好放弃了当一个侦探的努力。没有真凭实据，她又不好说秋慧什么，所以就很烦闷。她知道柳萨沙那样的风流才子想搅乱独守空房的女人心是多么容易。

何玉兰认为必须要对秋慧动真格的了。她要求秋慧辞了歌厅的活儿，秋慧当然不答应。何玉兰又使出杀手锏，叫秋慧搬离。秋慧叫板，叫她把陈跃刚的外汇存折归还就搬家走人。何玉兰一气之下就把存折交了出去。存折易主的刹那，新旧主人都有些傻眼。除了娘家，秋慧真找不到适合保管存折的人和地方，更何况租什么房子能比住娘家舒服啊！何玉兰则想，秋慧脱离自己的监管，随时可能做出伤风败俗的事情。

秋慧假装收拾东西，以给父母留出挽留的时间。

"秋慧，你搬家这事，如果小陈来电话，我会一五一十跟他讲清楚。"何玉兰开口了，"因为小陈出国是我动员的，所以，我得对他负责任。"

"你负责任还把我们娘儿俩扫地出门？"

"谁让你宁可守着歌厅过也不守着家过！"

"你别说那么难听，我每周只工作几个小时就叫守着歌厅过了？"

"你往四十岁奔了，再唱也是业余级别，折腾不出大名堂了，有在歌厅干号的时间不如辅导孩子学点啥，那才是自己的。做陈跃刚的媳妇才是你最尊贵的身份！"

这一点上，我们是有共识的。秋慧心想。

"我这人就是正直，看不得老实人受欺负。秋慧，我要发现你有外遇，我马上找你们领导和那家伙的领导……"她突然意识到柳萨沙早辞职了，马上补充道，"他要是没工作，我就找他父母和媳妇。"

秋慧冷笑着，"那你可得逮着现形，不然叫诽谤罪！从没见过你这样的妈，专门拿我和伤风败俗画等号！"

何玉兰差点就说出了柳萨沙名字，费了好大劲才抑制住这股冲动。她不想打草惊蛇。

跟秋慧，何玉兰已经操了太多的心。秋慧可不是吃素的，你越管她反抗得越厉害。和母亲对阵，骁勇善战的秋慧也占不了上风。何玉兰有个本事：不怕家丑外扬。这点很要命。别的母亲说不出来的难听话，她能说出来，干不出的极端事，她能干出来。偶尔秋慧接到给婚礼伴奏的活儿，需要乐队的人来帮她拿电子琴，都得偷偷摸摸的。如果何玉兰发现了，她会站在阳台上，冲着文艺青年们喊："以后别来找秋慧，你们不知道她爱人没在家吗？男男女女的老往一起勾搭是什么行为？"

第二天，秋慧果然搬走了，她向朋友借了个母子宿舍。租房的钱，她舍不得掏，最主要的是还隐隐盼着母亲能回心转意。母子宿舍只有六平方米大，其实是半间房，与另一家中间只隔了一层胶合板。为了刺激老江，一向讲排场的秋慧没找别人帮忙，特意让父亲来帮她搬东西。秋慧的这一目的达到了，老江进屋以后，不断长吁短叹，反复磨叨着："你就是不听你妈的话！你怎么就不听你妈的话呢！"临走时，陈灿然的一声"姥爷再见"让老江红了眼圈。无奈，老江痛心疾首，也没有扭转乾坤的能力。

隔壁的男主人打呼噜，秋慧翻来覆去睡不着。她回忆起了和陈跃刚住男生宿舍的日子，眼泪流了下来。因为怕隔壁听到，她不敢抽泣，任眼泪默默地流，很凄美。两个鼻孔完全透不过气来，她只能用嘴巴呼吸。这个夜晚，有三个人在她涨痛纷乱的大脑里搅和着：母亲、陈跃刚、柳萨沙。

每周二、四、六晚上照看陈灿然的事又成了秋慧的难题。自从老江不肯照顾外孙女以后，秋慧总是把她送到婆婆家。可这阵子公公婆婆要回老家，让秋慧赶紧找人接替。情急之下，她一下子想到了朱俊松的父母。朱爸换了两个钛合金的骨关节，现在可以用健步如飞来形容。有一次在路上遇见秋慧，他特地跳了两下给秋慧看，说在家里待着闲得慌，想回老家种地。

秋慧知道先找秋萍会是什么结果，所以她先打电话给朱俊松。

"哎，俊松，你妈你爸现在身体都挺好，闲着也是闲着，不如干点力所能及的活，挣点零花钱嘛！"电话一接通，秋慧开口便道。

"姐能给找活干呀？"朱俊松笑嘻嘻地问。

秋慧把事一说，朱俊松暗笑，心想大姨姐这说话方式跟丈母娘有一拼，本来她求你的事愣能说成她帮你的事。

"这事你直接跟我爸妈说就行，他们怎么决定我可做不了主。"

秋慧嘱咐妹夫千万不要告诉何玉兰。

自从朱爸的手术成功之后，朱俊松的父母对何玉兰是感激不尽。一听秋慧求他们看孩子，立刻就答应了。"什么钱不钱的，把孩子送过来就行！"

秋慧来到幼儿园。她真烦跟秋萍打交道，但又绕不过去。秋慧需要她下班的时候，顺便带着陈灿然去婆家。秋萍向来是多一事不如少一事的人，直接就回绝了秋慧。

"为什么不行？你下班正好回婆家吃饭，顺手带上陈灿然有什么不行的？"

秋萍懒洋洋地说："唉，你自己送吧。"

"我要是来得及还用求你？再说，你就在幼儿园楼上上班，这么点小忙你都不愿帮？你是从火星来的还是要往火星去啊，保证自己今生今世不求我了？"

秋萍轴劲上来，也不跟姐姐顶，始终那副任凭风吹雨打的淡定表情。

"江秋萍，你最自私，你求我的时候，血盆大口一张，多大的事都敢求！我求你举手之劳的事，你都不肯帮一下！你要是还没脑残，就算算，我给你办过多少事？你小时候，让男生欺负得不敢上学，是我给你摆平的吧？你跟杨纪彪搞对象黄了，他要杀你们全家，是我给摆平的吧？你输卵管堵塞，我帮你找大夫了吧？你家和你婆婆家装修房子，那些沙子水泥都谁给你要的？你属貔貅的，只吃不拉，吞进去一百个好，不愿给别人一个好！你把好东西都留在肚子里了，自然也生不出孩子！"

大概也感觉自己的话有点重了，秋慧没瞅秋萍的表情，转身走了。

在自己的单位里被姐姐呵斥并被戳到了最痛处，秋萍受不了了，连假也没请就跑回娘家评理。

当晚，秋慧带着孩子回到市里。柳萨沙正在工大的门口等她们。他一身硬朗打扮：军绿色的亚麻休闲装，牛仔裤，墨镜和土拨鼠帽子,一双敦实的亚丁短靴。以前,他的打扮更倾向于雅痞。

"先去吃点东西吧,孩子肯定饿了。"

柳萨沙很自然地拉起陈灿然的另一只手,三个人像通常的一家三口。他们进了学校附近的一个餐厅,许多学生在这儿用餐。可能因为柳萨沙的文艺范儿,一进餐厅就吸引了很多目光,秋慧暗自担心其中会不会有陈跃刚的学生。

一点完菜,秋慧就开始控诉母亲和妹妹。柳萨沙一向是个好听众,很少插嘴,有几次他被秋慧的幽默给逗笑了,还是蔫笑,不出声,带点孩子的坏。凭他的嗓音,笑出声来一定好听,秋慧想。

趁着秋慧大口吃菜的时候,柳萨沙才说:"搬出来也好,暂时困难点,但会有办法的!"

看他的神情,好像办法有了,只是不想说出来。解决问题的什么办法呢?

"完了你去哪儿?"秋慧随口问。

柳萨沙一笑,问:"什么完了?"

"吃完饭!"

柳萨沙想了想,趁陈灿然不注意的时候,说:"她要是现在睡觉了该多好!"

秋慧听出了话里的暧昧,她半真半假地说:"我老公没在家,在我面前不能提睡觉的事,暧昧!"

"不想?"

"不想!"

"真的?"

"真的!"

"好吧,服从你。一会儿我给你们送到楼下,我回工作室。"

"你生气了?"

"没有。为什么生气?"

秋慧说:"没生气就好。"

"好了,你也别生家里人的气了。"柳萨沙哄着。

想到他今晚要睡在充气垫子上,秋慧很内疚。他不是个流氓,要是换作别的男人,早狼哇哇地上了。"今天孩子回来了,再说还有对门邻居……"她说完了,也在问自己,如果这些前提不存在的话,自己跟他睡吗?

柳萨沙一笑,"我明白。"

34

为了排解退休后的寂寞,何玉兰找到了打发时间的新方式——炒股。只投了一万元,挣个百儿八十的就高兴,比放在银行里强。股票交易大厅是个大舞台,聚集着一大批老同事,她的新时装以及幸福生活都可以在这里得到展示,眼睛盯着大盘的时候,手里可以织着毛衣,嘴里聊着天,顺便给某人介绍对象。何玉兰觉得自己重新有了用武之地,比起那些打麻将的老人们，这样的人生更有价值。

这天，股票大厅里气氛凝重，大盘跌得绿油油一片。何玉兰好不容易发现个座位，急忙往里挤，眼睛还得盯着大盘，怕漏掉自己的股票。她眼睛向上刚坐定，就听见前面有人在说着柳萨沙什么，便屏住呼吸，侧耳细听。前面说话的三位，她都认识，以前的老同事。说的正是江秋慧和柳萨沙。极难听的话。其中也提到了柳萨沙负债累累，四处借钱。何玉兰心里正在难受的时候，眼睛蓦地瞥见了自己的股票进入大盘。跌了四个多点，虽然买得少，但也好几百块钱，瞬间化为泡影。前面这几位肯定是空仓，这种时候，还有心思为别人操心！何玉兰怒火冲天，她拍拍前面的座位，"哎，传瞎话也不小点声，不怕烂嘴丫子！"她起身走人。

三个老太太急忙喊："哎，小何！小何！"

何玉兰之所以没说出更难听的话来，是觉得这谣传百分之九十九是真事。她突然想到柳萨沙会不会向秋慧借钱。陈跃刚寄来的外汇可都在秋慧手里。那是女婿站在流水线前一个螺丝一个螺丝拧出来的啊！何玉兰为自己当时的冲动而后悔。

何玉兰包了饺子叫秋慧母女来吃。秋慧很矜持，叫了三次，才答应。秋慧领孩子来时，何玉兰已经把馅和面准备好了。

秋慧像母亲，干活是把好手，她麻利又干净，边干边收拾。

"秋慧，你唯一的缺点就脾气不好，你要是说话温柔一点圆滑一点，将来就是个阿庆嫂，里里外外一把手。秋萍照你差远了。虽然你总气我，但是我跟你爸总夸你。"何玉兰知道秋慧不禁夸,一夸就晕头转向。

秋慧把母亲推到一边,"你累了,剩这点,我来包。"

何玉兰拿凳子坐在一边,看秋慧干活,"秋慧,那天你爸从母子宿舍回来都掉眼泪了,我心里也挺难受。就是惩罚你一下,看着你吃苦,我还真心疼……"

秋慧等待着母亲请求她搬回来。

"跃刚上个月寄来多少钱?"何玉兰笑嘻嘻地问。

"上个月没寄来,说这个月一块儿寄。"

"存折还是放我这儿吧,你要花钱就取,我是怕你丢三落四的,再随手乱放……你家里也不安全,老没人,万一被小偷盯上。"

"没事,我放办公室的抽屉里了。"

何玉兰几乎跳了起来,"秋慧,你脑子进水了!办公室人多手杂,又是学生又是老师的!不行,吃完饭,马上拿回来,我和你一起去!"

"没事,有密码。"

"不行!"何玉兰吼道。

秋慧不敢再顶,也知道放办公室的确有风险,便答应母亲一会儿去拿。"我放出去两万。"秋慧说。故意用个"放"字,表示投资。

"放给谁了?托底吗?"何玉兰心在颤抖,但表面装得很平静。

"托底,都是朋友,家里有钱,想做生意。"

"到底谁呀?"

"柳萨沙。"

何玉兰强忍愤怒,饺子没吃几个就被气给顶住了,心脏疼。

晚饭后,老江押着女儿去办公室将存折取了回来。

何玉兰将存折锁起来之后,淤积的愤怒终于爆发了!"江秋慧,你是不是跟那个二混子睡觉了?"

"我们就是普通朋友关系。我借给他钱是为了投资,现在通货膨胀,钱放银行就贬值!"秋慧嘴硬道。

她是跟柳萨沙那个了。那是个下午,秋慧去了柳萨沙的工作室。其实每次去,她都做好了被强奸的准备。密切来往的男女,不发生那事是个奇迹,何况她对柳萨沙的身体有欲望。天黑了,技校师生早已下班,楼里异常寂静。他们也没出去吃晚饭。柳萨沙拿出一瓶洋酒来,他们就着两根香肠,喝了半瓶酒。秋慧不爱喝那酒,但喝酒有好处,后面干了什么事都可以推到酒上。他们都没醉,但默契地装着有了酒劲儿。充气垫子显得小了。柳萨沙把秋慧推到了桌边。秋慧不明白。

柳萨沙轻声说:"我只能从后面上了。"好像很遗憾没能给她一个"上床"的名分。

秋慧真不知道从后面是怎么个上法儿,她跟陈跃刚永远是中规中矩的男在上女在下,躺着的。

"你和你爱人没这样过吗?"柳萨沙问。

"没有。"

"外国电影里很多。"柳萨沙说。

"韩剧里有这个?"秋慧问。她看的韩剧里边一丝色情也没有,夫妻睡觉都穿着夹克衫。

"我不看韩剧,但有男人和女人的地方,都有这个!你丈夫这么长时间不在家,你肯定猴急了吧?"

"我石女。"

"让我验证一下。"

"你有什么资格?"

"我爱你!"

"别玩老掉牙一套了,你以为我十八?告诉你,我可没猴急,别打着为我解决生理问题的旗号强奸我!"

"我求你强奸我,好吧!"

对方已霸王硬上弓。秋慧知道这一劫是躲不掉的,反正也不是什么处女了,既来之则安之。她将裤子往下褪了褪,凛然地,"我是救死扶伤!"

"伟大啊!"

秋慧配合得不是很好,桌子上的颜料沾得她胸前和胳膊上都是,这对她的心情破坏很大,甚至想半途而废。后来,他们转移到机床边,机床手柄让秋慧很得力。前后都是硬物,秋慧的大脑冷静得一塌糊涂,她为自己的出轨处女作没有得到善待感到愤懑。这样的破地方,简直就是野合,这让她觉得自己下贱!柳萨沙的功夫弥补了一切。他给了她每个女人都想体验的快感。这使得秋慧过后再回想这一过程时,竟有了浪漫的感觉。柳萨沙用电热杯为秋慧煮了方便面,然后,端着杯子,挑出细面，吹凉，喂到秋慧的嘴里，关心地看着她的反应。柳萨沙长着一双让人无法抗拒的眼睛，睫毛长得可投下阴影。他盯着你时，会让你觉得自己是世界上唯一的女人。就在那个晚上，坐在充气垫子上，柳萨沙提到了借钱的事。两万，付百分之十的年利息。秋慧还没傻到"毫不犹豫"的份上，她盘算了柳萨沙的偿还能力和柳卡娅的帮助力度，然后她答应了。冷静下来，秋慧也觉得柳萨沙借钱的时机可疑，有点趁"热"打劫的意思。

何玉兰问："他工作都没了，投什么资？"

"他想办画展，这样画就能卖个好价钱。"

"要是画卖不出去，能还你钱吗？"

"他姐有钱！"

"那怎么不朝他姐借钱呢？"

"他不想依靠家里。"

"××！"何玉兰骂了句脏话，"他不想依靠家里，就依靠你啊？我不会让你拿跃刚的钱去养小白脸！"

"你一说话就难听！"

"你净办见不得人的事，还怪我骂得难听！"

"存银行有那么高的利息吗？"

"银行是共产党开的，我信得着，利息不高但我存的款没不了！你贷给私人，弄不好连本都回不来！秋慧，你都浮精神，看着精灵鬼怪的，实际上比白痴聪明不了多少，丢西瓜捡芝麻！你肯定是在外面吹牛×了，说丈夫在国外如何如何挣大钱，他才围着你打转转的！把自己打扮成个肉包子，就别怪有狗追你！

搞文艺那些混子，没一个好东西！"

"没有搞文艺那些混子，你想看电视剧谁给你演？"

何玉兰限定秋慧三天之内把钱要回来。

秋慧肯定不会去要的，倒不是跟柳萨沙的感情有多铁，是不好意思。说好借一年，签了字据的，怎么好转屁股就要回来呢？若把他惹烦了，干脆不还也有可能。现在，她对柳萨沙的感情全然不像开始时那么炽热和冲动了。钱，有时可以让人丧失理性，有时可以让人恢复理性。秋慧不是二十几岁的小姑娘了，柳萨沙接近她的目的不会看不明白。事到如今，她最怕的是：搭钱又搭人。

一个星期过去，何玉兰没有催秋慧要钱。秋慧纳闷，这不符合母亲的风格，她办事情向来是步步紧逼。

每天上午，尤其是学校头两节课时间，是音体美劳办公室的黄金时间。人员齐全，很容易形成热烈的侃大山场面。秋慧正在调侃趴桌子睡觉的李驰，一个女人走进办公室，眨眼间站到她的面前。秋慧抬眼一看，吓了一跳。是符爱华——柳萨沙的老婆。

"哎，你好。"秋慧借这句问好，缓冲下内心的紧张。秋慧跟符爱华没说过话，但彼此知道名字。女人在家一待会迅速变老。符爱华以前是个美人，现在胖了，脸盘宽阔。几年前，她就买断工龄，再也没上过班。

符爱华冷冷地说："你出来一下。"

来者不善。秋慧当然不能跟她出去。学校有个女老师，也是被人家的妻子叫出办公室，遭到埋伏在外的几个女人一顿暴打。"有事啊？在这儿说吧，请坐！"秋慧将椅子推到她跟前。

"还是出去说吧，人多，我不好张口。出去是为了给你面子。"符爱华冷着面孔。

"学校有规定，上课期间，老师不能随便出去。"

"我也没让你去远地方，就在楼下。"

秋慧指指隔壁，"我们去那屋谈吧。隔壁是仓库，放置体育器材和杂物的。"

"江秋慧，你到底怕什么？"符爱华高声喝道。

全组人的目光聚焦在两个女人身上。只要不傻，都能看出个大概。秋慧心理素质再好，也还是有羞耻感的。她内心里速算是出去还是留在此处：出去，大家也能猜到是怎么回事，雷声滚滚，想披着藏着不可能，还有可能遭伏击。

秋慧脸色一变，"我正是因为什么也不怕，才不能让你随便调遣呢！你就在这儿说吧，我没有怕大家知道的事。但是你要污蔑我，可别说我告你！"她一身正气，临危不惧。这种事，只要不捉奸在床，怎么否认都合理。

"你装啥？"符爱华到底不是擅长打架的人，说这话时，竟一点儿没有气势。

"你到底想说什么？"

"你勾引我丈夫！"

"我自家老爷们是大学教师，有钱有学问，我犯不着去勾引别人的老公。你还是回家先调查一下再说话。"

"江秋慧,你跟柳萨沙的事,全地球人差不多都知道了,你还装无辜!我有证人!"

"证人是谁?要么你把他找来,我们当面对质!"秋慧很硬气。她跟柳萨沙只失身过一次,目击者也只有她跟柳萨沙。难道他跟媳妇坦白交代了?

"你真是不见棺材不掉泪啊!"

"你不告诉我证人是谁,那就是胡编乱造诬陷我!现在是法治社会,一切都要讲证据。证人是谁?"

"你妈!"

秋慧还以为符爱华是骂了句脏话。

"是你妈亲口证实的!"符爱华补充了一句。

秋慧的大脑被这梆梆硬的证据击得暂时短路。

全屋一片寂静。下课铃声突兀地响起。

待铃声停止,秋慧强作镇定,"我妈是怎么跟你说的?"

"她上我家,说你跟柳萨沙搞破鞋了,叫我看住丈夫,免得散两个家。"

秋慧半微笑着环顾四周说:"谁信呢?"这话是说给办公室所有人听的。她心里是信的。这是母亲的做事风格。

"你现在跟我回家!"秋慧说。

符爱华说:"我没必要跟你回家,你自己和你妈对质吧。以后,我再发现你跟我丈夫来往,可别怪我来狠的!今天,我对你这么客气,完全是看在你妈的面子上!"

秋慧强作镇静,"不来往不行,你丈夫欠我的钱呢!"

"欠多少？"

"两万！还有百分之十的年利息！"

"我还你！"符爱华没多盘问，看来是习惯了。

"什么时候还？"

"我明天给你打电话！"

"只要钱还了，我不会再跟他来往，但首先你能把他管住！"秋慧到什么时候都能保持气势。送符爱华出门的时候，她竟然说了句"您慢走"。办公室的人都一反常态地假装忙着，等秋慧夹包出去，大家都捧腹笑了起来。

老江开的门。秋慧冲进去，她首先将一盆正在浸泡的蔬菜摔到了地上，然后将老江亲手焊的五层置物架拉倒在地。

老江吓坏了，大叫起来，"你疯了？怎么了？"

秋慧大喘特喘了片刻，"何玉兰呢？何玉兰在哪儿？"

老江试图安抚她，"怎么了？好好跟爸说。你妈一会儿就回来，你先进屋坐会儿！"

秋慧甩开老爸，将屋里扫视一遍，拿起茶几上的折叠水果刀就往外冲。老江奋不顾身地上前去夺刀，秋慧说："你夺了也没用，街上有的是刀卖。反正不是何玉兰死，就是我死！"

"啥事啊，你要杀人？到底怎么了？你告诉我什么事，我替你去报仇，我岁数大了，判死刑也划算！"

秋慧欲出，老江死死把住门口。秋慧展开刀空舞了几下，以示恐吓，但老江无退意。秋慧还没完全丧失理智，她将刀叠好，揣入兜中，径直向外闯去。老江按不住她，大声呼救，几个邻居跑出来，一起将秋慧按住，拎着她的四肢到大床上。水果刀从她的衣兜里掉出来，邻居们才意识到事态的严重性。小声问老江怎么了，老江含糊地说跟领导闹了点意见。秋慧已经哭得快背过气去了，无力反抗，自暴自弃地仰在床上大哭。

怕秋慧去股市找母亲闹事，老江出去时特地将门反锁上。他找了一处公用电话给秋萍打电话，叫秋萍赶紧去股市通知何玉兰转移。

当晚，何玉兰没敢回家，在秋萍家住的。老江为了平息秋慧的怒气，拿出两千块钱的私房钱给她，秋慧拒不接受，看都不看那一沓钱。第二天早上，秋慧上班后，老江发现钱没了。

几天后，符爱华把钱还给了秋慧。拿到钱，秋慧踏实多了。借给柳萨沙钱之后，她陆续听说他债台高筑，至少欠十几万的外债。这时，她有点感念母亲了，手段虽恶劣，但目的达到了。以她现在所处的经济阶段，两万块钱远比失去那点名声重要。但她不想轻易地原谅母亲。

何玉兰也知道自己做得过分了，急于向秋慧示好。她做了些好吃的让老江给秋慧送去，秋慧不要，老江放下饭盒转身就走，待他走到家门口时，发现门角边放着那个饭盒，里面好吃的原封未动。原来，老江出门后，秋慧随后打了个三轮车，提前老爹一步将东西又送了回来。

隔了几天，秋慧接到母亲的电话。

"秋慧，有个十万火急的事！"何玉兰开口说。

秋慧被"十万火急"镇住了，竟然没撂电话。

"我掏钱,你去做个双眼皮手术吧!"

秋慧的眼睛是个小内双,一颦一笑间,眼皮会内双外双来回变着,蛮有风情。随着年龄的增长,大概上眼皮有些松了,小内双变成了完全的单眼皮。

"我这双眼睛长三十多年了,怎么现在才十万火急?"

"正因为长了三十多年,所以都耷拉下来了。我认识一个大夫,双眼皮做得特别好。手术钱我给你掏。"

"不用了。我现在的眼睛,很美。我认为。"

秋慧用了一个倒装句。

看来,仅施小恩小惠,秋慧是看不上眼的。何玉兰只好使出杀手锏来:同意每天晚上照料陈文佳。当老江向秋慧传达这事时,秋慧没忘记拿把儿,"我可不是非逼着你们照看灿然,只是希望看到我妈能有个道歉的姿态。"

35

朱俊松的仕途并不顺利。提拔他的前特设中心主任文广义"因经济问题"被审查,虽然没被拘留,但经常要去检察院和公司纪检委配合调查。特设中心的人都知道文广义冤,无非是特设中心与外资合办的维修中心太赚钱了,让人眼热,不择手段地要把这块肥肉抢走。文广义下台后,原中心副主任储大柱由副转正,他也是文广义下台的重要推手。所以特设中心没谁再敢接近文广义,都怕得罪储大柱。顶风上的只有朱俊松。他去看了文广义两次。

文广义刚一出事时,何玉兰对女婿是千叮咛万嘱咐,叫他别沾文广义的边,一是帮不上忙,二是给人家给自己添乱。朱俊松是个讲义气的人,文广义对自己有知遇之恩,现在人家有困难了,虽帮不上忙,可给点精神上的支持也好。内心里,他一直看不惯岳母的势利,见风使舵比谁都快。朱俊松当然也加了小心,他两次去看文广义,都是天黑去的,但不知怎么回事,都被人发现了。公司纪检委特地找他谈了话,叫他交代和文广义的对话。朱俊松知道问题严重了,心里很紧张,可他的书生气又犯了,反问对方:"文广义不是没被定罪吗?那我去看他有何不可?"就这样,朱俊松在单位里被孤立了,就连以前最谈得来的乌真梅都对他敬而远之。

见朱俊松总是闷闷不乐,秋萍难免往别处想。为了打消老婆的顾虑,朱俊松向她透露了自己的一些处境,并保证没什么大事。秋萍向来躲着事走,也没太往深里问。因为被架空了,朱俊松每天也能按时按点下班,两口子吃完饭后,便拐着胳膊四处散步。这种时候,朱俊松的心平淡至极,他想这样平平静静地过下去也挺好的,只要秋萍能生个孩子。

人不顺的时候,总是和倒霉事狭路相逢。这天晚上,朱俊松在单位一直忙到七点多钟,正准备回家,就听到楼上有杂沓的脚步声。朱俊松走到楼梯口一看,两个员工正在往下抬一个纸壳箱子。显然,箱子很重。朱俊松问他们要干什么,两个员工也戒备，说是复印件。朱俊松问是什么复印件，对方说是"猎豹"的，要运到维修中心去。"猎豹"是我国进口的最先进战斗机，目前在国内，只有南兴特设中心能够维修猎豹的特设设备。当年，买这些维修资料花了八万多美金，是单位保密程度最高的资料。

紧接着又有两个员工抬着纸箱子出来。

朱俊松感觉到不对，但一时说不出理由。"这个不能往外拿。"他拦住员工们。

"这是复印件。"

猎豹资料买回来那天起，就规定禁止复印。

"储总让拿的，你要不信，就打电话问问。"

"是维修中心用，自己家的事。"

几个人解释道。

朱俊松没动，"等我和储总交流过再说吧，现在不能搬！"

几个人用同一种眼神看着他，像看一个傻瓜。

他们对峙着。

朱俊松站在那儿并非是多强的原则性，而是大脑短路了，他意识到自己闯祸了。得罪储大柱是不可避免的事了。还没等他想清楚怎么处理眼前的麻烦，储大柱上来了。

储大柱看也不看朱俊松，直接指着几个搬箱子的人，"都戳在这儿干什么？这么点东西都搬不了，你们还他妈的能干点啥？"

朱俊松尴尬地说："储总，这是猎豹的修理资料……"他有些胆怯，只好把重要的话当作潜台词，希望给储大柱提个醒。

储大柱依然不看朱俊松，"还站着干什么？分奖金一分不想少拿，分房子差半米也不行，让干点事情犹犹豫豫的？听乌鸦号丧还不出门了？"

朱俊松知道自己已经彻底得罪了储大柱，心跳反而平稳了。"储总，猎豹的资料是不能往外拿的。"

见几个人已经抬走了资料，储大柱脸色铁青，"你是不是脑袋注水了？往维修中心拿那叫往外拿？你奖金从哪儿来的？"见朱俊松刚要开口，储大柱厉声道，"你要觉得这地方装不下你，就闪开，走人！"储大柱扬长而去。

从此以后，朱俊松成了单位里的瘟神，领导烦他，老百姓也烦他，都觉得他二逼呵呵，分不清里外拐。明摆着，维修中心拿走猎豹的资料是为了把这一块业务夺过来。文广义也曾想这么做，可胆子小，怕得罪上级领导。储大柱此举深得人心，被大家视为敢作敢为的好领导。以前，特设中心为部队维护猎豹战机，所得的钱大部分要交给南兴公司，等于肥水流入外人田。这几年，特设中心的奖金让南兴公司的所有单位都眼馋，春节联欢会的奖品都是微波炉电冰箱一类的大件，单位的集资房正在施工，这一切都离不开维修中心。朱俊松明白，维修中心早晚要和特设中心剥离，储大柱敢于抢南兴公司的业务，说明他肯定要拉走维修中心另立山头。但这只是个人猜测，没有证据，说出来就是诽谤，没人肯信。

朱俊松的科长职务被撤了，理由是群众有争议。朱俊松当然不服，找公司领导据理力争。他并不是不想在特设中心待下去了，但不愿再忍气吞声。

公司领导找储大柱谈话，询问猎豹资料外漏的事。储大柱坚决不承认，要朱俊松找证人。谁敢给他当证人啊！朱俊松知道自己只有一条路可走：辞职。当他跟秋萍谈这事的时候，竟意外地没有遭到反对。

"不干就不干吧，到深圳、海南找个工作算了，我喜欢南方。"秋萍平静地说。

结婚六年来，朱俊松第一次在妻子面前流下眼泪。这个娇小懒散的女人现在成了他最坚强的后盾。朱俊松在自己单位办理辞职时没遇到任何挽留或障碍，在这里工作六年，没有一个同事出来送他。

第二天早晨，秋萍上班刚走，何玉兰来了。朱俊松几乎没认出她来。这是与往日极为不同的岳母：有点披头散发，眼泡肿老大，古旧的衣服，趿拉一双鞋。在朱俊松的印象里，岳母是越老越小资，自退休后，她每天耗费在打扮保养上的时间远多于做家务的时间。

何玉兰是刚放下拖布打了个三轮车到这儿的。

"俊松啊，你辞职这么大个事都不商量一下，眼睛里边还有老人吗？我是不通情达理啊，还是傻笨荼痴啊？"

"妈，您先坐！"

"你先别急着叫妈，说，怎么回事？"

朱俊松简单地把事情经过描述了一下。

何玉兰痛心疾首地说:"你这人不听劝,总有自己的一套。我以前就点过你,胳膊拧不过大腿,跟人要跟强者走,斗不过人家就顺着。这是常识,你再反感,也别反着来。你比我有学问,可若论见识,你比不上我!书本上那一套都是为了树立英雄人物写的,一个小老百姓就该随大溜儿!我要是设计中心的职工,也会支持储大柱,他是为了群众的利益。"

"储大柱肯定要另立门户,把维修中心变为私人企业。到时候,特设中心最主要的业务都被他们拉走了,公有财产都进了私人腰包。"

"公有财产跟你有什么关系?储大柱不往兜里装,也会有别的贪官往兜里装。为公家的事较真儿是最吃力不讨好的了!跟着储大柱,有官当有钱赚,别的还求什么呢?"

"君子爱财,取之有道。"朱俊松怕这话太书面,又补充了一句,"不能有奶便是娘!"

"你为南兴公司保护财产,领导是给提个一官半职了,还是多给你一分钱奖励了?科长不是照样一撸到底吗?"

"所以,我才想离开南兴。"朱俊松不被觉察地叹了口气。

"你找到地方了?"

朱俊松沉默。

"现在工作那么好找吗?放着好好的国有大企业不干,难道还要去私企打工啊?你没看报纸上,讨薪跳楼的那不都是私企!俊松,你不能因为嫌鸡屎臭,就把下蛋的鸡给杀了!"何玉兰知道二女婿的脾气,尽量忍住气,"你今天可以不上班,但去把辞职书要回来，换个单位，这事我来办！"

"我跟秋萍说了，她支持我去南方闯闯。"

"你们俩，一对二×！"何玉兰第一次在女婿面前动了粗口。

中午，秋萍被叫回了家。

"辞就辞了吧，他学历高，上南方随便找个地方也比现在挣得多。"秋萍边说边抓起陈灿然剩下的小零食吧嗒吧嗒地欢吃。

何玉兰吃惊地说："秋萍，你太有潜力了，这种时候还能吃下东西？要换了我，都怕心脏从嘴里蹦出来！"

秋萍慢声细语地说："随他去吧，反正没孩子，挣够他花的就行，肯定饿不死。一辈子窝在这大农村也不甘心。"

秋萍和所有柳邨人一样，对自己所在的区域感到自卑。

"那也得骑马找马呀！多少人想进特设中心都进不去，你们还身在福中不知福！奖金那么高，新房子也分到手了，陈跃刚还大学老师呢，也没这条件啊！"

"这不，事儿赶到这儿了嘛，也不是他能控制得了的！"

秋萍不紧不慢，但句句顶得恰到好处。何玉兰觉得胸膛里往外冒火。

"秋萍，以前，我就觉得你是个窝囊废。看来，是我看走眼了，你是蔫不出声地办大事！朱俊松事先和你说要辞职，你为什么不告诉我？"

"他定了的事，告诉你也没用，还跟着惹气。男人的事，由他去吧，管得多了，人家还烦！"

"他想当干部那会儿，托我四处找关系，他怎么没觉得烦呢？他能在全厂一流的单位工作，能当上干部，这都是谁的功劳？是你这个脸大无边的老妈给他创造的！"

"那怎么办？只能等他以后自己创造了再还给你吧！"

何玉兰被秋萍不紧不慢的接话气疯了，吼道："你给我滚吧！以后你们再遇到难处，可别到我这儿来哭哭啼啼！"说到这儿，何玉兰先开始哭哭啼啼了。

36

何玉兰打电话叫秋慧马上回家。秋慧也听说了朱俊松辞职的事，她觉得母亲虚弱的时候才会想起自己，所以她有必要摆下谱，"如果能挤出时间的话，我就回去。"

下了班，秋慧直奔娘家。

"你为了秋萍他俩的事堵心窝子，折腾我干什么？"

"关键时候，还是得你当妈的贴心小棉袄。这些事，我只能跟你说。上外头说，还得让人笑话。"

"朱俊松白念到硕士，全身冒傻气，赶上战争年代，能举炸药包炸碉堡的主儿！这年头，跟领导对着干不就是自取灭亡嘛！"

"两面不讨好，群众也恨他！唉，以前，我总盯着跃刚，把俊松给忽略了，总以为他上进，聪明，能力强，不用人督促。现在看，这样的人一旦惹事，就是大事。跃刚虽然笨点，但听摆布,不惹事。"

秋慧不满地说:"我老公跟爱因斯坦比是笨点,可好歹也是重点大学的老师!"

从策划秋萍与朱俊松恋爱开始,何玉兰一直讲到如何为朱俊松提干跑关系,如何带着亲家去北京看病,充满委屈。"秋慧,你说他俩是人吗?我这么帮助他们,也没换来对我的尊重!辞职这么大的事,竟瞒着我……"何玉兰突然有些神秘地说,"秋慧,你有没有发现,朱俊松和秋萍天生一对?"

秋慧不知母亲的用意,"没看出来。"

何玉兰略带责备地说:"怎么能看不出来呢?他俩都冷漠,没人味。"

"情商低。"秋慧概括道。

"对,情商低!"

"你才发现啊?"秋慧讽刺地。

"以前也发现了。"

"那你吃一百个豆不嫌腥!"

"以后他们有天大的事,我也不管了,再管我不是人!"

"打住!这种毒誓你发过一千次了。"

"这回是真的!"

"你把这句话写下来,签个字吧。灿然,拿张纸,还有笔。"

陈灿然真拿来了纸和笔。秋慧递给何玉兰,"把你刚才的发誓立个字据!"

何玉兰同意。她拿起笔沉吟片刻,"我真想写个血书,以后没记性的时候拿出来看看这血的教训！"她还真使劲咬了咬食指，但没有咬出血来。"看来是老了，皮厚牙也不好，咬不透。我以前写过血书，开誓师大会的时候，我为了给领导留下深刻印象，好尽快入党，当着那么多人的面，一下子就把手指咬破了，血忽地就冒出来了，指甲都掉了半拉。"

"结果，到现在，你党也没入上！"秋慧幸灾乐祸地接道。

"但是对党旗的感情更深了，老觉得那上面有我的血。"

"看来，谁年轻的时候都冒过傻气！"秋慧意味深长地说。

何玉兰还是写了字据。为了起到触目惊心的作用，她还特地将口红涂在手上，按了个手印。

秋慧嘎嘎笑着，将字据揣进自己兜里。

何玉兰怅然地叹口气，"俊松这一辞职，把我的宏伟蓝图都打乱了。我本来想，两个姑爷，一个从政，一个做学问，秋萍呢，再生个儿子，多美满啊……"

母亲的"从政"把秋慧逗乐了，"一个小科级，还从政？"

"再大的官不也是从小官一步步努力上去的嘛！"

早晨，秋慧到镜前试衣，何玉兰看中了她身上的衣服，强行往下扒。

"这不适合你，穿上有装嫩的嫌疑！"

"装嫩也不犯法！"

"我有好几套衣服呢，你挑别的不行吗？"秋慧抗议道。

"不行，万一别人看见你穿这套衣服，我再穿就是捡剩了。"

每当情绪低落的时候，何玉兰就靠打扮来提高精气神儿。

朱俊松辞职的事瞒是瞒不住，大家早晚都会知道。幸灾乐祸的肯定大有人在。当年，何玉兰把其貌不扬的秋萍许配给相貌堂堂又是高学历的朱俊松时，引来多少羡慕嫉妒恨啊！何玉兰不能给长舌妇们占上风的机会。

当何玉兰盛装出现在股市时，果然引起了小范围轰动，一些老熟人凑过来夸她的衣服好看，问在哪里买的。赚来的目光中，也有妒忌的。很快就有人提到了朱俊松的话题。

"听说你二姑爷不在储大柱那儿了？又提干了吧？"

何玉兰满面春风地说："没提干，非要考博士，所以想找个相对轻闲点的工作，腾出时间复习。他自己非要考。年轻，冲刺一下吧，要不，老是不甘心！"

都是朱俊松惹的祸啊，难为自己这么大年纪还要胡编乱造说故事，何玉兰愤愤地想。但这关必须要过的，越躲，引来的追问越多。面对好事者，就得以攻为守。

"那工作怎么办啊？"

"那么好的单位都不干了？"

"应该边上班边考啊？万一考不上，以后连条退路都没了！"

"有没有小孩呢？"

人们七嘴八舌地问，何玉兰像开新闻发布会似的，一一进行解答。

出了股票交易厅，何玉兰身心虚弱，目光茫然。

回到家中，秋萍正在屋里跟老江聊天。何玉兰没理她，换上旧衣服准备做饭。

秋萍跟到厨房，站在门边不吱声。

何玉兰不瞅秋萍，"你还不回家做饭啊？"

秋萍不出声。

何玉兰接着做饭。身后传来抽泣声。她扭头一看，秋萍在哭。"要哭你进屋哭，或者回家哭。"何玉兰不肯再怜惜小女儿。

关键时刻，老江挺身而出。"小何，简单做点得了，吃不下……"

还没等老江说下句，何玉兰打断他，"你吃不下，我吃得下！"

老江指指秋萍，"房子出问题了。"

秋萍呜呜地哭了起来。她是个乐观的理想主义者，所以不太管眼前的事。朱俊松辞职，她想的是未来如何如何好，对马上要到来的困难估计不足。平时，她习惯指着娘家，除了生不出孩子外，自己的生活从来没面临过困境。今天，朱俊松辞职的第一个严重后果出现了：特设中心收回了分给朱俊松的住房。

一年多前，特设中心买了块地，为职工盖集资房，每平方米八百元，低于一千二百元的市场价不说，还可以按工龄、职务、学历等条件进行减免。分给朱俊松的一套房建筑面积一百多平方米，三室二厅，楼层也非常好，三楼。朱俊松将现在住的房子交给特设中心再分配，可抵消四十平方米的平米数，连同各项减免，最后只交五万多买房钱。房子已经盖好，就等着验收完搬迁入户，再有一个月，钥匙就下来了。何玉兰看过毛坯房，为秋萍高兴，也为自己一辈子住不上这么好的房子而黯然神伤。干得好不如嫁得好,这是女人该牢记的真理。秋萍极喜欢这套房子,尤其是阳台和飘窗,在柳邨区是首创,让她注入了许多美好想象。她已经在四处寻找好看的摇椅,准备放在大阳台里,夏天的时候,她可以躺在摇椅里看书。

谁也没想到房子会出问题,因为房钱一年多以前交了,朱俊松的旧房房照也已更名给了一位年轻同事,只等新居装修完就搬离。在朱俊松辞职前,特设中心也有两个分到新房的人调走,单位并未将新房收回。下午,朱俊松接到单位电话,叫他回单位领退还的房款。这明显是打击报复。朱俊松回家说这事时,身上直发抖。秋萍也傻眼了,只剩下脑海里一个很文艺的画面:大阳台上,一只摇椅被风吹得乱摇乱撞。

愤怒,冲击着何玉兰的心脏。更多的是对朱俊松和秋萍的愤怒。她把大勺重重地坐到灶上,火星四溅。

"秋萍,都告诉过你了,以后有事,别再上我这儿哭哭啼啼!今天走到这一步,都是朱俊松和你自作自受,怨不着别人!你老妈是个退休老太太,照顾自己都力不从心,没有能力管那么多的事!你们都是有学问的人,处理事情比我高明,怎么请的神就怎么送吧,啊!"

何玉兰光顾着说话,不想油温太高,火苗从锅中蹿出,吓得她急忙关煤气,拿个锅盖盖住油锅。并不顾油烟熏呛,开始数落秋萍。

"你们俩,不是一家人不进一家门啊!这事能怨人单位吗?单位对朱俊松够不错啦,该得的都得到了!是朱俊松不知感恩,胳膊肘往外拐，跟间谍有什么两样！拜托了，你回家哭吧！"

老江满脸悲伤，"小何，你得想办法啊！这老窝让人给端了，还得了啊！"

"秋萍，你来找我到底是什么意思？"

秋萍停止抽泣，"要是能保住房子，怎么着都行。"

"你能做得了朱俊松的主？"

"他也傻眼了，谁能想到这么严重啊！房子都到手了又让人抠出去了！"

"想当英雄就得舍得一身剐，从古至今都这样。"

老江急得直跺脚，"小何，你就别踩咕他们了，先别骂了，把房子保住了，再说别的吧！这样要出人命的！"

秋萍走了以后，何玉兰问老江："你跟着叫什么？出谁的命了？你以为他俩会为房子的事自杀？"

老江说："出我的命！我还指着在那房子里养老呢！"

"你想得可真美，秋萍连自家的事都懒得理，还能给你养老？"

"可你老嫌秋慧脾气不好，不就得指着秋萍吗？"

"以后就进养老院吧！"

"我不去！我可不去那里！"说这话时，老江显得既苍老又孩子气。

男人比女人更怕凄凉。

一想到要四处找关系，何玉兰直犯难。年轻的时候，她找人不打怵，豁得出脸皮。人老了，抗压力弱了，受冷落一次，好长时间都缓不过劲儿来。公司领导也换了一茬新的,即使认识,也办不上事。

何玉兰和老江决定去找彭总。去彭总家之前,何玉兰强烈要求老江去染头发。老江的头发已经全白了,几年来,他们为染发的事没少吵架,还开过专门的家庭会议。

"老江,我一看到你的白发就联想到你的肾,特别影响情绪。尤其是出席重大场合,我真不愿意带着你,不般配,人家得以为我是续弦呢。"

"那你掏钱给我换个肾得了,二十岁的肾。"

老江一辈子对妻子言听计从,唯独染发这件事上不让半步。他说报纸上说染发等于往脑袋上投毒。

"你这人从来不为我的心理健康着想!"

"以后出门就当我们谁也不认识谁。"

老江决绝地说。

何玉兰生气,但没办法,不好独自一人去,只好带着老江。

"我二女婿朱俊松辞职了。他能当上干部,还多亏了你帮忙,可说辞就辞了,辜负你一片心意了!"何玉兰直截了当地对彭总说。

彭总也很吃惊,"储大柱那儿效益很好啊,有更好的去处了?"

"哪儿有啊!"何玉兰痛心疾首,"跟储大柱闹点误会,就辞了!分到手的房子,单位也要收回去。彭总,你得帮我想想办法!"

"这都是年轻气盛啊!谁没有受气的时候?不能一冲动就拿前途赌气!"

"就是啊!"

"等我找储大柱说说!"

从彭总那反馈回来的消息比较乐观,储大柱吐了活口,说自己并不想砸谁的饭碗,但朱俊松回来,官复原职不可能,而且一定要给单位员工一个交代。怎么个交代法,储大柱没说。

彭总的意思,还是让朱俊松回单位,其他的以后再说,反正现在还年轻。"韬光养晦吧。"彭总说。

何玉兰没明白"韬光养晦"是什么意思,但她和彭总的观点一致,让朱俊松先回单位,保住工作和房子再说。

"年轻人学会低头,也未尝不是个好事情!三十年河东,三十年河西。"彭总意味深长地说。

这回,何玉兰听明白了:夹尾巴做人,等待机会。

37

秋萍一个人回了娘家,朱俊松自从辞职后,就没跟岳父岳母打过照面。

何玉兰把求助彭总的过程说了一遍,秋萍表情认真,一句话不插,像是在品着嘴里的零食,又像是在品着母亲话中的道理。

"你怀孕了?"何玉兰问。

"没有!"

"你要怀孕,这么能吃,我还可以理解。家里的事,你一点不从心里过?"

秋萍把嘴里的饭咽干净,"又不是我能决定的事,想有什么用?还不如不管呢!妈,你也别管了,天无绝人之路。"后一句话,秋萍说得声音很小。

"你说什么?我没听清楚!"

秋慧赶紧帮着妹妹复述:"她说让你别管了,天无绝人之路。"

何玉兰警惕地盯着秋萍。秋萍目光躲闪,不敢和母亲短兵相接。

"说吧,你们什么意思,又不让我管了?"

"不是怕你上火吗,让朱俊松自己处理吧!"

"这话你早说啊!是你哭哭啼啼找我来了,我厚着脸皮去找彭总了,彭总那么大个干部还得跟储大柱低三下四说小话,你突然又说让朱俊松自己处理了,你们俩又演什么节目?"见秋萍不语,还在吃,何玉兰抓起零食袋子扬到地上,"你给我说明白了!"

秋慧只是把撒到自己身上的碎屑抖了抖,然后又坐下了,她实在不想错过一场精彩对决。

秋萍嘟哝了几句谁也听不清楚的话。

"朱俊松又出什么高招儿了?你说!"何玉兰指尖已经顶住

了小女儿的鼻子。

"他同学的公司要人。深圳的。"

"房子怎么办?"

"房子要下来,也不可能去住,邻居全是原来的同事,多难受啊!"

"没关系,房子要下来,我和你爸去住,这套房子给你们。"

"俊松不想求他们,想昂首挺胸地走!"

何玉兰伸手给了秋萍一个嘴巴,老江闻声进来,急忙护住小女儿。秋慧赶紧把水杯挪开。秋萍无声地哭了起来,好像满肚子的苦水无处倒。

"秋萍,你和朱俊松都是王八蛋!我把心掏出来给你们,你们拿着当球玩!"何玉兰冲着秋慧,"跟我找朱俊松去!"她几乎是把秋萍揪出去的。

娘儿仨拦了一辆三轮车,所以很快到了秋萍家。

开门的时候,朱俊松手里拿着一本英语书。这种时候还能看得下去英语,可见上进心不一般。何玉兰心里稍微赞扬了一下,气也泄掉25%,说话时,语气有所放缓。

"……俊松,你年轻,要韬光养晦。"何玉兰在结尾引用了彭总的话。

朱俊松没想到岳母能运用这么高难度的成语,态度又郑重了一些。

"妈,我也想了,特设中心这环境,也不是我待的地方。"

秋慧接茬儿道:"中国就这国情,你身为中国人就得适应,不能老装外国人。"

何玉兰觉得"不能老装外国人"这句话说得特别有力量。

秋萍不高兴,"你就别跟着挑事了!"

"俊松,彭总那么大个干部,跟什么样的人没打过交道,他都说三十年河东,三十年河西,储大柱不可能一辈子江山稳坐!"

"妈,那我何苦要等三十年河西呢,我现在就奔河西!"

"可房子怎么办?我和你爸工作一辈子都没住过那么好的房子!我不是非让你等二三十年,起码先将就几年,把房子占稳再走。"

"妈,我保证,五年之内,我让秋萍住上那样的房子!"

"你连明天的事都决定不了,还能决定五年后的事?也就是看在彭总的面子上,储大柱好不容易吐口了,说你在单位员工面前有个交代就行了!"

朱俊松慢慢地说:"我不会给他道歉,因为不是我错了!"

"你就委屈一下……"

"我从辞职那天起,就没想过再求储大柱。我的事,你们别替我做主,谁要再去求他,别说我翻脸!"

何玉兰觉得自己要爆炸了,心脏憋得几乎让她背过气去。

关键时刻,还得是秋慧。"就你那张下岗干部的面孔,翻不翻的谁在乎啊!别以为谁都巴结着为你办事,我妈没那么贱!是你媳妇回娘家哭哭啼啼哀求的!秋萍,你跟他说是不是?"

秋萍站在丈夫身边,好像多了点底气,"我就是跟咱妈随口说说，没想到她去找关系了。"

秋慧看母亲还没有接话的愿望或能力，接着往下数落，"朱俊松，你好歹也硕士毕业，光长学问了，情商没跟着长，连啥是对你好啥是对你不好都分不清楚！为了你们的房子，我妈绞尽脑汁。她快六十了，开口求人容易吗？就你的脸长皮了，别人的脸都没长皮，随便踩蹋？"

朱俊松两眼瞪着别处，"妈，我谢谢你。但我不想给储大柱错觉，好像我向他低头了。这是原则问题。"

何玉兰想大骂朱俊松，但一开口，却是巨大的呜咽，她只好收回向外迈的脚步，坐在秋萍家的沙发上放声大哭起来。是那种她最反感的眼泪鼻涕口水一起汹涌而下的大哭。秋慧也不说话了，她一点儿不掩饰对母亲的蔑视，她心想：她的气概都用到了我和陈跃刚身上，为什么一遇到朱俊松，她就哑火呢？

何玉兰终于止住抽泣，她站起身来，"这次是我错了，不该擅自做主找人去求储大柱，让你们丢志气。以后，你们遇上天大的事，也别再跟我说！"

话到此处，秋慧已默契地往门口走了。朱俊松脸上略有愧色，但还是不出声。秋萍讪讪地说："你们慢走。"

何玉兰头也没回地跟着秋慧出了门。

回到家中，何玉兰将一腔火力扫射到老江身上。"要不是你在旁边嗷嗷叫着'出人命了''老窝没了'，我能管他们的破事吗？你一辈子，家里的大事小情都不出头露面，你从来没体会过求人的难处！你不懂我的为难！一个女人家，小平头百姓，又要把事情办成，又不能被人说闲话，我这心里有多苦你知道吗？两个孩子，从小到大，上学结婚找工作你出过一小手指头力吗？有事你就知道叫唤，把我当奴才使……"

老江像个老农民似的蹲在柜子旁，好像随时要躲进去。

何玉兰越骂越起劲儿，秋慧忍不住了，"你就冲我们有能耐！你这火怎么不跟朱俊松发呢？他的事，你哪样没帮过？反过来你还怕上他了？我真不明白！你欠他什么？你对我家跃刚怎么什么都敢骂呢？不就是软的欺硬的怕嘛！"

何玉兰自知理亏，用可怜兮兮的语调说："你要是生不出孩子，我对跃刚也得低三下四！"

"我看他俩离婚算了，两全其美！"

"你缺不缺德！人俩过得好好的，你挑唆什么？"

一直被骂得发蔫的老江突然冲秋慧发飙了，全然不领她刚才救驾的情。

何玉兰和秋慧走了之后，朱俊松开始做晚饭，秋萍默默地打下手。朱父腿脚好了之后，不愿意再待在城市里给儿子添麻烦，和老伴回老家种地去了。

"得去把房款取回来，早办早利索。"朱俊松像是自言自语地说。

"我和你去，谁敢欺负你，我就揍他！"说到"我就揍他"，秋萍是嘟起嘴巴说的，哆哆地，两眼发亮。朱俊松觉得这时的妻子漂亮极了，他又想起初见她时那个弹古筝的女孩。

"古筝怎么不弹了？"

秋萍不知他怎么问这么没来由的话,"你想听?"

朱俊松想说我想你,但话到嘴边又改了,"真的不心疼那个大房子?"

"我总觉得你还能挣回一个大房子来,不急。"秋萍说的是真心话。

第二天,秋萍和朱俊松去单位办理房产事宜。储大柱没露面,接待朱俊松的是工会主席。退房款给的是现金,还给了一年的利息,办理这些手续需要到好几个部门签字,秋萍寸步不离朱俊松。她几乎没怎么说话,有时碰到丈夫的目光会冲他鼓励地一笑。看着朱俊松完成最后一个签字,秋萍纠结的内心也恢复了平静。结果不可怕,即便是最坏的结果。可怕的是担心最坏结果到来的过程。不就是一个房嘛!

他们骑着自行车回家。秋萍坐在后座上,紧搂着装着三万多现金的皮包。秋萍是第二次和朱俊松一起进厂里,第一次是朱俊松分配报到,她也这样坐在后座上,紧紧地搂着一个包,只不过那次包里装的是他的各种证书。一晃六年过去了。

将钱存到银行之后,朱俊松提议上饭店吃午饭。秋萍问他准备花多少钱,朱俊松说照一百块钱花吧。秋萍说:"越简单越好。"

朱俊松说:"帮我省钱?"

秋萍说:"吃倒是次要的,我想唱歌。"

朱俊松笑了,他从来没见过像妻子这样热爱卡拉 OK 的人。两人简单地吃了点饺子,就去一个歌厅唱歌。中午时间,歌厅还没营业，只有老板娘一个人，她用奇怪的目光打量着两个人，欲把他们引到一个包房里。而秋萍要坐在大厅里，说音响比包房里的好。

"还是坐包房里舒服，大厅人来人往。"老板娘说。

"没关系，我们不怕人来人往。"秋萍说。

老板娘露出些许不满，"坐哪儿都行，随你们。"

"肯定把咱俩看成偷情的了。"等老板娘转身的时候，秋萍对朱俊松说。

虽然只有一个观众，秋萍的演唱依然忘我投入，声情并茂。作为观众的朱俊松也敬业地献花、鼓掌。秋萍接连唱了二十几首歌，直到嗓子沙哑才结束个人演唱会。朱俊松心想：她这样活着真好，唱一次卡拉OK就可以把什么都忘掉。

回到家，两人紧搂着睡了一大觉。睁开眼已到天黑。

秋萍说："俊松，我就想过这样的生活，不用上班，想卡拉OK就卡拉OK。"

朱俊松心事重重的样子，没发表意见。秋萍推了他一下。

"我们应该去你妈家一趟……"

"等她消气了再去吧！"

"算了，别等了，我去把她哄高兴吧。你连饭也不会做，我一走，你没个蹭饭的地方，不得饿着？"

一句话，惹得秋萍泪如雨下。

何玉兰坚决不接见小女儿夫妇，"别来！别来！"她冲电话高喊。

朱俊松和秋萍还是来了，拎了一大桶花生油。陈灿然给开的门。

何玉兰穿衣服要往外走，老江和秋萍把她拦住。

"妈，对不起，惹您生气了！"朱俊松嗫嚅地说。

"我没生气！你们的事，跟我有什么关系！"

"妈，您放心，我会让秋萍过上好日子。"

"这话你跟秋萍说吧。"

房里冷了场。好在有陈灿然左一个姨夫右一个姨夫地叫，朱俊松才没有太尴尬。

秋萍赶紧救老公的驾，"妈，我知道你是心疼我们。房子没了，以后再挣。为这事着急上火犯不上！"

何玉兰怒了，"你知道犯不上，还哭哭啼啼来找我？你扭脸又装得啥也不在乎了！江秋萍，我真瞧不起你！你手不能提篮肩不能担担，稍微遇上点压力你就推给别人，自己该吃吃该唱唱！是我把你教育成这样的，所以我对你家俊松，得赔着小心，欠你们的！"

朱俊松非常恭敬地站在何玉兰跟前，"妈，别这么说，我一辈子对您都感激不尽。到目前为止我人生最成功的两件事，都是您促成的：一个是娶了秋萍，一个是把我爸的腿治好了。"

何玉兰呜呜地哭了。感动占主要成分。

"就这么一句话，又把你忽悠得缴械投降了！"秋慧讽刺道。她从音乐餐厅一回来，何玉兰就向她转述了朱俊松"最成功的两件事"，并一再地热泪盈眶。

"真的不是忽悠，说这话的时候，朱俊松眼圈都红了！"何玉兰恨不得对一脸不屑表情的秋慧咬上一口，"跃刚嘴笨，这么动听的话，他肯定说不出来。"

"我家跃刚实在，虽然不能把你忽悠得心花怒放，可也绝不会把你气得号啕大哭。"

"我品出来了，俊松是个情感不太外露的人，表情老是一个劲儿的，可心里有数，谁为他做过什么，都记着哪！"何玉兰的兴奋持续升温。

秋慧见不得母亲给点阳光就灿烂。"说不定是秋萍教他那么说的呢！"

"秋萍那嘴，上老虎凳也说不出这么有水平的话！"何玉兰又陶醉地重复刚才朱俊松的那句名言，"俊松的话说得多好啊，人生最成功的两件事都是我给促成的，一个娶秋萍，一个是把他爸的腿给治好了。简简单单，既把我给表扬，也秋萍给表扬了。还不肉麻。"

"朱俊松这一句话，能让你光荣好几年。你就做老奴隶吧，等他一去深圳，秋萍肯定要过来吃饭，你也得定期去给她收拾屋子、洗衣服，不信把话撂这儿！"

38

朱俊松去了深圳,投奔一个在那儿做生意的大学同学。头几天,秋萍为家里不正常的平静感到心慌,又过了些日子,她体会出了新生活的好,自由自在无拘无束。每到周六周日,如果母亲不来电话催,她可以睡到午后才起床。

秋萍的高中同学兼闺密严晓虹星期天结婚。因为是班里最后一个结婚的女生,所以同学都来参加,成了变相的同学会。自打毕业后,班里没搞过大规模的聚会。杨纪彪以前很少和同学联系,而最近一年出现了活跃的迹象。他的单位归到了市政局,属行政编制,也跻身到公务员队伍。听说区里的绿化工程归他管,有点小实权。

周日早上,秋萍精心打扮了一番才出门。已经有十几个高中同学聚集在了严晓虹家楼下。同学之间都不很亲热,见到秋萍,同学们难免提一连串的问题:老公如何未来的房子如何怀没怀上孩子……秋萍虽然对这些提问深感厌烦,但又不好意思不回答。大家正聊着,一辆白色夏利开了过来,在差一点儿撞到一个同学的腿时,车停住了。杨纪彪笑着从车上下来了,引起同学的一阵欢呼和尖叫。两个男生上前和他闹了起来。杨纪彪的视线从秋萍身上扫过。

秋萍冲他微微点了下头。这是他们分手以后第一次在人堆里相遇,虽然有心理准备,秋萍还是感到有些不自然。

乐队的车已经先于接亲车队到达。秋慧第一个从车上下来,指挥着把电子琴抬了下来。她百忙当中竟看见了秋萍。

"新娘是谁啊?"秋慧扯着嗓门问秋萍。

"严晓虹!"

上学的时候,严晓虹几乎天天和秋萍黏在一起,跟秋慧自然很熟。

"哎呀,我不用随份子吧?就不愿意碰见熟人结婚。"秋慧凑了过来问秋萍,却一眼看见了杨纪彪,对方也在瞅她。她像跟熟人一样招呼:"哎,来了?"

杨纪彪点头嗯了一声。

秋慧看见他右手里抡着的车钥匙,和左腋下夹着的路易·威登包。因为还有一定的距离,秋慧难以辨认出那包的做工如何,也许是假的。钱和地位是男人最好的补品。杨纪彪以前长得就不错,现在又多了几分成熟男人味。

进入酒席,几个男生故意恶搞地把秋萍和杨纪彪安排到了一起。

"最近挺好的?"

两人几乎同时发问,都尴尬地笑了。还好没人注意他们,都聚精会神地看新郎新娘夫妻对拜。

"严晓虹今天打扮得真漂亮。"秋萍没话找话。

"谁当新娘的时候都漂亮。你不是吗?"杨纪彪眼睛瞅着台上说。

秋萍不知怎么回答，眼睛也紧紧地盯着台上。

典礼结束，秋慧放歌，自弹自唱。

"你跟你姐不太像。"杨纪彪说。

"是啊！"秋萍应和道，眼睛瞅着台上。秋慧刚一唱完，秋萍就冲上了台。

"我家'卡坛天后'来了！给伴一首吧。"秋慧冲着乐队的另外三人说。她又冲着秋萍，"唱一首行了啊！"

秋萍拿起麦克风，"今天是我最好的朋友严晓虹新婚之日，我祝他们白头偕老。"她唱了一曲《亲密爱人》，意犹未尽，但秋慧的目光很明显地制止她再唱第二首。这时，又有人跳上台来要演唱，秋萍只好恋恋不舍地交出麦克风。

结婚酒宴散了后，杨纪彪提出请大家去歌厅唱歌，一个女生要拉上秋萍，秋萍说家里有事，得马上回去，无论同学怎么强拉也没去。到了家门口，她到手袋里找钥匙，却摸出了一张叠得四四方方的红纸条，显然是包份子钱的。进屋，打开纸条，是杨纪彪写的：

这么多年，虽未联系，但从未忘记。希望能和你在一起聊聊。这是我的手机号139……，随时都行，只要你方便。为盼。

秋萍想，一定是她上台唱歌的时候，杨纪彪把纸条塞进了她的手袋里。不知为什么，秋萍特别想保留这张红纸条。初恋是个怎么也解不开的结。她对杨纪彪没有一点儿想法，即使当初恋爱的时候，她对他也不是那种奋不顾身的热恋。秋萍喜欢学习成绩优秀尤其是理科好的男生，直到现在也如此，这也是朱俊松能一下抓住她心的原因之一。但她不能否认，每当和朱俊松闹别扭时，她会想到杨纪彪。

电话铃响。迷迷糊糊的秋萍以为是母亲打来催她过去吃饭呢，拿起电话便慵懒地说："你们先吃，我再睡会儿……"对方没吱声。秋萍干喂了几声，正想挂断，对方说话了："是我。杨纪彪。"

秋萍立马精神起来。她慌神了，这人太胆大也太阴险，怎么能随随便便往家里打电话？他怎么知道号码的？

"听说你爱人去深圳工作了，所以才冒昧地往家里打电话的。"杨纪彪似乎看透了秋萍的心思，解释道。

"哦，是挺突然的。"

"哎，我真没想到你唱歌唱得那么好。"

一听谁夸她唱歌好，秋萍立刻打了鸡血似的，但嘴上还稍微虚伪了一下，"马马虎虎吧！"

"听你唱那首歌，我当时眼泪都要流下来了。"

秋萍沉默，不知如何以对。

"是啊，我媳妇也挺贤惠，儿子也快上幼儿园了，最近几年，事业也发展挺顺利，和朋友办了个小公司，挣不了大钱，但一年五六万是可以拿到手的。按理说，现在过得是我有生以来最好的生活，可我总是忘不了你。"

"过去的事，就别再想了。何况你现在过得这么好。要是我们真结婚了，你能有儿子吗？"

"那不见得！"杨纪彪斩钉截铁。

秋萍心里反感，心想，什么意思啊，"是我的毛病，跟哪个男的也生不了！"

"想要孩子不难，舍得花钱就行。我一个朋友就要了个试管婴儿，花了好几万。"

秋萍听出来了，暗指朱俊松没钱呗。"我也想过那种方法，但我爱人说顺其自然，没有孩子也无所谓。"秋萍是曾有过要人工受孕的想法，但没说出来。在杨纪彪面前，她不能让朱俊松被比下去。

"哦，那你爱人真不错！"

电话里，难以听出杨纪彪是不是由衷的。

"我爱人对我是够意思。"秋萍由衷地说。想到远方的朱俊松，她有点难过。

两人又聊了点同学的事，杨纪彪说想等毕业十周年组织一次大型聚会。合不合群，不是性格决定的，是现状决定的。对现状得意的人，通常喜欢人堆。几年前，同学们可是找不着杨纪彪的影儿。

"要不要出来坐坐？本来请同学唱歌，以为你能去呢。"

"不了，要上我妈家吃晚饭。"

"出来吧，我开车去接你。"

秋萍又想起他抢车钥匙的样子，有点烦。"不去了！"

"你要是怕光咱俩吃饭影响不好，我再叫两个同学。"

秋萍几乎生气了，"别别，我真的不去。"

电话那边传来一声长叹。

杨纪彪刚挂断电话，朱俊松的电话就打进来了。

"跟谁啊，聊这么长时间。"朱俊松有点不高兴了，在家的时候，他最讨厌秋萍煲电话粥。

"同学。"

"同学？在婚礼上还没聊够？"

秋萍急中生智，"是初中同学，孩子入托的事。"

聊了几句吃饭和天气的事，朱俊松又问："婚礼办得怎么样？"

"挺隆重的，办了五十多桌。"

"你们同学都去了吧？"

"去了一大部分吧。"秋萍知道他想问什么。

朱俊松用轻松调侃的语调问："看见你的初恋情人了？"

秋萍嗔怪地说："我就知道你要问这个。看见了！还约会了呢！"

朱俊松"嘿嘿"一声，笑得有点勉强。

秋慧一回家就把婚礼上遇见杨纪彪的事说了。八卦之心人皆有之，对女儿前男友的现状，何玉兰还是很感兴趣的。一听杨纪彪混得不错，都有车了，何玉兰心里五味杂陈。但她要拿出一个长者的气度来，"那就好！我心里还能舒服一点。如果他生活得不幸福，我还真有点内疚。"

秋慧感到好笑，"他要真跟秋萍才不幸福呢，馋懒奸猾又不生孩子。"

"看你把秋萍贬的！人家俊松可拿秋萍当宝呢！他红着眼圈

跟我说，能娶秋萍是他人生最幸福的事。"

"秋萍跟朱俊松般配，正好俩六毛加在一起了。"

"俩六毛加在一起是什么意思？"

"一块二嘛！"

何玉兰反感秋慧的刻薄，"秋萍可不二，她是内秀。朱俊松也不二，脾气差了点。现在看，有学问但不懂人之常情的这种人，最容易倒霉。"

"现在看，杨纪彪混得可比朱俊松强多了！"

何玉兰撇嘴，"杨纪彪有什么真才实学啊！就是机会赶得好，一个种树的也能变公务员，狗尿苔长在金銮殿上了！再搂点灰色收入，便鸡犬升天了！好多人有这种狗屎运！你看，原来楼下的小军他妈，就一扫大道的，工资还没我三分之一多呢！但人家算事业单位的，现在每月一千多块钱退休金，比你爸拿的还多！你爸是七级焊工，厂劳模，论贡献能比吗？现在社会风气不好，能溜须拍马的都发达了，有真才实学的都受气！"

"这就叫三十年河东，三十年河西！"

听到这个词，多少勾起何玉兰不愉快的往事，想到背井离乡的朱俊松，她有点黯然。"人生吧，就跟跳舞似的，有人总能踩对拍子，舞跳得就好看。有人总是踩不对拍子，脚下一乱套，姿势就好看不了……唉，但愿你们都能踩正点儿！"

秋萍来吃晚饭，自然要说到杨纪彪。秋萍拿出那张红纸条，何玉兰大呼："怎么还留着？万一让朱俊松看到，以为你有情况了呢！"她抢过纸条撕了个稀巴烂。"他混得再好，也别沾边！

你忘了,他要杀咱们全家?"

"没沾他边啊!"秋萍嘟哝着。

秋慧仔细端详秋萍的脸,普通而平凡。她实在不理解帅气的杨纪彪到底看上了秋萍什么,而且还念念不忘。徐永林对自己可没这样过。她想起母亲说秋萍有内秀。什么内秀啊,不就是闷骚嘛!

39

转眼间,陈跃刚去日本满一年了,特别想回国,秋慧叫他尽量再延期一年,不行就黑着,以后找机会转正"户口"。陈跃刚说留下来很难,不想做二等公民。秋慧说,那不错啊,你在国内也没混上二等公民啊!每当女婿打退堂鼓时,何玉兰就会接过电话,问他想不想留下,陈跃刚说想。何玉兰说既然你想,那就想办法怎么落实,不要先想困难。我就是出不去,我要出去,一定能留下!陈跃刚知道岳母不是吹牛,要在古代,她就是穆桂英,可以统领千军万马。老江则跟妻子唱反调,他一旦抓住和陈跃刚通电话的机会,就劝女婿赶紧回来。自从朱俊松去了深圳之后,秋慧、秋萍都过着夫妻分居生活,这让老江的心凄凄惶惶的,总觉得哪天要出大事情。

"人家都议论,说我们家里总共才三对,有两对分居,唯独这对不需要过性生活的还没分居。"老江不敢表述自己的观点,只好常以别人的名义表达自己的担忧。

何玉兰驳斥道:"只是两地分居,又不是离婚或守寡!别人爱怎么说就怎么说吧,他们又不是法院!"她嘴上是这么说,心里也和老江一样充满危机感。两个女儿的生活像脱缰的马,说不定什么时候,就变成野马不由控制了。她几乎天天做稀奇古怪的梦,醒来后,常根据所剩不多的梦的碎屑推测吉凶。她能听见大脑因使用过频和年久失修而发出艰涩的吱吱声。

朱俊松来到深圳后,在大学同学于新成的公司当副总,管技术。工资不低,五千块钱,公司还提供了住处,和另外两个同事共住一个三室两厅的房子。房子装修得不错,以前是于新成一家住的,后来他又买了新房子,这个房子就成了公司高层人员的临时住所。公司是生产报警器材的,有两百多员工,素质偏低,管理也不正规,无休止地加班,这让在大型企业工作六年的朱俊松感到极不习惯。朱、于两人在大学时是哥们儿,刚到公司时,朱俊松还叫他"新成",不知从什么时候也改口叫"于总"了。一旦变成上下级关系,好友之间就夹生了。于新成脾气大,对下面的人,不管职位高低,说骂就骂,但对朱俊松,他向来给足面子。

一个女人的到来,让朱俊松和于新成的关系彻底破裂了。

那天早晨,朱俊松和两个同事刚要出去吃早餐,有人敲门。朱俊松打开门,一个非常漂亮的抱着孩子的女人站在门口。

一见朱俊松,女人高兴地说:"哎呀,你什么时候到深圳的呀?太太没来?"

朱俊松也想起这个女人来。大概三四年前,他来深圳的时候,于新成请他吃饭就带着这个女人,介绍说叫阿蕊。

"你好!"朱俊松打招呼。

阿蕊笑呵呵地说:"想起我来了?"

"想起来了。"

"好热啊!"阿蕊说着,腿已经迈了进来。

朱俊松以为她要找自己的同事老郭或小宋,便急忙闪开,将她让了进来。"坐,坐吧!我给你倒杯水。"

阿蕊一屁股坐到沙发上,给孩子换起尿片来。

老郭见到阿蕊,表情显然有异样。他捅了捅小宋,连招呼也没打就出去了。

朱俊松将水端给阿蕊:"你不是来找他们的吗?"

阿蕊有点惊讶:"我没说找他们呀!"

朱俊松也摸不着头脑了,他急着去吃早饭,否则上班就得迟到。手机上有条信息,是老郭发来的:快把她打发走,别惹麻烦。

"我得上班了。"

"好,你去吧!"阿蕊没有丝毫要走的意思,好像房子是她的。

小孩哭了起来。

朱俊松这才发现,她怀里的孩子不对劲:全身都软软的,哭起来没有婴幼儿的嘹亮,是病弱的唧唧声。孩子剪着短发,看不出男孩女孩。

"快两岁了，脑瘫。"

见朱俊松盯着看，阿蕊解释道。

"哦！"朱俊松不知该说什么好。他第一次这样近距离地看一个脑瘫的孩子。

"新成不让我要这个孩子，可不管怎么说，也是条命啊！"

这是于新成的孩子！朱俊松的头大了，他感觉到麻烦事已扑面而来。

"你要去哪儿？正好，我打个车，送你过去。"朱俊松委婉地下逐客令。

"我就在这儿住了！"

朱俊松愕然了，怎么会这么无赖！她应该去找孩子的父亲于新成，而不是赖在这里，给无辜的人惹麻烦！

这时，他的手机响了。是小宋打来的，说单位有事，让他赶紧去。朱俊松对手机大声地说："刚才来的客人不肯走啊！"

阿蕊好像没听见一样继续逗着孩子玩。

挂断电话，朱俊松态度强硬起来，"对不起，你不能待在这里，得马上走。"

阿蕊不瞅他，"你把于新成叫来，我就走。"

"我没这个义务！"

"这是于新成的女儿，21个月了，他从来没给过一分钱。叫我能怎样？你叫他来！"两滴大大的眼泪落到阿蕊腮边。

"于新成是我老板，我无权命令他。要不，你去公司找他？"

阿蕊冷笑一声，"哼，我进得了公司吗？"

"可你在这里有什么用呢?"

阿蕊斩钉截铁地说:"这是我的房子!"

朱俊松毫无办法,只能发信息给两位室友,问房间里有无贵重物品,在得到否定回答后,他撇下阿蕊母女上班去了。

见到于新成,朱俊松把发生的事情叙述了一遍。于新成爆出一连串的脏话,是骂阿蕊的。朱俊松表示抱歉,于新成宽慰说不关他事,是那个女人太阴险。于新成也不拿朱俊松当外人,坦承自己是孩子的父亲。

于新成和老婆是老乡,门当户对又在同一座城市念的大学,两人总是出双入对,很让人羡慕。他们毕业没几天就结婚了。等朱俊松研究生结婚时,于新成已经有了一儿一女,老婆带着孩子移民澳大利亚,他继续在深圳打理生意,这期间便和阿蕊好上了,但没同居,只是偶尔偷偷情。阿蕊很懂事,总怕影响到于新成的家庭,也从不开口要钱要东西,还主动服避孕药。于新成也不干涉阿蕊找男朋友,甚至还帮她物色过人选。后来,阿蕊怀孕了。于新成让阿蕊打胎,阿蕊不从,两人因为这事大吵了几架,于新成对阿蕊的感情也迅速冷淡。但看阿蕊铁心想要小孩子,于新成也横下一条心,想,要就要吧,反正能确定是自己的。阿蕊体检的情况不乐观,几次 B 超都显示胎儿发育不正常,于新成动员阿蕊所有的亲友劝说她打胎,并承诺,如果她打胎,可以给她一大笔钱去国外读书或做生意。阿蕊一会儿说身体不适合流产,一会儿声称已信佛,不能流产。于新成说如果你非要生,我不会认这个孩子,也不会给一分钱赡养费,阿蕊同意，并签了一纸声明保证，即使孩子是于新成的，也不会向于新成要一分钱生活费。做了了断，于新成一次性付给阿蕊十五万块钱。孩子生下后，脑瘫。为了给孩子治病，阿蕊花光了积蓄，并不断向于新成要钱，于新成不给，她下最后通牒，要求于新成给她在特区内买一套90平方米以上的房子，支付一百五十万元的抚养费和医药费。

听于新成这么一说，朱俊松也明白阿蕊的"阴险"之处了。

"她是把孩子当成矿藏了，以为可以源源不断地开发、挣钱！"于新成说，"俊松，你要上女人，就上那种明码标价的女人。不花钱就能上的女人，最贵！她最后要的，就是你给不起的。"

朱俊松问："她要不走怎么办？"

"你尽量把她赶走。实在赖着不走，我找俩保安把她拖走。但尽量别把事情搞大。"

吃午饭的时候，朱俊松和老郭、小宋商量对策。两人都笑他杞人忧天。老郭说："她不吃饭？不买东西？不抱孩子出去晒太阳？只要她一出去，我们把门一锁，再敲就坚决不给开了！"

公司加班，朱俊松三人在外面吃完饭已经是晚上九点了。一进屋，他们就感觉到了不同。客厅、厨房、洗手间从没这么干净过，是阿蕊用心地收拾过了。看来，她很想给三位同居男士留下美好印象。

电视机开着，孩子躺在沙发上嘤嘤地哭着，阿蕊正不断地活动她的小腿，显然是在做康复训练。

"下班了!"阿蕊有些讨好地笑着打招呼。

三个男人应付着点了点头,进了各自的房间,关上了门。往常这个时间,他们是应该坐在客厅里看电视或侃大山的。朱俊松觉得对不起老郭和小宋,是他把一个不搭嘎的女人放进来,让大家生活在尴尬的气氛中。有人在敲门。

"朱生!"

阿蕊在门外喊道。十足的广东味。

朱俊松把门开个半尺的缝儿。

"我,想跟你谈点事。"

朱俊松走出来。

孩子已经在单人沙发上睡了。阿蕊把孩子抱到了长沙发上,意思是让朱俊松坐在那里。朱俊松没坐,而是靠在了电视柜上。

"你跟新成是朋友,能不能劝他跟我见个面?"

"你肯定有他电话吧,跟他联系啊!我在单位里也看不见他。"朱俊松撒了个谎。他注意到阿蕊对于新成的称呼依然是"新成"。

"这孩子是他的!"

"哦?"朱俊松装出什么也不知道的样子。

"他现在是玩失踪,钱也不给,也不见面。我倒不指望他照顾孩子,但总得尽父亲的责任吧!赖得掉吗?法院一验血就知道孩子是不是他的!"

"这是你们的私事,我不想介入。你明天还是搬吧。"朱俊松往屋里走。

"朱生!"

朱俊松不自觉地停下脚步,因为阿蕊的语气里充满乞求。

"就当可怜可怜我吧!"大滴的泪水涌上她的脸颊,"新成对你印象特别好,你说话能好使。"

"新成也不会听我的。"

"我不是想赖着他,可孩子这样,叫我能怎么办?毕竟是他的骨血啊!"

"你当时就不应该生啊,你以为用这个孩子就能把他拴住?"话一出口,他就觉出了自己过于冷酷和缺德。

阿蕊倒没像受什么刺激,她叹了口气,"这样的孩子,除了把我拴住,还能拴住谁呀?要不是我有父母,我早抱她跳江了!"

睡觉的时候,朱俊松想,假如秋萍怀孕了,被告知胎儿有毛病,她会把孩子生下来吗?他觉得这个念头不吉利,朝天花板呸了一口。

虽然知道不合适,但朱俊松还是把阿蕊的要求转达给了于新成。阿蕊已明显降低了条件,只要于新成给买一套七八十平方米的房子就行,哪怕关外的房子。

于新成破口大骂,那些脏话让朱俊松惊心动魄,虽然他骂的是阿蕊。

"对不起,我不该替她传这个话。"

"你是不应该参与!"于新成虽然语气放平缓了,但能听出来里边的不满。

朱俊松急忙解释:"我是想让她赶紧走。"

"你就不应该放她进去!"

"当时……唉!"

"她就是想占住那套房子!哼,就她这点智商跟我斗?"

朱俊松知道,房子已给了于新成的母亲。

"本就是个二奶的命,为了当大奶,生个半死不活的孩子!现在想做二奶都没人要!一个字,贱!"于新成把剩下的半小杯工夫茶泼进茶盘里。

朱俊松、老郭和小宋决定晚上回去后共同和阿蕊谈判,手段也要更强硬些。

当三个男人以强硬的态度叫阿蕊搬走时,她没有想象的惊慌,只是冷冷地说:"在这个房子里,我从女孩子变成了女人,现在是他孩子的妈妈!于新成什么时候给我买新房子,我什么时候搬走!"

三个秀才遇上了兵,而且还是女兵。

朱俊松说:"我们有什么资格要求于新成给你买房子啊!你跟于新成有恩怨,直接找他好了,或者找法院,不能难为我们呀!"

老郭接茬儿道:"就是,现在我们的生活都被搅乱了,屋里活活住进一个带小孩的女人来,跟家属都讲不清楚的!"

小宋说:"看你和孩子不容易,我们才容你到现在!如果你再不搬,我们可要报警了!"

"那让于新成给我和孩子收尸吧!我们活着都不怕,还怕死吗?"阿蕊表情坚定地说。

三个男人都不敢说话了。

40

打电话的时候,秋萍听见话筒里传来小孩的哭声和一个女人的声音。这是她第一次晚上来电话。平时通话,都是朱俊松在上班时间用单位电话打给她。朱俊松吓了一跳,以为家里出了什么事。

"看电视呢?"

"没有。"

"那我怎么听见有小孩哭呢?"

朱俊松头大了,他想起老郭那句"屋里活活住进一个带小孩的女人,跟家属都讲不清楚"的话。自己正面临这个问题。把这件事讲清楚真要浪费很多话费。

"跟于新成有关系。具体的,我明天再跟你说。"为防秋萍生疑,朱俊松只好敲开老郭的房门,"老郭,你的电水壶能借我用一下吗?"

老郭见他正在打手机,也没说话就将电水壶递了过去。

朱俊松见他没明白自己的真正用意,有点急了,他指指手机,又指指躺在沙发上的阿蕊,"媳妇,老郭向你问好。"

老郭心领神会,喊了一句:"弟妹好!"

"老郭问你好呢!"

秋萍也问了句老郭好,随即就挂了。

这次电话,还是在何玉兰的再三督促下打的。朱俊松的住处没座机,手机接听一分钟五毛钱,所以秋萍从来不主动给朱俊松打电话。丈夫走了那么久,秋萍仍保持着万事不操心的样子,朱俊松汇报什么她信什么。何玉兰经常暗示女儿对丈夫的动向要有所把握。秋萍说打电话能掌握什么动向啊,想干那事,想管也管不住。何玉兰生气,"你要真是那种不管丈夫在外干什么都不在乎的人,我就不管你了。但你是不在乎吗?你是想假装不知道,躲着!别人传朱俊松跟女同事,你怎么着急上火烂嘴丫子呢?"

秋萍少有地在夜里醒了好几次,想那个女人和孩子到底是怎么回事。

晚上喝了过多的茶,朱俊松无法入睡,一动弹就能听见膀胱咕咕地响。他尽量憋着少上厕所,怕阿蕊觉得自己不怀好意。因为客厅没有空调,她每天睡觉时只穿一个吊带睡裙。

又过了好一会儿,孩子在哭,跟以往不一样的是阿蕊没有哄她。朱俊松出了房间,一方面被尿憋得难受,另一方面出于好奇,想看看阿蕊在干什么。长沙发空着。阿蕊不在。她不会自杀吧?这个念头让朱俊松顿时精神起来。

双人沙发上,孩子在嘤嘤地哭,脖子拧成一个难受的角度。朱俊松怕她窒息,将她抱了起来。孩子的身体软得像液体,随便可以把她抱成个什么形状。孩子笑了,五官和神态整个就是于新成的童年版。朱俊松很少抱别人家的小孩,主要是怕刺伤秋萍。他把孩子放在腿上,一手托着她的头,下巴一扬一扬地逗她笑。他突然闪过一个念头,如果秋萍非要生下这样的一个孩子,自己会怎么办?他内心一阵酸痛。楼梯有脚步声,他慌忙将孩子原样放好,回到卧室。

是阿蕊进来了。正如三个男人猜测的那样,她果然有房子的钥匙。

好几天之后,何玉兰才知道朱俊松屋里住进一个女人的事。无论秋萍怎么解释,何玉兰还是觉得朱俊松可疑,但她又说不清楚发现了什么破绽。

"你办个停薪留职吧,去深圳!越快越好!"

何玉兰的坚定把老江和秋萍都吓了一跳。

秋萍不满地说:"你就是乱猜,俊松跟我解释得明明白白的。"

何玉兰说:"我不是乱猜,是清醒。夫妻还是得在一块儿。"

"工作怎么办啊?"

"你看你们保教科也快散了,孩子越来越少,工厂早晚得把你们甩出去,还不如现在出去找出路呢!"

"我是说到深圳怎么办?俊松说工作也不好找,我又没什么专业。"

"好多没文化的人到深圳也没饿死!"

"那得跟俊松商量一下,看他让不让我去啊?"

"他让去,那正好。他要不让去,你还必须得去!"

"我去了，住哪儿啊？"

秋萍一如既往地先把困难全罗列出来，给自己找足借口。何玉兰懒得跟她废话，"我给俊松打电话！"

"还是我跟他说吧！"

听秋萍提出要来深圳，朱俊松有些吃惊，以秋萍的惰性，如没有四平八稳的生活，她是不会张罗来的。他马上猜到这是丈母娘的主意，心里反感，又不好点破。他要秋萍等一等，他跟于新成说说，看能不能在公司里找个工作，等安排好之后，她再过来。朱俊松心里明明白白的，这是缓兵之计，他现在跟于新成的关系恶化，同学友谊已荡然无存。他干得既委屈又疲惫。于新成的霸道不在储大柱之下，而且极其小气，曾答应给的待遇都没达到。朱俊松有拒虎迎狼、屎窝挪尿窝之感。

阿蕊还不走。朱俊松三人无奈，又不好总跟于新成告状，显得自己太无能。他们终于想出个断水断电断煤气的"三光"政策来。但老郭不同意，他胖，不开空调没法睡觉。

于新成主动问起了阿蕊的事，听说还没走，立刻对当时在场的朱俊松和小宋发起火来，"你们三个都废物，连个女人都轰不走！轰不走，你们就养着吧，让她给你们三人当二奶！"

"我们跟她下多少次最后通牒了，可她就是不搬。为了这事，我们都想断水断电了。"朱俊松解释。

"脱裤子放屁费二遍事！找保安把她拉出去好了！"

"这个……小区保安管这事吗？"

"你去管理处问问嘛，他们不管的话，从厂里找两个保安，把她拖出去好了!"

朱俊松脑海里浮现出阿蕊被拖出去,抱着瘫软的孩子哀号的场景。见小宋已不知什么时候溜走了,他鼓足勇气,"新成,对阿蕊,你还是适当做个安排,看在孩子的分上……"

于新成眼睛的转速加快,这是他发怒的前兆。朱俊松知道一切挽不回来了,索性,他就把话说完,"毕竟那是你的孩子。当初阿蕊执意把她生下来,有贪婪的因素,也有可能是特别想做个母亲。"

于新成面色反倒比刚才平静了。"俊松,你事管得也太宽了吧?你吃我的住我的,然后站在别人一边指责我,你不是一个白眼狼吗?谁说那孩子是我的,谁说的呀?这话能随便讲吗?这是往我头上扣黑锅,会他妈让我付出代价的!你是看上那女的了,还是想孩子想疯了?"

华强北,深圳最繁华的地方,满街霓虹。朱俊松坐在街边的椅子上发呆。两边各坐着一男一女,同样显得疲惫不堪又漫无目的。因为工作地点在龙岗,很少有休息日进关,他是第一次在这里闲逛。隔着一条道就是女人世界,朱俊松有一种冲动,想进去给秋萍买点什么。辞职的头天晚上,朱俊松打电话告诉了秋萍。秋萍没有阻拦也没有惊讶,"辞了吧,让他一天损来损去,何必呢!要是不愿意在深圳干就回来!"

当何玉兰和秋慧说起朱俊松换工作的事,秋慧的第一反应是:"他是不是跟那女的有一腿啊!"

"我也觉得可疑,但朱俊松说什么秋萍都信啊!"

"他们两口子,一个装三岁小孩,不懂人间事;一个装外宾,不懂中国事。不帮自己的同学和老板,却帮个不着边的女人,那不纯属傻×嘛!"

何玉兰生气地说:"谁说不是呀,净扮不讨好的角儿!"

"上哪个单位都跟领导整不到一块去,难道能全怪人家领导?自己的性格上肯定有问题。"

"我年轻的时候,看不上那种会说话心眼活泛的人,老觉得那种人不老实能忽悠,现在看,过日子还应该找那种人,舒服省心。给你们找对象的时候,我还没悟出这个道理,所以就有些保守了。以后,在陈文佳身上,你不能犯这个毛病。"

"瞧你这心都操到隔代上了,累不累啊!"

何玉兰有些感伤,"你不知道啊,我天天睡不好觉,刚来点困劲儿,一想到跃刚,我心一激灵,再刚要睡着,一想到俊松,心又是一激灵!我为什么不喜欢秋萍回来住?每次看见你们俩在小屋里睡觉,我的大脑都一恍惚,觉得你们还是没嫁出去的老姑娘!"

秋慧哈哈笑,"你再看看陈灿然,大脑不就又恍惚回来了嘛!"

"一看见陈灿然,心里更难受了,马上觉得你们都是被婆家休回来的!"

"我看单身更好,下辈子,我就不结婚,也不要孩子,把花在孩子身上的精力和钱都花在自己身上,怎么舒服怎么活,何必做个苦瘪的黄脸婆!"秋慧最近不知受了何种刺激,一再鼓吹单身的好处。

"等下辈子？唉，都是自己安慰自己。你还是上点进，把下半辈子的命拼好吧！"

41

工程大学要给教师分房子了，虽然房子不可以上市交易，但地点还不错，离学校很近，房价也只有市场价的三分之一。以陈跃刚的条件，可以分到一套七十多平方米的。在分房之前，要把那些长期离职人员除名。秋慧得到消息，心急火燎，又没法打国际长途，只好求一个在厂办工作的朋友偷偷用领导办公室的电话通知陈跃刚往家里来电话。何玉兰和秋慧盼星星盼月亮地等到第三天晚上，陈跃刚才来了电话。他现在经常以这种形式做消极抵抗。

"我不回去！你说过，让我烂也要烂在日本。"当秋慧把学校分房和裁人的事叙述完毕之后，陈跃刚坚定地说。他已经在日本黑了八个多月了，生活艰难，往家拿的钱是越来越少。秋慧一让他回来，他就引用秋慧的原话进行反击。若秋慧发脾气，陈跃刚索性就挂断电话，然后数日杳无音信。

何玉兰在一旁干着急，打着哑语示意秋慧压住火气。

"我让你出去的目的就是挣一个房子回来，现在学校分房子了，你在日本的历史使命也完成了，所以赶紧回来！"

陈跃刚叹了口气，"回去的话，买完一套房子，我们又成穷人了。"

"你要是让学校开除了，我们就得买商品房，价钱贵好几倍，到时你更得穷！怎么算不过来这个账啊？"

"我现在回去也麻烦，连护照都过期了……"

"那你还能因为怕麻烦，一辈子不回国啊？我告诉你陈跃刚，你要把工作耗没了，那你就烂在国外吧，这个家门你别想踏进来半步，我一辈子也不让你见孩子！"秋慧挂上电话，虽气得肝颤，但在母亲面前还要表示出自己的强势，"我把他骂老实了！"

何玉兰怎么会看不出女儿的外强中干，"和跃刚通电话，你一定要用怀柔政策，别动不动跳脚蹦高地骂，他山高皇帝远，要真是不回来，你能从日本把他抓回来吗？"

秋慧的危机感越来越强烈，丈夫离她越来越遥远，像随时会消失在异国他乡。他不再是那个好脾气对老婆言听计从的陈跃刚了！尽管秋慧多次扬言下辈子单身，但如果提前到这辈子单身，她还真受不了。有陈跃刚，她才是个"正常"人。在秋慧眼里，三十多岁还单身的人，生理上心理上多少有些不正常；而三十多岁就离婚的人，让人可怜。

如果真的被陈跃刚甩了怎么办？凭自己挣的这点银子，根本无法独自养活孩子。最近秋慧财运不好，音乐餐厅因为食客减少，已经取消了歌手演唱，一份重要收入没有了。深夜，秋慧给丈夫写了一封长长的信，有哀求、有思念、有撒娇、有威胁。写完最后一个字,已是凌晨两点多钟。坐在小台灯十五瓦的光里,秋慧看见黑暗潮水般地向自己涌来,一浪高过一浪。秋慧两个眼睛里,除了泪水什么也没有了。

工程大学越催越紧,期限一个月,逾期不归者,一律开除。秋慧只得向盛远东和卢琼夫妇求助。盛远东在英国留学三年,又到美国做了两年博士后,现在已是工程大学最年轻的博导教授,系副主任,领导一个大型课题组,名利双收。卢琼也提副教授了。秋慧由衷地承认,后悔当初逼跃刚出国打工,不如让他老老实实留在家里读博士了。

几个人吃完饭,就到盛远东的办公室给陈跃刚打电话。为了打动陈跃刚,秋慧让陈灿然先和爸爸讲话,"你叫爸爸赶紧回来,不然我们就没房住了。爸爸要是说不回来,你就使劲儿哭!"

电话一接通,陈灿然光是哭着叫爸爸,别的什么也说不出来。

卢琼和盛远东轮番上阵劝说陈跃刚回国。秋慧虽然听不见陈跃刚在说什么,但从卢琼和盛远东的话里听出来,陈跃刚还是不肯回国。秋慧气冲霄汉,夺过电话,"陈跃刚,你一个月之内不回来,我就采取行动了!"

陈跃刚不屑地,"行动吧,我就不回去!"

一个月过去了,陈跃刚没回来。秋慧意识到自己应该行动了,当时所要执行的行动是"离婚"。她想用一张传票让陈跃刚清醒。去法院的路上,等红灯的时候,秋慧看见旁边的轿车里漂亮的女司机气定神闲地打着手机，而自己刚被数个不同年龄层次的男女簇拥在公交车中间，勉强用最长的中指钩到一个吊环。结婚后的通勤生活，让她最向往的就是开上自己的私家车。好像就一瞬间，秋慧突然决定要做车里的女人。好日子是自己给自己的，能过几天是几天！还离个屁婚啊！她下车，走到对面，回家。

从决定买车到买了车，秋慧花了不到六个小时的工夫。在这段时间里，她竟然没考虑将来用什么买房，自己七百多块钱的工资怎么够养车的。陈跃刚出国二十一个月，总共寄回来十六万，刨去出国前借的劳务中介费和秋慧母女的花销，剩了不到十二万元。如果买工大分的房子，需要八万块。根据这个数，秋慧买了同样价格的车。

秋慧的车已经开好几天了，何玉兰和老江才知道。两个人气得几乎晕过去。八万块，何玉兰忆苦思甜：自己从十七岁进厂到现在，所有的工资加在一起也刚刚八万多块！

"妈，不能那么算，你拿三十七块钱工资的时候，一个大金戒指才二十块钱！"

何玉兰撸胳膊挽袖子，"秋慧，这车要是你傍大款傍来的，就赶紧还回去！要是你自己花钱买的，就赶紧退回去！不然我就砸车！"

"假如我不是买的车，而是买的房子，你也砸吗？"

"不砸，买房是应该的！"

"那为什么买车就不应该呢！"

"你整天游手好闲,又不做生意,腿又没残疾,买车干什么?就图面子好看或者上外面有吹的?"

"我买房就是正事,买车就是虚荣?我认为目前阶段,车对我来说更重要!起码我和孩子不用挤通勤车了!冷天热天刮风下雨都不用在乎了!我们具备这个实力,就应该享受这样的生活!"

何玉兰气得浑身直颤,"江秋慧,你不是人,你是麻丝袋子——能装!而且什么都装!你家里住什么样的房子自己不知道?你丈夫在外边累得恨不得吐血了,才攒这么点钱,怎么就成你的实力了?我要不看陈文佳可怜,我现在就打电话叫陈跃刚跟你离婚!"

"你骂也晚了。车买了,即使开一小时,也变成二手车了,退是退不回去了!再卖,价钱得折半!"

"你个败家娘儿们!跃刚要是回来,万一工作保不住了,你们连吃饭都困难,拿什么养车啊!"

"正好他开这车拉脚挣钱!"

"你为了自己的虚荣心,不管跃刚死活啊!"

"他也不管我的死活啊!如果他听我的话,早点回来,把工作保住,把房子分到手,我能买车吗?"

"跃刚要真不回来,你就更不应该乱花钱!你挣那点钱,养活自己都困难,再养个孩子,现在又养台车,哪儿不需要花钱啊!你要是做生意的,得有个车充门面,我就不说你了!你一个小音乐老师,挣半吊子钱,非得装成个大款,那不是难为自己吗?"

"生活给我这么多钱,就是让我犒劳一下自己!"

"真不要脸,那是跃刚挣的钱,给陈文佳的,你拿来犒劳自己是挪用公款,盗窃!"

"我就是要好好心疼我自己!"

"你现在是割自己的肉吃,身上疼得要命,还要在外人面前装着吃得很香!"

何玉兰拎着斧头要砸车,老江上前阻拦,她也就势腿一软,被拦了下来。她明白,真冲出去,场面不好收拾,砸还是不砸就成了问题。砸,万万不能,她宁可斧头落在自己身上也不愿落在汽车上;不砸,就暴露了内心的虚弱,以后再没法镇住秋慧了。她扔下斧头,呜呜地哭了起来。

买车的头几天,秋慧处于巨大的眩晕中,众人的目光汇聚在周身,比太阳还温暖。秋慧的学校是子弟学校,跟公办学校比,工资少,而且补课费低。整个普教处几百名老师中,买车的也就两三个,而且都是没鼻子没尾巴的面包车。买轿车的,她是第一个。周一早上的升旗仪式,当全校师生在操场上站队时,她开着车进了校园,刹那间,全校只有一个焦点——她的车。那些惊诧的艳羡的表情,让秋慧有种当明星的感觉。现在的孩子也都是物质主义者。上课时,一向闹哄哄的音乐课堂变得寂静了,学生们的眼神里满是敬畏和崇拜。

秋慧在享受明星待遇的同时,也体会到了幸福的沉重。车带来便利也带来烦恼,她得考虑冬天的时候,车子要存放在哪儿；每当脚踩到油门上时，她想多少多少钱烧没了；她骂完某个学生后会特别担心自己的车被毁容……

陈跃刚连电话也不往家里打了，而工大越逼越紧，如果月底不回来报到，将被除名。离月底不到十天了。秋慧第一次将丈夫宁死不归和外遇联系起来。现在住的房子就在工大校园里，陈跃刚被除名了，不知房子保不保得住。秋慧意识到一系列的麻烦在等待着自己。她驾车漫无目的地开出好远。以前，她买车的目的之一就是想上哪儿就上哪儿。现在她有车了，却想不起去哪儿了，也没那份心情了。

何玉兰来到秋慧的婆家。她只能到这儿来搬救兵。对儿子的事，陈跃刚父母知之甚少，远不如何玉兰知道得多。他们最近一次接到儿子的电话还是在四个月之前。何玉兰先介绍了陈跃刚在日本的情况：生活艰难，租住在一间五平方米的小屋里，每天工作十几个小时。因为打黑工，时刻都担心被警察抓住。日本东西又贵，吃都吃不饱。

听着何玉兰的流泪讲述，秋慧的公婆都难过不已，异口同声地说："那就回来啊！那就回来啊！"

何玉兰又开始讲工大要分房子：位置、面积、价格，秋慧的公婆异口同声地："那就回来啊！那就回来啊！"何玉兰讲到工大要清理长期不上班的人，期限是什么时候。秋慧的公婆以更加迫切的异口同声道："那就回来啊！那就回来啊！"这是何玉兰想要的效果。来之前，她对思路做了精心梳理，认为叙述的顺序很重要。以目前的顺序，她是从心疼女婿出发，容易博得亲家的共鸣。若是把顺序颠倒了，就是从心疼女儿的角度出发了。

何玉兰卖关子，长叹一声。

"怎么了？怎么了？"秋慧公婆一起问。

"跃刚不肯回来。"

"为什么？"

"说回来还是个穷人。"

"让秋慧发话啊！他最怕秋慧了！"

"秋慧都要急疯了，她要不疯，能心血来潮地去买辆车嘛！"

"怎么还买个车？啥车？"秋慧公公问。

"轿车。"

"她买轿车干什么？"

"作呗！以为世界末日到了，怕钱没花完就死了！"

"……"

"秋慧找了好几个人劝跃刚赶紧回来，一来能分房，二来能保住工作，可跃刚就是不回来。现在别说是新分的房子没份儿，就是老房子能不能保住都是回事呢！秋慧一气之下，就用买房的钱买的车。"

秋慧公婆面面相觑，实在不明白，买不上房和买车有什么必然联系。

"因为秋慧买车的事，我哭了多少场，老江也气病了。我就骂秋慧，跟跃刚再生气，也不能糟蹋血汗钱！但跃刚不应该死犟着不回来，房子没分着是小事，反正他们有住的地方，就怕把工作丢了！跃刚要是能留在日本也好，但万一被警察抓住，遣送回国，他将来怎么生存啊？所以，秋慧生他的气，我能理解。现在教师年年涨工资，一个大学老师，再穷，也比老百姓强多了！"

陈家几代人才出了陈跃刚这么个读书人，父母对儿子的大学教师身份看得极重，听何玉兰一讲，他们自然感到了事态的严重性。

当晚，何玉兰带着秋慧公婆来到南兴公司某处长办公室打国际长途。

何玉兰先把话筒让给了陈跃刚父母，等他们讲完，时间已经过去二十分钟了。怕产生太多话费，何玉兰说得简单动情。

"跃刚，我对不起你，当初不该逼着你出国。如果你将来过得不好，我是最伤心的人。陈文佳已经上学了，你再不回来，她都忘了你什么样了。"

工大清退逾期不归人员的文件已经下来了，陈跃刚名列其中。盛远东把文件扫描之后，传给了陈跃刚。在打给盛远东的电话里，陈跃刚哭了。从读书到工作，他在工大整整十七年。再不会有什么地方比高校更适合他了！盛远东问他是不是在那边有了，陈跃刚说吃住都困难，找谁去呀？在国内还有个大学教师的光环，在日本就是个打黑工的。在盛远东的再三追问下，陈跃刚承认，自己不回国是不愿意面对事业上的尴尬：学历低，三十六七岁了，读博已是心有余而力不足。况且业务又荒废了两年，恐怕一辈子也提不上副教授。

盛远东劝他,"学校刚把你除名,但要找找人,肯定能重新工作。前提是你得马上回来,其他的事以后都好说。"

陈跃刚又长叹一声。

盛远东问怎么了,陈跃刚吞吞吐吐地说:"如果想回来,可能先要被移民局拘留。"

盛远东把和陈跃刚的通话全都告诉了秋慧,并为她和陈跃刚约了在网上见面的时间。

"戴着手铐也要回来!"这是秋慧面对视频里的陈跃刚说的第一句话。

她依然强悍,但泪水不争气地流了下来。将近两年来,她第一次看见"活"的丈夫。他瘦了些,脸上没有走时的婴儿肥,倒是穿的和神态上都清爽了许多。秋慧刚学会上网,但学校里仅有微机室有一台可以上网的电脑,被领导们死死看守着。听说秋慧要和丈夫谈"比命还重要的事",领导才同意她上网。陈跃刚的住处也没有电脑和网络,只能在网吧里和秋慧"见面"。

"戴着手铐也要回来!"秋慧又呜咽着重复一遍。网络不太好,他们的通话不时地中断。秋慧抓紧时间说道:"如果你还坚持不回来,我就把你的地址告诉日本大使馆,让移民局派人把你抓回来。如果抓不回来,我就找个中介往日本办,去抓你,要么一起回来,要么一起跳海!"

一个半月后,陈跃刚回国了。秋慧到北京去接他。因为是日本直航中国的班机,下来好多日本人,不用听说话,光看外表就能分辨出国籍来。日本人面目清爽、态度温雅。陈跃刚在人群里十分显眼：头发老长，还油汪汪的，精神萎靡。

"怎么不理发？"秋慧预先设计是要跟丈夫相拥接吻，像外国电影里那样。看到他这个样子，不免有些嫌恶。

"日本理发贵着呢，得一百多块钱。我一想快回家了，就想回来理还省点钱。"

"净给中国人丢脸！"秋慧嘴上说着，还是强拉着陈跃刚亲了一口。由于匆忙，陈跃刚又不太配合，姿势带着喜感，惹得旁边一个女人笑出声来。秋慧严厉地瞅了她一眼，对方赶紧闭上嘴巴，推车走了。

回家第二天，秋慧和陈跃刚带着从日本买回来的炊具和小电器去拜会系主任和院长。领导们都知道陈跃刚的为人，也愿意帮他。经过多日走动和盛远东的帮忙，陈跃刚复职的事有门儿，但分房子的事没希望。秋慧松了一口气，只要工作保住了，分房的机会终会有。

42

每次来秋萍家，何玉兰都十分小心地站在门口处查看，她要判断一下屋里是不是真被打劫了。果然，秋萍的家类似于被盗现场。门口一堆鞋和袜子，但都不是成双成对。报纸满屋都是。灰尘在阳光里起舞。一股复杂的味道，一定是饭菜水果腐烂以及从下水道散发出来的。到厨房一看，垃圾桶早满了，周围掉满垃圾。餐桌上是一袋破碎的咸鸭蛋,全剩蛋清了,有的蛋清已变成黑色。秋萍吃咸蛋只吃黄不吃清,吃煮蛋,只吃清不吃黄。

"老江,咱俩要是不给她打扫,她就得被垃圾淹死。"何玉兰指点着屋子说。她和老江一般是一周或十天来秋萍家打扫卫生,虽然是自愿的,但每次打扫完卫生,何玉兰都生气加恶心地几顿吃不下饭。

回家路上,何玉兰和老江顺便买了些菜和十斤大米。老江抱着十斤米大步走在前,何玉兰拎着菜在后,紧赶慢赶。她不时叫老江慢点。岁数大的人不注意是不行了,原来一个老同事,就扛了一罐煤气上楼,心脏衰竭。老江还是把她落得很远。眼看着一辆轿车停在了老江跟前。司机下了车。老江突然不知所措地冲着何玉兰招手,"哎!哎"地喊着。何玉兰加快步伐走上前,心理上罕见地慌乱了一下。从车上下来的衣着板儿板儿的人是杨纪彪。

"何姨您好!"杨纪彪热情地打招呼。

"是小杨啊,你好。"

"你们拿这么多东西,来吧,我送你回去!"

"谢谢,不用了,马上到家了。"何玉兰彬彬有礼地拒绝。她没正眼瞅那辆车,用余光看,比秋慧那辆高级。虽然她一种车标也不认识。

杨纪彪上前去接老江手里的米袋子,"别客气,我正好没事。"

在没得到何玉兰的允许前,老江哪敢给他。何玉兰上前,"小杨,还是我们自己来吧,就当锻炼身体了。万分感谢啊。"她是死活不会给那小子机会的。上车,她就败了。

看杨纪彪仍争那袋米,何玉兰几乎严厉地说:"小杨,不麻烦你了。我大女儿也买车了,我们连她都不愿麻烦。"

秋慧因为买车,被母亲骂了无数次,怀恨在心,已经基本不上娘家来了。现在她买的车为母亲在杨纪彪跟前争得了"尊严"。

在何玉兰和杨纪彪周旋的时候,老江抱着米落荒而逃。杨纪彪尴尬地说:"何姨,以后有事尽管吱声。"

何玉兰努力微笑着,"再见!"心里却想着,可别再见了。

回到家中,何玉兰无可避免地要想到杨纪彪。她是个会打扮的人,怎么会看不出杨纪彪的衣着品位远远高于朱俊松!当然这和经济条件也有关系。她隐隐觉得对不住秋萍,如果跟杨纪彪,现在的生活会好得多。这样想了,她又觉得对不起朱俊松。

"老江你说,杨纪彪就一个种树的,就算现在当上公务员了,靠工资也不可能买车啊?一想就是不正当收入!"何玉兰说这话,实际上是在安慰自己。

邂逅杨纪彪的事,何玉兰不可能埋在心里,她强忍到晚上,打电话给两个女儿。先打给秋萍。

"他让你们坐车你们就坐呗,他还能把你吃了!"秋萍听完何玉兰的叙述后说。

"不用。你姐的车我们都不用，别说他的车了！他曾经想杀死我们全家啊！"

"他也就是说说而已！"

"人没文化，说话都血淋淋的！他约你吃饭，你可不能去，他不是爱你，是想炫耀他的车和钱，想叫你后悔。所以你不能去，去了反而被他看低了！"

"我是没去啊！"

杨纪彪约过秋萍几次，她倒没想过他约请的动机，她只是懒得去招惹某种不正常的关系，还要心惊肉跳地掩饰。

"这就对了！都结了婚，还整天老想着和初恋情人约会，这种男人品质不好！"何玉兰认为有必要给秋萍打预防针。独守空房的女人不禁追，何况以前还有过感情。

何玉兰又给秋慧打电话，"……一个高中毕业种树的转眼之间变成了机关干部，这社会又倒退到搞原子弹不如卖茶鸡蛋那会儿了！"何玉兰愤愤不平地对秋慧说，"别看他现在人五人六的，开个破车，但没把秋萍给他我一点儿不后悔！"

"哈哈，此地无银三百两，你后悔了吧！"秋慧一针见血。

"我可没一丁点的后悔！他还有脸叫我何姨？那时候拿一块大砖头把咱们家两层玻璃都干碎了！当时窗边要站着人的话，命都危险！跃刚、俊松会干出这种事吗？素质差，再有钱也白扯！"

"年轻时候谁没干过荒唐事啊！我看杨纪彪比朱俊松强。朱俊松老玩个性，跟社会格格不入。以前硕士算高学历，到哪儿都被高看一眼。现在博士满大街都是，硕士还不臭？"

秋慧不知是在唱衰硕士还是唱衰朱俊松。秋慧正在逼陈跃刚考博。经过一番上下疏通，陈跃刚又重新在工大上班了，暂时进了盛远东的课题组。但秋慧明白，谁也不能靠朋友照顾一辈子，如果丈夫不读博的话，将来肯定进不了课题组，自己拿到课题的可能性几乎为零。没有课题，只能挣那点死工资，养家都难。可陈跃刚一点儿积极性没有，他说打死也不想读博了，太累。秋慧一骂，他就说在日本累伤了，回到祖国要好好享受。家里添置了一台笔记本电脑，陈跃刚整天沉迷于上网。

何玉兰被秋慧说得有些心慌了。以前两个女婿是她眼中的"高级知识分子"，可现在，硕士虽不像秋慧说的那样臭大街了，可至少不高级了。尤其朱俊松，工作动荡，随时要失业的样子。而有些人似乎也听到了什么，一跟何玉兰唠嗑儿，便装出很关心的样子，打听朱俊松有没有劳保或单位给不给报销医药费，说深圳不怕别的，就怕有病，感冒发烧就是千多块。为了躲开这些关心者，何玉兰尽量减少了社会活动。她跟秋慧借了许多碟，天天靠韩剧来消磨时间，以免自己胡思乱想。但一躺在床上的时候，还是会有大量悲观的想法涌进脑海，无法阻挡。

这天夜里，电话铃响了。夜半铃声，多半是凶铃，何玉兰最怕。老江胆更小，哆嗦着不敢接。何玉兰接起，是秋萍的号啕声。

朱俊松病危。

第二天早晨六点，秋慧开车赶来，连饭也没吃，又将老江、何玉兰和秋萍拉到机场。

秋慧将一万块现金递给何玉兰:"柜员机里只能取出这么多,先用着,缺钱我再电汇过去。"

何玉兰眼泪又掉了下来。关键时刻,还得要倚靠秋慧。换了秋萍,一定不会有这份仗义。何玉兰平时习惯用存折,银行没开门取不出钱来,秋萍的银行卡只取出六千块钱来,柜员机里就没钱了,所以他们带的现金不多。秋慧这笔钱也算解了燃眉之急。

到了机场,何玉兰非要买三个人的保险。秋萍不让买,说没用。

何玉兰说:"你没孩子可以不买,但我和你爸得买,我们还有你姐。如果我们为你没了命,那我们也得为她留点遗产。"

秋慧的眼泪下来了。

临进安检之前,何玉兰将一张纸条塞到秋慧的手里。回到车上,秋慧打开纸条,只见上面写着:

> 秋慧,我和你爸你妹妹要坐飞机去深圳,万一飞机掉下来,有些话就来不及说了。妈妈平时老骂你,是因为好多事要指望你,要你快点长进。我最担心的是你和跃刚的感情,你要改改脾气,对丈夫要处处尊敬,无论多困难,也一定助他拿到博士学位,我在九泉之下也能明目了。我和你爸的抚恤金留给陈文佳长大后出国留学用,让她好好学外语,将来当个女博士。妈妈是爱你的!……

在信的后面，何玉兰将存款数额、股市账号、借出的款项、金首饰、存折、房产证等重要物品放置处等一一罗列出来。秋慧捧着信哇哇大哭起来。

秋慧回到家中，陈跃刚边吃早饭边上网。秋慧将何玉兰的信拍到电脑桌上，"你看看吧，这是我妈的遗愿！"

陈跃刚吓得跳了起来，"丈母娘也病危了？"

秋慧吼道："你好好看信，一字不落地看，看三遍！"

约莫着他看完了，秋慧问："什么感想？"

陈跃刚放下信："你妈把瞑目的'瞑'写错了。"

"这个不用你纠正！我问你，我妈这么关心你，你不感动？"

"她越对我好，我越害怕。丈母娘心太高，当女婿的压力太大！我这学历配你个技校毕业生绰绰有余了，可她还不知足！"

"你难道忍心让我妈死不瞑目？"以这种方式来逼迫丈夫考博士，秋慧觉得残酷，好像在咒母亲。

"你妈现在活得好好的，这不能算遗愿。我都往四十奔的人了，等熬到博士毕业，也到了留遗愿的时候了！"

陈跃刚说完便不理她，一头扎进电脑里。受两年日本文化的熏陶，他的男权意识有所觉醒，敢公然和秋慧对抗了。

一个知识分子不爱读书还有什么前途！秋慧甚绝望，她转身进厨房，抄起一只笤帚冲进来，朝陈跃刚劈头盖脸地砸去。顿时，狼烟四起。

43

何玉兰一家三口赶到医院时,朱俊松仍处于半昏迷状态,血压忽高忽低。几天前,他得了重感冒,没时间也不愿意去医院看病,就一直服用从家里带来的头孢氨苄片。晚上和几个老乡喝酒,二两酒下肚,就直呼胸闷。老乡知道他至少有半斤的量,以为耍滑,非逼着再喝。结果,一小盅酒干杯后,便一头扎到地上晕了过去。老乡们把他送到医院时,血压低得吓人,呼吸困难,全身发抖。经诊断,昏迷是饮酒后引起乙醇代谢产物乙醛在体内蓄积过多而导致,有生命危险。而他摔倒时,肘部先着地,造成腕骨骨折。

秋萍在飞机上就一直哭,又没吃东西,见到丈夫病成这样,也几乎晕了过去,浑身软得什么也干不了。老江打蔫。他从结婚起就没在家里主过事,以至于后来遇到事便大脑一片空白。即使不空白,他的主意也一概被否。只有何玉兰忙上忙下,寻医问药找住宿护理病人,做出一副坚如磐石的样子。实际上她心里从未如此悲观过。她不知道这病会不会落下病根,脑细胞会不会受损。工作没了可以再找,健康没了,就等于一切都没了。她想象着秋萍拖着步履蹒跚的朱俊松的样子,真想放声大哭。好在当天晚上,朱俊松的病情稳定下来。朱俊松的大哥从老家赶来,何玉兰的心总算踏实了一些。真怕遇到拍板的事,没有朱家人在场,将来落下埋怨。

朱俊松住了五天院就出院了。正如何玉兰所担心的,单位没给他交医保,医药费全部自付。这一病,加上全家人的路费和住宿,总共花去了三万多块钱。怕再有闪失,秋萍坚决不让朱俊松独自留在深圳。朱俊松虽然觉得回去很没面子,但留在深圳的底气不足,便随全家人打道回府了。

陈跃刚开车到机场接岳母一家人。被笞帚教训了之后,他已经下决心考博了。随和的男人最渴望的是宁静,最怕的是暴风骤雨,为了祥和安定的生活,他情愿委屈自己也要息事宁人。

老江夫妇和秋萍坐在汽车的后座上。何玉兰坐在中间,这个位置便于她教育大女婿。她探出半个身体,"跃刚,考博士的事定下来了吧?这回我去深圳,挺有感想……"

坐在副驾驶上的朱俊松和陈跃刚互看了一眼,默契地谁也没问岳母的感想是什么。

何玉兰见无人回应,也不卖关子了,"人啊,得趁年轻的时候奋斗啊,不然就得被社会淘汰。深圳医院里的大夫都是博士毕业,硕士没机会了!"

车上的两个硕士沉默了。

陈跃刚觉得丈母娘和老婆又傻又虚荣,盲目地崇拜学历。其实,博士的专业课程,他根本不用学,现在的水平远远超过了。把大量时间都花在外语上或拼凑论文上不值得。但这道理跟她们讲不明白。

"听秋慧说你们学校招老师,不光要博士,而且还得是世界名校的博士，你要光停留在硕士阶段，遇到学校裁人，你得第一个……"

突然一个急刹车，把何玉兰后面的话截了回去。

"操，怎么开车呢？我不用看就知道是女的开车，下次再让我看见我灭她！"陈跃刚骂道。根据能量守恒定律，人受了多大气，就应该排出多大的气。再老实的人也得有个出气口。陈跃刚平时随和与人为善，可一到开车的时候便成了另外一个人，嘴里总是骂骂咧咧，见谁要灭谁。

一辆车试图超车，直按喇叭。陈跃刚就是不让，"我让你超！我让你超！操，做梦！"

怕出车祸，何玉兰不敢再说什么。其实刚才那番话，是隔山放炮，说给朱俊松听的。在深圳那几天，她几乎没睡觉，脑子像开锅一样，不断冒出"怎么办"的泡泡，憋得难受，又不能跟朱俊松和秋萍讲。

踏上柳郸的土地，气温比深圳降了一大截，心里头更凉。车子路过一个歌屋时，秋萍竟问朱俊松："咱俩晚上卡拉OK去呀？"朱俊松苦笑摇头。一进柳郸，他就后悔没留在深圳。这样回到柳郸他是不甘心的，没有衣锦还乡的荣耀，满身"潦倒"的味道，自己都闻着难受。何玉兰心里直恨秋萍，马上要暗无天日了，居然还想着卡拉OK？

失去了工作的朱俊松一直在思考出路问题，他不时地冒出新想法又立刻地否定，能切合身份的出路就是考博或移民。但他是学俄语的，只有寥寥几个专业的博士研究生招俄语考生，都不适合他。

一向沉得住气的秋萍心境越来越糟。她已经喜欢上了一个人的生活：不用收拾屋子，回家后就躺在床上看小说或电视剧，偶尔自己去歌屋唱几首歌，可以去母亲家混饭吃，不想去吃就以零食代替。而朱俊松回来后，由于腕伤未愈，她不得不从偶像剧和青春小说中超拔出来，深入到人间烟火中，为做一日三餐发愁。去娘家连吃带拿的日子令人怀念。

何玉兰现在不愿意见人，怕被问起二女婿的事。她怪自己从前不懂得低调，过多地宣扬了女儿们的幸福生活，结下了无数明里暗里较劲的对手。如果朱俊松失业的事情传开，必然惹来冷嘲热讽。万箭穿心还要大义凛然地微笑着，何玉兰已经没力气扮演这样的角色了。朱俊松这次住院，秋萍的钱不够，她垫了六千多，当时明确讲是"我先帮你垫上"，可回家后，秋萍再没提这个茬儿。

老江劝她，"算了，别要了，他们正是困难时期，能给就给点，过了难关后就好了。"

"秋萍太自私，逮着便宜就占，三十多岁了，还厚着脸皮啃老！她不知道这钱是她爸拼老命换的！"

何玉兰预感到，贴补秋萍的日子长着呢，她不能做个土鳖老妈，任子女们把自己啃个精光，所以她不再叫秋萍两口子回家吃饭。有好吃的就中午做，叫秋慧带孩子来吃。

老江心疼秋萍，总是可怜巴巴地提示道："还有秋萍和俊松呢！"

"别当老贱种！"

"不差他们一口半口的！"

"他们是两个人，我们也是两个人，他们什么时候叫我们过去吃过饭？也不差那一口半口！"

"年轻人，忙。"

"你想把我累死？"

锅碗瓢盆摔得乒乓响，水花四溅。

老江不敢再言语。

何玉兰明白自己的决绝是对朱俊松和秋萍的惩罚。即使在医院里的时候，何玉兰相信，只要朱俊松的脑子不落下毛病，那他还是个绩优股：基本面好，有成长性，只要行情一到，可能一飞冲天。再加上何玉兰有高知情结，所以她想让女婿考博士作为重整旗鼓的第一役，她几次打电话给秋萍或朱俊松表达这个意思，朱俊松终于给她了答复：不再考博，也不再为别人打工。朱俊松跟何玉兰强调外语考试的难度，与其花大把时间在英语上，还不如自己创业。是深圳的经历改变了朱俊松的世界观。他耳闻目睹了许多潮汕人创业的故事，那些潮汕老板都没什么文化，凭着吃苦耐劳的天性，从一尺柜台或一个挑子开始建立起庞大的家业。他朱俊松比那些人差吗？

何玉兰大哭了一场。这哭泣里，为女婿前途担忧只是极小的一部分，最主要的，她感到自己被辜负了。记得在医院里，朱俊松刚从昏睡中醒来，看到的第一个人就是何玉兰。朱俊松当时流了眼泪，"这辈子，我最感谢的人就是我的两个妈妈。一个给我生命,一个总是在我最困难的时候给我最大的帮助。"如果不是何玉兰亲眼看到是从朱俊松嘴里说出的,她真不敢相信。朱俊松不是个善于表达的人,对她的给予,顶多说声谢谢。不是动了真情,决说不出这带点肉麻的话来。

为了朱俊松的未来,何玉兰绞尽脑汁处心积虑,甚至要去求"大狼狗"和俄语翻译给他安排工作。在考虑怎么个求法时,她捎带着回忆起了当年的许多细节,有小小伤感。几十年过去了,她甚至都忘了是"大狼狗"先追的自己还是俄语翻译先追的,但她想起一个炎热的夏日,她正汗流浃背地编写档案号,"大狼狗"拿着一个特大号的茶缸站在门口。这回他没像以往那样伸着舌头站着,而是轻声招呼"小苹果"。何玉兰走过来,大狼狗打开茶缸盖,里面装着几根冰棍,是柳邶当地最受欢迎的冰棍,工厂食堂做的。可那天她来了大姨妈,怎么也不肯要,甚至一根也不拿。争执了一会儿,"大狼狗"失望地拿着快要化掉的冰棍走了。不明真相的"大狼狗"很受伤,他一定以为小苹果回绝了自己的示爱,从那以后,他再也没有像往常那样,伸着舌头站在门口傻傻地看着小苹果。

俄语翻译可不像"大狼狗"那么含蓄,可能是职业的关系,他的性格像苏联人,热情、坦率、浪漫、大胆,人长得也英俊,工资还高,放到现在那就是女孩们梦寐以求的"高富帅"。那时小苹果是喜欢他的,每天都盼望见到他。俄语翻译口中经常冒出惊人之语。他说将来要带小苹果去香港,那样的花花世界,才是人活的地方;他让小苹果戴胸罩,说国外的女人都戴,可小苹果根本不知道胸罩是什么样的。那个时代，别说是从农村出来的小苹果，就是城市里长大的女孩也没谁戴胸罩的，她们只穿背心。俄语翻译说那东西可以保护乳房，并让胸显得挺拔。小苹果脸红得像熟透的苹果，很不好意思。但这时她还觉得没什么，认为他那个"乳房"用得挺文雅。但俄语翻译为了对方能更明了胸罩的样子，竟拿出笔来在报纸的边缘勾勒了一个胸罩，俄语翻译的速描倒是有些功力，可小苹果一看就生气了，觉得这个男人不正经，将来恐怕要作风不正派。再回想他的言论，将来恐怕要当反革命。小苹果是个正派女孩，不能和这种资产阶级思想严重的人生活在一起。就这样，在小苹果用刀片刮去《人民日报》上的胸罩速写时，也刮去了一次命运里的良机。俄语翻译后来没有犯作风问题，一夫一妻过到现在；他也没当反革命，而是步步高升，进了首都。往事重温，何玉兰深深怀念当小苹果的岁月，那是她一去不复返的青春。尴尬的是，她也看清了一个事实：如果时光倒流，她是不会嫁给老江的。这个结论让她内疚不已。老江对自己崇拜了一辈子，按理说不该再心有不满。可女人都想嫁个自己崇拜的人，而不是崇拜自己的人。

44

两个多月过去了，朱俊松的腕伤已经好了，还是没想出应该怎样创业。坐吃山空，积蓄已经花没了。秋萍的嘴角烂了一茬又一茬。两人商量把那间平房卖掉。朱俊松的父母早已回老家种地了,平房一直出租,但也租不出好价钱来。

秋萍打电话给秋慧,让姐姐帮着找买家。出价三万三。第二天,秋慧来电话,说有朋友的朋友要买,问房子能不能便宜点。

"已经是最低价了。"秋萍说。

"人家说,平房的门斗都是自己接的,将来动迁的时候不算面积。"

"怎么不算?牧羊场那边动迁,门斗都算面积了。"

"我们同学家就是牧羊场的,说没算面积,我问了。还有你家平房旁边是锅炉房,冬天一烧锅炉,那灰乎乎的!"

"等这片动迁,锅炉房说不定也要扒呢!"

"你家使用面积总共不到二十五平方米,平房没有公摊面积,使用率高,所以建筑面积相对小。将来动迁的时候都按建筑面积算,所以不划算。再说,你家那儿啥时候动迁啊?"

秋慧又挑了一通毛病,秋萍生气,心想你到底是帮着妹妹还是帮朋友的啊!争论了半天,秋萍终于同意让一千块。而秋慧说高于三万的话人家就不买了。秋萍说不买拉倒。又过一天,秋慧说你们双方都让个步吧,人家可以出三万一。秋萍虽然嘴里死咬着说不行,但还是和朱俊松商量了一下。朱俊松说:"看你姐的面子,适当让点吧,早卖早省心。"房子买的时候只花了一万八,连租带住了好几年,还赚了一万多,够划算了。家里经济十分紧张,吃饭都成问题,朱俊松想续交养老保险都没钱。

秋萍因为欠了母亲六千块钱,也没法再向娘家伸手。

秋萍没想到,买主是秋慧。秋慧说工大下次盖房子不知道猴年马月,工大周围的商品房又太贵买不起。自己正好有几万现钱,不如在柳邨买个平房,将来可以借动迁机会换个大点的楼房,自己和陈灿然就不用通勤了,让陈跃刚开车来回跑。

"你要买倒是说一声啊!"秋萍说。好像如果当初知道是姐姐买,能比现在的价格便宜不少。

秋慧实话实说:"我要说我买,还好意思讲价吗!"

姐妹俩又聊了半天,秋慧也没期待到秋萍再次降价。看样子,必须是三万一成交了。

秋慧拿出五千五百块钱,"再加上你们去深圳时,我给你的一万块,正好是一半的房钱。剩下那半,你容我两个月的空,一年定期的下来,我就给你。现在拿出来,白瞎利息了。"

秋萍答应。秋慧还很正规地让妹妹打了个收条,注明是房款。

过了一个多月,秋萍回娘家,围绕着自己的生活问题倒了一个小时的苦水。何玉兰怕她借钱,也故意不接茬儿。秋萍只好明说,一个同事的亲戚要买她的房子,出价三万五,她想让何玉兰去跟秋慧说房子不卖了。

秋萍要卖房,何玉兰不知道,等知道的时候,秋慧已经决定要买了,何玉兰也没法再说什么。

"你卖房的时候也没跟我商量,出了事就别来找我!都是姑娘,我向着你,她不高兴;我向着她,你又不高兴!你跟你姐俩人去商量吧!"

"她那脾气……我也不好意思开口。"

"你还知道不好意思?"

秋萍嗫嚅道:"不好意思也得好意思啊,差得也太多了!"

"但你姐已经给一半钱了!"

"还没过户嘛,而且她也不是给的全部。"

"你卖之前要是跟我商量,我不会让你卖的。那房子将来一动迁,你把现在住的卖掉,换个大房子多好!"

"大房子以后再说吧,现在没那个实力!"

"既然这样,秋萍,我给你个建议,你要么把房子收回来,谁也别卖,要么就卖给你姐。别为几千块钱伤了和气。"

"是她先伤和气的,上来就压价,把我家房子贬得一钱不值。我只好让了两千块钱。"

"可俊松有病的时候,没用你我开口,你姐就拿来一万块钱,虽然这是借给你的,但别的人谁能一下子借你一万啊?还得是亲人啊!"

"她也不一定真心想买房,大概是怕我一万块钱不还她,才想起买房这招儿吧。她明知我现在这种情况,还跟我杀价!"秋萍说。

何玉兰只能点到为止。毕竟,有四千块的差价,这笔钱对现在的秋萍来说算是巨款了。现在幼儿少,保教科的效益不好,她每月只有干巴巴的八百多块钱的工资。秋慧家的小日子越来越滋润。近年来教师工资猛涨,秋慧所在的子弟校已改制,企办教师全部入编公办教师，工资提了一大截，每月至少有一千三四百块钱。陈跃刚进了盛远东的课题组，奖金丰厚。何玉兰心里很生秋慧的气，知道你妹妹生活这么困难，还讲什么价啊？

看秋萍可怜，何玉兰只好答应出面和秋慧谈。她深知任务的艰难，得拿出拆弹专家的胆略和谨慎来。

何玉兰拿出四千块钱，摆到秋慧面前："有人出价三万五想买秋萍的房子，因为已经卖给你了，秋萍没同意。朱俊松现在一分不挣，秋萍那点工资两个人花，生活实在困难。我本来想给她几个钱，又怕伤了他们自尊心，这钱你拿着，正好凑三万五给她吧！这样两全其美，既不伤他们的面子，还显出你这个当姐姐的慷慨大方。钱我花，人情落在你头上。"

秋慧警觉起来，"怎么了，秋萍想提价啊？"

"没有。我是想变相救济她一下，当妈的，就是贱！"

秋慧不买账，"秋萍那人懂得领情吗？即使我要送人情，也要送得明明白白，不会和房钱混在一块给，那她会以为是我应该如此。你也有意思，他们正当壮年，有学历有力气，还用得着你救济？应该他们救济你！"

"人人都有个波峰低谷。"

"我在低谷的时候，你出过手吗？我跟跃刚住男宿舍的时候，你从来没让我们回来住过！我在歌厅唱歌的时候，想让你们帮看个孩子都不行，把我逼得四处找保姆！我让秋萍下班顺便把陈灿然带回来，她都不答应，举手之劳……"

同过去一样，母女聊天往往就变成了某一方的控诉会。

"我这么做,也是花钱买粉往你脸上擦,你不愿意就算了,这钱我自己给她!"

何玉兰欲擒故纵。果然,这招儿拿住了秋慧。

摆平了秋慧,何玉兰又给秋萍打电话:"你还是把房子卖给你姐吧,她答应出三万五。"

放下电话,何玉兰叹口气,心说,我这是何苦呢,搭着好心搭着钱就为换个和平,可谁领情啊!

秋慧付余款的那天出状况了。她只往秋萍的账户里打了一万五千五百块钱,也就是说还是按三万一的房价付的款。秋慧要求第二天去过户,秋萍当时就蒙了,"房价是三万五了,你不是答应咱妈了吗?"

"我当时是答应咱妈了,但回过味来,我觉得不对劲。我付你一半房钱的时候,实际上等于房子已经卖给我了,因为你是我妹妹,弄得太公事公办了伤感情,所以当时没签合同也没急着过户!你若是嫌我出的价低,可以拒绝啊!君子爱财取之有道,我知道你现在生活困难,但也不能乱来。卖出去的东西就是泼出去的水,价涨得再高跟你也没关系了,愿赌服输,只能怪自己没看清形势!我婆婆当年二十一块钱就把一个大金戒指给卖了,难道现在能找人要回来吗?这是有出高价的,你觉得吃亏了,要求我加钱。我问你,如果房价要跌了,我把房退给你或要求你减价,你能同意吗?人生在世,谁都有吃亏占便宜的时候,凭什么总得别人吃亏你占便宜?上帝给你签字儿特批了呀?"

秋慧以势不可挡的语速说完这番话，电话那头的秋萍像出水的鱼，干张着大嘴，却什么也说不出来。她的绝招儿就是回娘家。

是秋慧先进了娘家。她早料到秋萍肯定要回娘家诉苦，所以放下电话便请假赶来了。一进屋，她把四千块钱甩到床上，"你还是把粉擦自己脸上吧！"

何玉兰睁大眼睛，"秋萍不加价了？原价给你？"

"你看今天的太阳是从西边出来吗？"

"那怎么没给她？"

"我是回过味来了！我不给她天经地义，房子我已经买下来了，涨多少价钱跟她一毛关系没有。给她多补钱，我心里还不平衡呢，凭什么她一受点屈吃点亏，你们就弥补？我吃亏的时候多了，没见谁伸出援手来！你是把粉擦在我脸上了，可实惠都给她捞走了。以我的脸盘面积，抹上一层金粉也值不了四千块啊！我不能为了让脸白就让心堵！"

何玉兰心想，你不是挑事吗？非要把家里闹个鸡犬不宁？但她没敢说，估摸着秋萍也马上会来了。果然，有敲门声。秋萍进大屋后，看见秋慧昂然地坐在沙发上，扭头就进了小屋，嘤嘤地哭了起来。

"你们要在我这儿谈，就平心静气地谈；如果想打架，就上大街去打！秋萍，你进来！"

秋萍化悲痛为力量，甩开脸上的泪水，走了进来。

秋慧用报幕员的姿势迎接她：昂首挺胸，双手在虎口处交合，右手四个手指覆在左手上，双脚站成丁字形。

"秋萍，你真是个好演员，我说什么了，让你悲痛万分？你永远把自己打扮成一个弱者，苦逼兮兮的受害者，错全归在别人身上！其实你自己什么人不知道嘛，馋懒奸猾，你总共占了四样！为了自己利益，什么亲情、合同、脸皮全都不顾了，掉头来还四处击鼓喊冤！"

何玉兰没插话，而是躲到了小屋。秋慧有气的时候，得让她说。如果气没出彻底，过多长时间她也会找碴儿把这口气捯出去。

而秋萍现在已经稳定下来，任秋慧如何数落都面无表情不发一语。她的思维比别人慢一拍，对突发事件应付能力差，可一旦反应过来，心里有了定数，她比谁都耐得住煎熬。而秋慧的性格正相反，对突发事件反应倍儿伶俐，一旦打持久战便没了章法。

看秋慧蹦得差不多了，何玉兰进来了，秋萍突然冒出一句，"没三万五，我是不卖的！"虽然吐字不十分清晰，但能听出个数来。

何玉兰急忙说："我再给你拿四千块钱，这事就算结束了。以后，谁也别再提了！"

秋慧更不痛快了，这么多年来，家里有个大事小情，都是她出头，但她获得的实惠，远远没有秋萍多。父母的偏心一目了然。

"秋萍，我不差那四千块钱，但买卖归买卖，情分归情分。

房价是三万一,我如数给你了,你就应该把房子过户给我。这是买卖!我买到手房价就涨了四千,我作为姐姐于心不忍,再把四千块找给你,那是情分。不给你是正当,给你要知道感激。我本来想补给你四千,但现在看,你不配!房子我买定了,你想反悔是要赔钱的!虽然没合同,好在我有个收据,而且我长了个心眼,在括号里注明是房款了,打官司一打一个准儿!"

"闭嘴吧,秋慧,你还叫个人,屁大点的事要跟家里人打官司?"何玉兰斥道。

"我是说如果。"

"如果也不行!秋萍,你把这四千块钱拿走,然后看哪天有时间,去办理过户。都走吧,上班去!"

秋慧从包里拿出一沓钱,冲何玉兰喊道:"不用你给,我给。这是两千,等下次来,我把那两千带来。"

何玉兰接过钱。

秋慧说:"你数数!"

何玉兰数钱。

秋萍好像才反应过来,突然来劲了,站起来大声地说:"我还不卖了呢!"

秋慧跳了起来,"你跟我较劲是不是?"

敲门声。何玉兰开门,进来的是朱俊松。

多日不见,朱俊松瘦了。这是从深圳回来后,他第一次来丈母娘家。

秋萍一见撑腰的来了,又呜呜地哭了起来。

秋慧先发制人，"朱俊松，你来得正好，正谈房子的事呢！我钱都付了，她又不想卖了，你发发言！"

朱俊松瞅着秋萍。

秋萍理直气壮，"我就是不想卖了！钱退给你！"

"你不是不想卖了，你是不想卖给我，给别人可以要个高价！我已经按高价补给你钱了，你还无理取闹什么？"秋慧在手袋里乱摸了几下，没拿出什么东西来。"你打的收条放家了！钱不是随便退的！根据合同法，你违约的话，要赔我双倍的订金！我给了你一万五千五的订金！"

"你多无聊，跟家里人还这法那法的！"何玉兰呵斥道。

"姐，房子，还是按原价给你，三万一。"

秋慧早已在腹中准备了十足的弹药，以应对恶战。然而，一场势均力敌的拔河，由于对方的突然放弃，使全力以赴者手里只剩个麻绳还造了个腚墩儿！茫然、尴尬不说，还有胜之不武的感觉。

"其实秋萍也是这么想的，可能你们话赶话造成误解了。对吧，秋萍？"

秋萍嘟哝着，"我不想卖，还想把两套房子换一个大房子呢！"

"我会给你买套大房子！"

朱俊松是端坐在沙发上，双手放在双膝上，凝视着妻子说这句话的。秋慧觉得那气场强大极了，她几乎有点嫉妒妹妹。而秋萍似乎也深信了这话，立马闭上嘴忍住泪，跟着丈夫乖乖回家了。

"你过瘾了吧?"何玉兰问打蔫儿的秋慧。

秋慧不得不在内心里承认,她略微不好意思了。

"你就这么一个妹妹,我和你爸都没了以后,她就是你的娘家,你就是她的娘家,你们俩要是闹得兵荒马乱,我眼睛都闭不上。"

"哪天,我请她唱卡拉OK。"

"你说得真轻巧,都要往法院闹了,把秋萍和俊松的心也伤透了,你就用两首歌打发他们?"

"我过嘴瘾说的气话,你们也信?"

"你向来说话算数的!"何玉兰讽刺道。

"我是刀子嘴豆腐心,你们非要往刀锋上碰,肯定受伤。可我豆腐心的时候,也给你们带去营养了。俊松从深圳一回来,我就发动跃刚的同学帮他找工作了,不信你现在打电话问跃刚有没有这回事!"

"哎哟,这也不是你的风格啊?没事先张扬得满城风雨。"

"跃刚不让说,怕办不成,好像忽悠人似的。"

"秋慧,你说你,力也出了,心也尽了,可这些好,都让你那张破嘴给败坏了,以后能不能改改?"

"我改成豆腐嘴刀子心,你愿意吗?"

45

闭关几个月之后,朱俊松终于做出一个惊人的决定,回老家和大哥一起承包荒山,种树。

他是不是精神出问题了?这是何玉兰听到该消息的第一反应。当确认朱俊松是在情绪正常的情况下做的决定,何玉兰觉得自己疯了,她果断地采取了一哭二闹三上吊的招数。过去她不屑于这个,格调低俗、分寸不当的话特招人烦。但最气急败坏的时候,若手段不血雨腥风,难以起到震慑作用。

何玉兰躺在床上绝食三天。秋慧只打电话问候了几句,也没露面。她太了解母亲了,自己太过于嘘寒问暖,反而是添麻烦。

陈跃刚说:"你妈都绝食了,你也不回去劝劝?"

"你怎么突然关心起我妈来了?"

"你妈闹成这样,不是让俊松为难吗?"

"是谁让谁为难啊?一个学航空仪表的硕士,要去开荒种树,谁能想得通?"

"开荒种树有什么不好?多少农民都致富了!"

"他是农民吗?他是工科硕士!"

"也就是比农民多个破证嘛!"陈跃刚把文凭叫破证,"我要不是耳朵根子软,学个屁博士!"

秋慧警告道："这话不能当着我妈和朱俊松的面说！"

"以俊松的脑力和见识，做这样的决定，肯定是考虑充分了！女人头发长见识短，尤其是你们家的女人，不仅见识短，还虚荣！"

"是人都有虚荣心，除非你不是人！"

何玉兰绝食的第二天，怕出什么意外，手足无措的老江只好把秋萍两口子调遣过来。秋萍请了假和朱俊松全程陪护。任凭何玉兰如何虚弱，老江如何苦口婆心，朱俊松都没有放弃开荒种树的想法。他也不说什么话，总是躲在小屋看书。

绝食到了第三天，何玉兰也撑不住了，一动弹就眼冒金星，只好躺在床上，头蒙在被子里，以免别人来窥探她的表情。"三"这个数字，在中国文化里很重要，标志着一定的规模或分寸。三以下，不足；三以上，超了。到了三，就得适可而止。这是何玉兰平生第一次不做饭不梳妆不收拾屋子不刷牙不看电视不叠被子……她能闻见自己的口臭味和屋子里的灰尘味，摸得出身上长了皴。她被破罐破摔后的自己恶心到家了。

秋萍将放着饭菜的大茶盘放到床边，"妈，吃点吧，你这样身体不垮了吗？"她掀开被子，试图给母亲喂饭。何玉兰急忙又把被子盖在头上。她不愿意看秋萍的脸，怎么看，那都是一张苦命的脸。

秋萍关严门，"妈，我前世可能是一棵树，这辈子非得跟种树的过几天不可。我跟杨纪彪的时候，你们嫌他是个种树的，吹了。朱俊松有文化，学的是航空，怎么也没想到他能去种树。

我命里占这个，躲不掉，就认了吧！"

"他的事，你恨妈妈吗？"

秋萍摇头，"我现在也没觉得他好。"

母女连心，不用解释。前他是杨纪彪，后他是朱俊松。娘俩抱头痛哭起来。哭完后，何玉兰下地，梳洗一番，含泪咽下了三天来的第一口粥。

跟上一次离别不一样，这一次朱俊松走，秋萍没哭，吻别时虽有些许伤感，但隐隐地盼着他赶紧走。秋萍说："我妈嘱咐了，跟别人就说你回深圳。"朱俊松"哦"了一声。两人其实都感觉到心离得远了。秋萍仍接受不了丈夫去当一个农民的现实，她之所以放他走，是不愿意忍受做决定时的纠结和煎熬。一旦事情尘埃落定，她反而有勇气去承受了。至于以后会怎么样，她懒得去想。人连明天的事情都决定不了，还想遥远的将来干吗？

朱俊松走后半个月又回来过一次，虽跟秋萍说是惦记她，但秋萍敢肯定他是为另一件事回来的。无意中，她看见朱俊松的行李箱里有两万块钱，不知是借的还是以前小金库的。他肯定是为这个回来的，秋萍想。不知为什么，她竟然没有兴致去问他钱从哪儿来的。上次走，朱俊松拿走了卖房款，也是家里的全部积蓄。

何玉兰自从绝过食之后，突然想开了，只字不提朱俊松。有时老江提起，她便呵斥道："上别处说去！我这么大岁数了，应该多听欢乐的事。"

一个月之后,朱俊松又回来了。他一进门,吓了秋萍一跳。不到两个月的乡下生活,朱俊松的相貌都变样了,又黑又瘦,土里土气,乡音又重了。没说几句话,他就把秋萍抛到床上,任凭她大呼小叫要他先洗澡,但他还是带着满身的泥土味上了她的身体。洗过澡后,又来了一次。这一夜,秋萍觉得格外漫长。听着丈夫的鼾声,她反复想的一个问题就是他什么时候走啊。

前面仍是蜿蜒的山路,很热,秋萍气喘吁吁想掉头往回走,却见来路已变成深不见底的悬崖。她往下脱羽绒服,可怎么也脱不下来,她焦急地扭动身子,试图从羽绒服里挣脱出来。"快帮我呀!"她冲同伴喊。没有回音。转身一看,一个陌生男人坐在沙发上。没等喊出来,秋萍就醒了。朱俊松正趴在自己身上。看见她睁开眼睛,朱俊松歉意地笑了,"哎,又想了。"秋萍厌烦地推打他几下,见对方没退意,她不再反抗,闭着眼睛,一动不动地等待丈夫结束运动。仿佛一棵树。敦实厚重的大床发出刺耳的吱吱声。

天还未亮,应该是凌晨。朱俊松又睡着了。

坐在沙发上的那个男人是谁呢?秋萍清晰地记得他的脸。

秋萍又睡了个回笼觉,起床时,朱俊松已经把早饭做好了。大米粥、煎荷包蛋。

"晚上去咱妈家吧,给他们带了些土特产。"朱俊松说。

"哦!"

正好蛋黄液流到下巴上,秋萍去抹,借机少说些话。她知道母亲并不想看到他。

"有件事想跟你商量。"

"哦?"秋萍突然预感到跟钱有关。

"我想跟咱妈借点钱,半年之内就能还上。"

"借多少?"

"借两万。"

"你那些钱呢?"

"也没想到投入会那么大,又不可能半途而废。"

"你找别人借吧,别再打我们家人的主意!"她站起身想离开,可身体不争气地软了下来,趴在桌上无声地哭了起来。当了多年出纳,虽然业务不怎么样,但秋萍对财政还是有个基本概念的。她对生活的要求一向简单:平静,安全。可现在,丈夫不像丈夫,家不像个家,四面透风。

晚上,秋萍两口子回了娘家。何玉兰不咸不淡地客套几句,只有老江真诚地嘘寒问暖,但不敢涉及核心的朱俊松创业史部分,这是江家的共识。

何玉兰陪坐了一会儿收拾厨房去了。朱俊松借上厕所的机会,走进厨房。

"妈,对不起啊,给你们添麻烦了。秋萍就拜托你们照顾了。"

"那有什么办法?自己的姑娘,不能眼看她遭罪啊!俊松啊,我这人虽然好强,但我不争那大富大贵。比普通生活稍微好点,想吃的能吃到嘴,想穿的能穿上身,手里有富余钱办事不受憋就行。最主要的两口子在一起快快乐乐,有事互相商量,有愁互相安慰,回家有热炕头,天冷有热被窝,人找伴儿图的不就是这个吗?你看你和秋萍,两口人,分两个地方。以前你在深圳那会儿,我还有个盼头,等你稳定下来,秋萍就把这边的工作辞了去深圳。可现在,我看不到头,我能让姑娘上深山老林里住吗?你们现在连孩子都没有,再东一个西一个的,这叫家的过法吗?这还不如单身呢,单身不用牵着挂着的!每天晚上,我都在想,俊松也不知道吃没吃上饭,夜里冷不冷,山上有没有狼,点油灯会不会煤气中毒……这心揪得都睡不着觉!更何况秋萍呢?"

朱俊松似乎深受触动地,"妈……"

"俊松,我弄不明白啊,天天问自己,你为什么跑山里种树去了?你三十五岁,光读书就读了十九年,全家人全力以赴供你,不就是希望你脱离农村生活吗?种树那活儿,小学二年级毕业就能干,会写阿拉伯数字,会看农药说明书就行。可你是搞高尖端技术的,怎么就心甘情愿把智力和小学二年级的拉齐呢?在深山老林里待上几年,与世隔绝,把好不容易培养的社会关系断掉了,花将近二十年学的东西也全都就饭吃了!刚开始,你在单位受气时,我替你委屈,总觉得你太耿直、怀才不遇。现在我不那么看了,你活活是叫自尊心给害了!自尊心这东西没你想的那么重要,我四处求人的时候,哪讲什么自尊心啊,可没人瞧不起我,反过来,他们还得佩服我能干!所谓的自尊心就是把自己的脸皮看得比什么都重要。假如,前面就是一片光明大道，你都能看得到，但得让你低头钻几分钟山洞再过去，那就钻嘛，无非低个头而已！人身上长关节，就是为了能直能弯，要是光能直不能弯，那叫骨关节坏死，是病！你不肯低头，不想钻那几米山洞，可到最后自己躲山顶洞里当野人了！"

何玉兰和朱俊松的对话，秋萍都听见了。她怕朱俊松开口向母亲借钱，一直站在厨房外边。

朱俊松和秋萍走后，老江埋怨何玉兰，"你说得也太狠了，俊松脸都挂不住了！"

"从今往后，我的原则是怎么舒服怎么说，再也不会照顾谁的脸面了！"

"俊松又黑又瘦，看着可怜！"

"自作自受！"

"帮帮他吧，要不，秋萍这日子也不好过！"

"怎么帮？拿啥帮？我们帮了多少了？拿你老命都帮不好这对二百五！"

朱俊松在家里又住了两天。三个晚上，八次，再加一次未遂，秋萍刻骨铭心。在朱俊松在门口换鞋时，秋萍才发现他的额头上横亘了一道又粗又深的褶皱。他从举止到相貌越来越像个老农民了，秋萍想。她喜欢温文尔雅的男人。

"亲亲！"朱俊松俯下身。

秋萍仰起脸让他亲了一下。脸上浮出了几天来的第一次笑意。只有她心里明白，这笑是因为压抑不住的轻松感。

46

陈跃刚同意考博,极大地激发了秋慧的生活热情,她现在最爱看的东西就是食谱,每天换着花样给丈夫做吃的,外加深海鱼油蛋白粉等调剂着,以保证全家最重要的大脑能得到充足的营养。对门邻居家买了商品房,秋慧便把对门租了下来,给陈跃刚开辟了一个独立的学习空间。陈跃刚"厌学",秋慧不得不像看守者一样,贴身盯防。为打发时间,她学会了十字绣,马上要完工的作品是玫瑰花——一大把玫瑰在花瓶中怒放。每当陈跃刚学得烦躁的时候,她就举着绣品媚笑说:"看,这就是我们俩!"陈跃刚会恶狠狠地说:"泡脚!"秋慧乖乖出去,再端一个冒着蒸汽的大木盆进来,扒去陈跃刚的袜子,将他的脚按进热水里。这是她承诺的,如果陈跃刚考博士,她可以当奴隶。她也有愤愤不平的时候,"他妈的,好像为我考的似的,博士帽又戴不到我头上!"陈跃刚说:"我就是为你和你妈这两个虚荣女人考的!"可能是从奴隶主的生活中找到了乐趣,陈跃刚学习越来越努力。而秋慧每天绣着玫瑰花,也觉得自己正在绽放。

每次秋慧望着他灯下苦读的背影,内心的喜悦油然而生,感到梦想就在眼前。当老师这么多年,但她最喜欢的还是被比自己高大的年轻人称为"师娘"。档次立马提高到书香门第。

"我肯定会是个特别好的师娘!"她总这么跟丈夫说。

"我要当导师,我只招女生,漂亮的女生。"

"工科院校,捞着个漂亮女研究生,比捞月亮还难。"

"功夫不负有心人。"

"你当上博士以后,我可以按照你的喜好整容。"

"你的脸已经没什么投资价值了。"

两人常这么打嘴仗,十足的老夫老妻。

这天,秋慧出门办事,看见邻居郑老师拎着一扇排骨走了过来。

"抢银行了,买这么多排骨?"

"抢银行多危险啊,还不如抢你家陈老师呢!"

郑老师和陈跃刚都在盛远东的课题组。

"陈跃刚兜比脸干净,除非你想劫色。"

"不用太多,他刚发的奖金够我家吃十年排骨了。"

陈跃刚可没提奖金的事。

秋慧不露声色,"他那点奖金,比你拿得少多了!"

"不少,跟我拿一样多,这回是奖金面前人人平等!"

"拉倒吧,他肯定是最低档!"

"没有,真都一样,不信你去问盛远东。"郑老师急着辩白,学工科的人都老实。

"你说你拿多少吧?"

"一万!"

秋慧也不办事了,转身冲上楼梯。在强大火力进攻下,陈跃刚招架不住,只好供出了奖金的去向:借给朱俊松了。陈跃刚一贯省吃俭用，这次却突然大方起来。秋慧气冲霄汉，让陈跃刚立马把钱要回来。

"俊松这么多年没求过我，肯定是有过不去的坎儿了。我不能逼他。这钱，他以后要是能还更好，不能还我也不要了。"

"要回来要回来要回来要回来！"秋慧手指仿成手枪状，指着陈跃刚吼道。

"不！"

"要回来要回来要回来！"

"不！"

秋慧这会儿恨死朱俊松了，损失的不仅是一万块钱，还有自己在家中的绝对权威。陈跃刚那执拗的"不"字，勾起她痛苦的记忆，滞留日本时的陈跃刚也曾对着电话机这样强硬过。她一直误以为他只是天高皇帝远才有了这样的胆量，现在看来，他当面也是敢的。这一发现，让她心灵受损。

瞬间，秋慧像球一样弹向空中，又落到地上，哇哇大哭起来。秀才怕兵，秋慧最知道怎么治陈跃刚。来温吞的，他会跟你没完没了地周旋，既费时间又达不到效果。一定要来火爆的，最好天昏地暗飞沙走石金戈铁马天打五雷轰式的场面。当然，自己的家，不能随便扔东西，碎了还得自己掏钱买，地上脏了还得自己花力气收拾，所以秋慧尽量通过肢体语言来制造恐怖气氛，如顿足捶胸、披头散发、倒地不起、破口大骂，总之你一粗鄙了，他就投降。

"然然！然然！姑娘，快来劝劝你妈！"陈跃刚急喊救援。

他现在多了个同党。陈灿然已经上小学四年级了，性格随父亲，天生的好脾气。

"爸爸，你赶快给妈妈道歉！"陈灿然对付母亲显然比她爸爸更有招数，根本不问发生了什么事。

"我错了！"

秋慧收住哭声。

"妈妈，爸爸说他错了。"

"要回来！"

"不！"

秋慧索性又躺到地上。

"爸爸，快道歉啊！"

"可是爸爸没有错啊！"陈跃刚突然又为自己的无原则而反悔了。

秋慧又号了起来。

"爸爸，就当你是哄妈妈了！"陈灿然责备地喊。

"我错了。"

秋慧坐了起来，"钱！"

"等我跟俊松要。"

秋慧站起身来。

半小时后，陈跃刚对情绪稳定的秋慧说："如果你非让我把钱要回来，我就不参加博士考试了。"他知道用什么来拿住秋慧。

"靠，你狠！"

秋慧分得清哪个轻哪个重。博士考试也没多长时间了,她可以等待。秋慧虽情绪化,但并非不通情理,冲朱俊松在卖房子时的那分大度,她也觉得应该借钱给他。那房子已经列入拆迁规划,升值很多,就算这一万块钱他不还,秋慧至少也保个平本。关键是这钱投入的不是地方。对朱俊松的"事业",江家人保持高度一致的态度:就当它是发生在遥远星球上的事,不闻、不问、不干涉、不援助。他们只能以这种放弃的形式来表达恨。陈跃刚借钱给朱俊松,无疑是坏了家规,而且秋慧也怀疑朱俊松可能还向别人借了钱。他若是债台高筑,秋萍会跟着倒霉。虽然秋慧看不上秋萍,可毕竟血浓于水,关键时刻,还是会替自家人考虑。

秋慧来到娘家,把事情一说,何玉兰心里也发毛了。

"那是夫妻共同债务啊!"何玉兰向来对法制节目感兴趣,一下子便点到了症结上。

"秋萍不知道这事吗?"

"别提那个二百五了!问点啥,她要么陈词滥调——"何玉兰学着秋萍的样子,"我懒得管他,他爱怎么着怎么着吧,命是有定数的……"

"娘娘命!"秋慧急插话。

"要么她就一声不吭,任你怎么问,她都这么一个表情……"何玉兰学秋萍的样子两眼呆滞嘴巴绷紧,"想当初,我把一个堂堂硕士交到她手里,小伙儿精神利索的,文质彬彬,就算原地踏步,也还是个大厂的技术员吧!可是,经她手调教八年,上山开荒去了!这次朱俊松回来,你是没看见,整个一山里人,又黑又瘦,土得掉渣儿,看上去好像跟你爸年纪差不多!灰溜溜的,回来也不敢见人!秋慧,你有帮夫运啊,跃刚马上要当博士了,国也出了,钱也不缺,房子——别管大小吧,也叫两套房。秋萍和你比起来,差远了!"她忘了自己曾说过秋萍是娘娘命。

"离了算了,反正没孩子!"

"唉,哪儿那么好离啊!根据我的经验,像秋萍这样老实本分的良家女孩,如果做不成一个好男人的妻子,那就得命比黄连苦。不管怎么说,朱俊松人品还说得过去,不那么乱七八糟的。"何玉兰嘴上虽这么说,但心里第一次闪过叫秋萍离婚的念头。

"你什么思维方式啊?找好男人不就是为了过得幸福嘛!过得不幸福,他就是人品好得能烧出舍利子来,顶个屁用?好男人,如果像我家跃刚这样老好人行,要像朱俊松那样,个性强一条道跑到黑,自绝于人民,只能给家人带来痛苦!还不如找个八面玲珑能说会道的坏男人呢,至少他能哄你个高兴!"

"流氓都会哄人,你也找?"

秋慧不屑,"被你认作流氓的人,有几个是真流氓?早年那些赖子、马子,结婚以后都过得挺好。反而有些年轻时看着特别好的人,越到老越下流。人体里的荷尔蒙总有爆发的时候,早爆发比晚爆发好。你不是常说嘛,老房子着火不得了!"

何玉兰想了几个人,包括俄语翻译和杨纪彪,倒是验证了秋慧的理论。

"那你还是看住陈跃刚吧,他还没爆发过,小心老房子着火了!"

"在日本的时候已经爆发过了。"

"哎呀,会不会得艾滋病啊?"

"他能得上那种高档病吗?那女的是个中餐厅服务员,福建人,岁数比我还大呢。都是寂寞惹的祸。他都跟我交代了。"

"你没骂他?"

"骂了,我说你真他妈的没出息,到了日本,还不找个优质的日本女人,享受一下日本男人的待遇?"

"哎呀,跃刚怎么这样啊?怪不得他不想回来,让那个女的骗去好多钱吧?"

"没有,那个女的有身份,挣得比他多,偶尔还接济他呢!"

"连搞破鞋带吃软饭,他也真够不要脸的!连陈跃刚都干过这种事情,天下还有好男人吗?"

"有啊,我爸!"

何玉兰往老江所在地小屋斜了一眼,"谁知道将来会不会着啊?不过,也往七十奔了,现在不着火,将来想着都没火星了。"

这天晚上,何玉兰躺在床上浮想联翩,无法入睡。她将已经鼾声震天的老江推醒。通常,女人将熟睡的男人弄醒是因为上半身憋得难受;而男人把熟睡的女人弄醒是因为下半身憋得难受。

老江含混地问了一句:"嗯?"

"你以后会不会着火?"

半梦半醒的老江只听见"着火"二字,"快穿衣服啊!把现金和金项链拿好,别的不用……"

敲门声。

老江以为大火烧过来了,邻居来报警,急忙拉何玉兰。何玉兰更紧张了,已经后半夜了,这时敲门凶多吉少。不会是自己乌鸦嘴说中了吧?

"谁呀?"

"我。"

是秋萍。

老江瑟缩着去开门。何玉兰在心里想着:出大事了,出大事了!秋萍社交活动极少,即使有,也不会玩到这么晚,即使玩到这么晚,也应该是回自己家。

老江开门,"出什么事了?"

秋萍冲老江摇摇头,刚要说话,脸上已雾雨迷离。

"俊松的事?"

秋萍还是摇头。

"缺德玩意儿,说话!想憋死我们?"何玉兰吼道。

"我想离婚。"

何玉兰说:"你大半夜跑来,就是为了告诉我们这些?"

"跟朋友玩去了,他送我回来的。"

"跟谁呀?杨纪彪吧?"

秋萍点点头，趴到床上哭了起来。

几个小时前，秋萍会晤了杨纪彪。这是他们分手以后的第一次亲密接触。为了避嫌，他们各找了一个电灯泡，秋萍方是同学兼闺密严晓虹，杨纪彪方是男生甲。四个人上学的时候也蛮要好。他们吃完饭后去歌厅唱歌。秋萍空前绝后地没当麦霸，而是和初恋情人坐在角落里倾谈。酒精再加上昏暗的灯光，两人胆子大了起来，不知不觉中，手紧握在一起，深情对望。两个电灯泡也识趣地把所有光亮投射到屏幕上。

杨纪彪那双曾经种过树的手，细皮嫩肉的，摸在秋萍的脖颈上，温暖又贴切。不像朱俊松的手，一摸哪儿，带着呼哨，刮得人肉疼。一个长吻过后，秋萍说："我要离婚。"

杨纪彪没有一丝惊讶，平静地点着一支烟，"离吧，我不会让你一个人在外面受苦。"

虽然杨纪彪没解释"外面"的含义，但秋萍明白，那是指围城的外面。

"他什么意思？也要离婚吗？"听完秋萍的叙述，何玉兰问。

"可能是那个意思吧。"

"他跟老婆要过不下去了，早有离婚的打算，那他乐意离就离。如果说是为了你离婚，那咱可不能当第三者，他有老婆有孩子的！"

何玉兰清楚，秋萍可不适宜做填房，又馋又懒又轴，谁跟她过一段时间都会加倍怀念前妻的。何况杨纪彪有孩子，又是个男孩，血肉亲情是战无不胜的。

"我说了,我不是为他离的婚,所以,他也千万别为我离婚。"

"你真要跟朱俊松离婚?"

秋萍点点头,又哭了起来。"家不像家,丈夫不像丈夫,跟离了有什么两样?不就剩下一张纸了吗?不如放各自一条生路。早点离,我不用再跟他提心吊胆了,他也好再找一个,早点当爸爸!"

"秋萍疯了?还没找好下家离什么啊?"秋慧一听母亲说妹妹要离婚,急忙献计献策,"说不定,在她要离没离这期间,朱俊松就赚大钱了呢!现在木头多贵啊,昨天我去商店,看见一个实木单人床,样式要多普通有多普通,愣卖两千多块!你想想,要是满山遍野都种上树,光卖木材也能成大款。朱俊松又不是傻子,不看到前景,怎么会下这么大的赌注?"

何玉兰说:"你变得真是快,前几天还说秋萍的人生要悲剧了呢!"

"我是为她好。你总给别人做媒还不知道吗,现在离婚男人是个宝,离婚女人是根草。秋萍其貌不扬,好吃懒做,生活基本不能自理,她要是永远剩在家里,最倒霉的人是你!"

"瞧你把秋萍贬的!你怎么知道她永远得剩在家里啊?想给她当下家的人多着呢!"

虽然何玉兰现在也烦秋萍,可秋慧一旦贬低妹妹,她还是受不了。何玉兰有些愤怒地放下电话。

秋慧又打了回来,"这么说,秋萍有下家了?"

"好像吧？"

"谁呀？"

"你管那么多干吗？我也说不清楚。"

"是杨纪彪吗？"

"嗯，是谁她可没说。"何玉兰故意折磨她。

"肯定是他！人对初恋总是残留着感情，大鹅对我也是这样。"秋慧没忘抬高下自己，被初恋怀念一辈子，是每个人的梦想，"但是，这不等于要娶她。初恋再好，还抵得过儿子好？几个一夜情下来，就腻了。我把话摆在这儿！"

"哟，瞧你这份心操的！"

"妈，这你就不对了，她的事，你一样不落地告诉我，我要提出点和你不同的意见你就不高兴。以后，她的事，不，你们家所有的事，别让我参与！"

"秋慧，你又我们家你们家的分得倍儿清楚，难道你是从石头缝儿里蹦出来的？这么说话叫人伤心，你知道吧！"

"你向来也把秋萍和我分得倍儿清楚啊！应该是父母面前，儿女平等。可从小到大，我和秋萍就没平等过。财物上你给她多少，我就不计较了。我们现在就事论事啊，陈跃刚出国的时候，哪个男的和我接触，你就敢当面骂人家流氓，还骂我不正经。你知道你给我的朋友造成多大伤害吗？我们可是正常交往，就是哥们儿！现在你二女儿趁丈夫不在家，偷偷找下家，你怎么不管呢？还带着自豪的表情告诉我，秋萍有的是下家！朱俊松再不好，他也是秋萍的合法丈夫吧？秋萍找下家就是偷人！

你放任不管，这说明你的品德有问题，对待孩子双重标准！"

"秋慧，你的心，一团漆黑，伸手不见五指！"何玉兰愤怒了，"这辈子还没人在品德问题上对我指手画脚呢！我竟然生养了个敌人！"

秋慧缓了口气，母亲一般在气出到一多半时说这句话，接下来该转折了。

"我不是对你和秋萍有双重标准，是对陈跃刚和朱俊松有双重标准。陈跃刚为了你和孩子生活幸福，背井离乡当农民工，这样的人，你必须爱他，我决不能让你给他戴绿帽子！我告诉你，江秋慧，你能有现在的幸福都是我一手缔造的。"何玉兰喜欢用"缔造"这个词，听上去伟岸。"也是我一手保护下来的！扪心自问，这辈子你得感谢我！所以，你现在最应该做的就是当个孝顺女儿，尽力让你妈妈晚年过得幸福，少惹她生气，让她把想吃的吃到嘴，想穿的穿上身，想玩的地方玩到了！我告诉你这些是为你好，免得在我的葬礼上，你后悔得要撞墙！但那时，什么都晚了。"

和母亲吵完架，秋慧抓狂，问陈跃刚："我妈老这么气我，将来，我在她葬礼上哭不出来怎么办？那样多让人笑话啊！"

"我能想出唯一的办法就是你抢在你妈之前去世！"

"你一直憧憬着中年丧妻，然后娶小老婆吧？做梦吧，你！"

几天后，秋慧回家，略带兴奋地对陈跃刚说："我终于找到泪流满面的诀窍了！"

"什么诀窍？"

"今天参加我们学校胡老师他爸的葬礼，一听见哀乐，我一下子泪流满面，从头哭到尾。其实，我根本不认识他爸。"

47

秋萍开始起草离婚协议，准备等朱俊松回来签字。她没用电脑写，重大的东西，她觉得还是用笔写更严肃些，这样，思考的过程会被拉长，也可体验到每一笔一画刻在心灵上的力度。几乎没有什么伤感。人们总说，享受过程，结果并不重要。实际上，这话是错的。事业也好，情感也好，都是以结果来推论过程的。艰难坎坷的过程若带来好的结果，那叫值，带来不好的结果叫偏执；美好的过程却没带来美好的结果，那过程叫虚度。此时，秋萍记忆最多的是朱俊松辞职以后的岁月，他的固执自私和自己的惶恐无奈。当时体会得没那么尖锐，现在都变本加厉地找回来了。

手机铃响，是杨纪彪单位的号码。他和秋萍除了每周固定的约会一次外，天天都有电话或短信联系。秋萍拿起手机，只听杨纪彪在里面先咳了两声。秋萍马上感觉事情不妙。

"我媳妇听见什么风声了，女人对这事都特敏感，刚才和我大吵了一架。"杨纪彪咳完以后说。

"她知道是我吗？"

"应该能猜到吧！"

"啊?"秋萍眼前浮现出原配带人马到单位抓小三的鸡飞狗跳的场面,对她来说,那无异于人间惨剧。心脏像蹦极一样。一时说不出话。

"没事,她绝不会把你怎么样的,也不敢。"

"万一呢?"

"这个你放心,她也不傻,那么做,对她有什么好处?要不是为了孩子,我才不管她闹不闹呢!现在没办法,她拿孩子当人质,我敢把她怎么样?"

放下电话,秋萍不经意地一抹脸,手是湿的,脸上挂满了不知什么时候流下的眼泪。刚才写离婚协议时的淡定已经土崩瓦解。虽然理性上她没想拆散杨纪彪的家,但潜意识里隐隐地是有些指望的,并把杨纪彪的那句"我不会让你一个人在外面受苦"当作一个承诺,她的平静淡定来自这个承诺的支撑。再看那纸离婚协议,感到了白纸黑字的重量。心很痛。

这天夜里,秋萍发起了烧,头痛欲裂。她胡乱吃了几粒药。

一周后,秋萍身体依然不见好,虽然不发烧了,但全身乏力、恶心,说不清是哪儿难受。

秋萍去医院查了 N 个项目,结论把她吓着了。

这天,何玉兰从股市回来,看见秋萍躺在床上,脸色灰暗。

"还难受啊?没去医院看看?"

秋萍坐起来,艰难地吐出几个字,"我怀孕了。"

无数次,何玉兰想象着这一天到来时,她会和秋萍激动得抱头痛哭。但这会儿,心里头分明有个声音:你怎么这会儿怀孕啊？冲出口的却是："是朱俊松的孩子吗？"

"当然了。"

"百分之百啊？"

"百分之一千！"

何玉兰暗自松了一口气。秋萍生不出孩子，他们全家对朱俊松是有歉疚的，从今往后，他们不欠朱俊松的了。不过，以秋萍现在的条件，如果生个孩子，肯定会带孩子扎根在娘家，两口人的吃喝拉撒都得由老爹老妈承担。那真应了秋慧的话，得一辈子给她当老妈子。

"我看你愁眉苦脸的，有什么打算啊？"

"这孩子恐怕不能要，我以为是感冒了，吃了好几天药，有抗生素。"

"你得告诉朱俊松一声，看他什么态度。如果知道你怀了孕，他还想躲在山洞里不出来，那我看你这婚就离了吧！要是离的话，你一个人带着孩子怎么过呀？当然，这事你自己决定！毕竟盼了那么多年，罪也没少遭，打掉可惜了，再说也是条命。不过，我可把话说在前头，如果你非要生这个孩子，我和你爸只能帮你照看一年，但晚上你和孩子得回自己家。我和你爸岁数大了，要是把身体弄垮了，给你们添麻烦。另外，陈文佳小时候，我们一天也没帮着照顾，你姐现在一想起这事还抱怨呢。我们得一碗水端平啊！"

何玉兰说了半天，秋萍也没听明白母亲到底是让她保这个孩子，还是不保。

"那你说,这孩子,我到底要不要?"

"秋萍,你已经满十八岁了,我可不能给你做主。人命关天的事,自己定吧!"

老江下班回家,一听女儿怀孕了,高兴得手舞足蹈,一向滴酒不沾的他竟然喝了二两白酒。

"生吧,生吧,趁着我和你妈身体都好的时候,能帮你带。"老江不停地磨叨这句话。

"哎,我说了,只管到孩子一岁!"何玉兰不停地更正。

看到老江的高兴劲儿,何玉兰和秋萍都没忍心再说别的。

因为山里没信号,朱俊松每七到十天才能和秋萍通上一次电话。听说老婆怀了孕,他立刻赶回家。

"没想到是怀孕,以为是感冒,吃了很多抗生素类的药,对胎儿肯定没好处。本来我就是高龄孕妇,抵抗力差……"秋萍祥林嫂似的磨叨着。

朱俊松一下子想起阿蕊的孩子来,想起他唯一一次抱她时,脑子突然闪出的那个念头:如果秋萍非要生下这样的一个孩子,自己会怎么办?朱俊松真想抽自己的嘴巴。

"那怎么办?做流产?"朱俊松小心地问。

"但是,我这么大岁数了,恐怕以后没有机会了。"

"我听你的,你怎么做,我都没意见。毕竟我不太懂这方面的事。"朱俊松又把球踢了回去,"如果孩子有毛病,做 B 超可以看得出吧?"

"肢体上的毛病看得出,若是脑子的毛病看不出来吧?"

"好像脑瘫可以看得出来吧?"朱俊松记得于新成说阿蕊在怀孕的时候,就已经检查出胎儿不健康。

"脑瘫可能看得出,但若是智障一类的,应该看不出。"

整整一天时间,他们拉磨似的一轮一轮重复这样的对话,憋得脸色铁青,却无法得出一个结论。保胎,孩子有残疾怎么办?流产,如果是一个健康的孩子呢?这可能是上天赐给他们的唯一机会。两种后果,他们都无法承担。谁负得起这个巨大的责任?

当老江得知女儿有流产的打算时,老泪纵横。

"傻也留着,自己能找到家就行。我给你们照顾,直到我不能动的那一天。"

朱俊松和秋萍都苦笑了一下,仿佛在说:万一,傻到连家也找不着呢?

老江抹把泪对秋萍说:"我知道你们现在困难,爸多少还能挣点,孩子的费用我担着。以前你怀不上,没办法。怀上了,不管啥样,也得要,那是条命!"

何玉兰一看,自己若不及时把话拦住,老江非把家产都贡献出去。

"你别大包大揽啊!你多大岁数了?是你活的时间长还是孩子活的时间长?孩子的费用你能担一时,还能担一辈子?你能代替父母的作用吗?孩子等于生长在一个变相单亲家庭!秋萍,俊松,如果你们都不想改变的话,还是别把孩子生下来,免得大人孩子都遭罪!"

何玉兰也是逼着朱俊松表个态，到底是回来还是继续待在山里。但朱俊松没吱声。倒是秋萍嘟哝了一句，又是谁也没听清，但从表情上看是抗议。这两口子的表现，让何玉兰烦躁起来，"算了，别生了！秋萍你都三十多岁了，生孩子费劲养孩子更费劲。孩子十六七的时候，你都五十岁了，却正好是爬坡阶段，他考高中、考大学、毕业分配、结婚，等忙完这些事，你也成老太太了，除了满脸褶儿还能剩下什么？不少人选择丁克家庭，我看挺好，年轻时疯玩，攒足钱，晚年养老院。现在都是独生子女，还指望孩子能养老啊？若是摊上个病孩子，你们得养他一辈子！所以就丁克吧！秋萍你也怀上孕了，这就证明你们两个身体健康，有生育能力，让那些以前看笑话的人把嘴闭上就达到目的了！"

何玉兰说完之后，又有些后悔，将来女儿女婿把绝后的责任赖到她身上怎么办？所以，在送他们出门前，她又补充了一句，"我这是气话，你们可别听，自己拿主意！"看大家都面无表情没反应，她又补充一句："做流产的事先不忙，这么大个事还是要慎重点。找个好大夫问问吧。唉，老猫倒上树，一步看一步吧！"

这是沉闷的一周，朱俊松和秋萍几乎没怎么说话。有时朱俊松想那个了，秋萍就把他推开。朱俊松也知她是特殊时期，不敢强攻。秋萍一谈到孩子问题，朱俊松都是满嘴外交辞令："我尊重你的选择"或者"你生下来，不管孩子什么样我都会尽父亲的职责，你不生，我也能理解"。冠冕堂皇，把漏风的地方封得死死的,可实际上等于什么也没说。终于,秋萍抓狂了,长期郁积在心中的怨气爆发了:"你算个男人吗,你为这个家是出钱了还是出力了?现在让你出点主意都怕担责任,难道我肚子里怀的是别人的孩子?"她将早已起草的离婚协议拍到桌上。出离愤怒的时候,反而没有眼泪,大概在涌出泪道前已经燃烧干净了。不流泪的秋萍显得格外冷。

朱俊松也满肚子委屈,"欲加之罪,何患无辞!"他指指离婚协议,"既然你这早都写好了,还磨磨叽叽地征求我对保胎的意见,不是笑谈吗?其实,你心里头已经决定好了吧?你以为我听不出你话里的意思吗?总强调什么吃了抗生素、年纪大、身体差,你妈强调的就是孩子不能生在单亲家庭!我又没说离婚,我又不是待在山沟里一辈子不出来了,她何出此言?你们给我的是两难境地,如果我让你生下来,万一要是孩子有毛病,这错就全落在我头上。如果我不让你生,你们又会说我逃避责任,反正怎么都有错!以后别再征求我的意见了,我现在是个没能力的人,对这个家一无贡献,又落魄又潦倒,我做决定能算数吗?"

第二天,朱俊松走了,却并没在离婚协议上签字。秋萍下决心跟朱俊松离婚,但只是嘴上强硬,并未拿出什么行动来。她倒不是口是心非,主要是懒。

秋慧帮妹妹联系好了大夫,并开车送她去医院。车行半路的时候,秋萍突然说不去了。秋慧问怎么回事,秋萍说:"他知道怎么回事了,正打我哪!"

秋慧问："谁打你啊？"

秋萍指了指肚子。

秋慧吓得不轻，急忙停车，她觉得不是秋萍神经了，就是出现灵异事件了。

秋萍严肃地说："是真的！现在还动呢！"

秋慧将拇指和食指圈成圈比画道："他现在才这么大，还是个小肉芽儿呢！"

"但真的在动。"

"那是幻觉，这我还不清楚吗？至少得四个多月以后才动呢！"

"不信你摸摸！"

秋萍去拉秋慧的手，秋慧哪敢去摸，怕把什么魂灵招来。她将车掉头，一路狂奔回到娘家。碍于秋萍在跟前，秋慧没敢当面向母亲讲实情，而是后来通过电话告诫母亲，"秋萍想生孩子就生孩子想离婚就离婚吧，任她胡作非为吧，谁都别多嘴，怀孕期间容易得精神病！"

"我周围这么多生孩子的，没见一个得精神病的！"何玉兰说。

"不怕一万就怕万一。她真精神病了，连累灿然不好找对象，让人怀疑我们家遗传呢！"

"你光替你姑娘想，就不替你妈想！"

"心尖都是朝下长的，有朝上长的吗？"

"我的心尖也是朝下长的，可连你一句温暖的话都换不回来！这就是教训！"

"你只有一个心尖，朝秋萍长的！"

鉴于秋萍打胎未遂，何玉兰怕她一个人在家有什么闪失，只好让她搬回娘家。秋萍原来就懒，怀孕后更是懒到令人发指，不分时间不分场合地点地睡。因为何玉兰不许内裤袜子放洗衣机里洗，秋萍便买一块钱一条的一次性纸内裤穿。袜子也批发了二十几双，穿脏了就随便一团扔到哪儿，结果家里处处都有她的袜子。有一次，何玉兰竟在菜板旁边发现了一只袜子，恶心得差点吐出来，当即把秋萍一顿臭骂。秋萍被骂，破天荒地洗了袜子。可好了不到两天，又故态复萌。秋萍的馋也是变本加厉。她妊娠反应不明显，吃什么都香，想象力也丰富，一会儿想吃这个一会儿想吃那个，把何玉兰支得团团转。秋萍爱看韩剧，韩剧的特点之一就是吃饭的场面特别多，剧中人边吃边吧嗒嘴夸奖韩国美食如何好吃。一受到这种诱惑，秋萍就百爪挠心，不把那东西吃到嘴，觉都睡不着。吃拉面倒还方便。吃烤五花肉，何玉兰也忍着气用平底锅煎给她了。最可恨的一次是她想吃朝鲜冷面，晚上九点多钟，老江去附近的朝鲜餐馆给她买。拿回来没吃几口，她又够了，嫌做的味不正。何玉兰火了，向秋萍下了逐客令，命她二十四小时内立马搬走！

老江劝秋萍先回自己家，等何玉兰消气了，她再回来。

秋萍下班回家，一进门，见满脸倦容的朱俊松坐在沙发上。墙边放着巨大的旅行箱。

"我也刚回来。"他说。

秋萍客气地朝他笑笑,"怎么今天回来了?"

"我想你做 B 超了吧,我陪你去。"

秋萍坐到了他身边。每次想到做 B 超,她就紧张到全身发抖,所以一拖再拖。

"不用做了,不管这孩子什么样,我们的关系什么样,我都不会放弃他。"秋萍面无表情地。

朱俊松握住她的双手,"我回来,就是想跟你说这个的,把孩子生下来吧!"

"要是孩子……"

"那我也会爱他。秋萍,我上次说那些话,挺不够男人的。这么多年,你为了能给我生个孩子,经历过无数痛苦的治疗,光喝掉的汤药也不止一千斤了吧!回去想了好几天,我明白了,你反复在问我要不要这个孩子,其实不是在跟我征求意见,只是想让我给你点自信,对吧?可我身为丈夫,没能提供一点儿对你有益的帮助,让你独自陷在困扰里,我对不起你。"

秋萍哭了起来。

朱俊松拿纸巾擦去她的眼泪,"秋萍,这个孩子在这个时候来了,我相信他是上天派来保护我们的,是要我们俩在一起。"

秋萍拼命点头,"是的,是来保护我们的。单位里正往下裁人,我是因为怀孕,才保住了工作。这样的孩子,哪怕他丑陋,哪怕他有残疾,我也一定要把他生下来,因为他爱我!"

"当然了,他也爱我。山上的事,我都交给我大哥了,只是偶尔去看看就行。前几天,跟文广义联系了,他正准备买下个小厂子，让我去帮他。以前，我是太任性了！"

48

陈跃刚因为跌跌撞撞的英语水平，将近五年才拿到博士毕业证书。回到家中，他把博士证书扔到秋慧的脸上，"破证，给你！以后再逼着我拿证，就是离婚证了！"

秋慧仔细地看博士证，感慨万千，"唉，这上面如果写的是陈灿然的名字，我该多高兴啊！"虽然嘴上这么说，她还是打电话，向母亲显摆一下。

"都四十出头了才拿下博士，也不嫌丢人？人家读三年，他读了五年！赶紧把博导拿下，不然到退休顶多是个副教授！"何玉兰向来以鞭策为己任。

"不管怎么说都应该庆祝一下，哪天你和我爸来，请你们吃自助餐。"

"多少钱一位？"

"98一位！"

"五个人就是五百块钱呗？我和你爸习惯粗茶淡饭了，大鱼大肉不消化，去吃自助餐肯定吃不回来。这样，你花五百块钱给我买件风衣吧，算你请客了！"

"我凭什么给你五百啊？"

"怎么不明白？那五百块不用花在饭上了，花在风衣上好了！星期六，你陪我去逛街时候买。"

"花在饭上，我们一家三口能吃顿自助餐；花在风衣上，我们三口人想吃自助餐不还得另外掏钱？"

"没有我的一再督促，跃刚能考上博士吗？你用五百块钱来谢我，已经够便宜了，这么点钱你还跟我计较！"

"那我给你返还一半，就等于请你俩客了。"

"五百的一半是二百五，你是故意的吧？你老妈这么大年纪了，张回嘴，你还不能全部满足，等我死了……"

"别再往下说了，我给你五百，就当我坐在家里被打劫了！"

等何玉兰放下电话，老江说："老伴，你这何苦呢，我们又不缺那五百块钱！"

"不要白不要！你不要，这五百块钱她也不会用到正地方，都胡吃海塞了。对孩子，你必须得折腾她们，越折腾越孝顺。我早品出来了，在家里最不受宠的孩子，往往最孝顺。比如我吧！"

秋慧放下电话便数落陈灿然，"我又被你姥姥崩去五百块钱！我要不给，她又吵起没完。你看姥姥是怎么待妈妈的，你再看妈妈是怎么待你的？你现在这种学习态度你对得起我吗？"

陈灿然嘻嘻笑。她已经上高一了，有点懒散，学习成绩一般，照此下去，考一本是没戏了。秋慧发现自己是陪读的命了，陪完老公读书，就开始陪女儿读书，十字绣绣了一大堆，家里的墙上已经挂满，她挂了一些到网上卖，还真的卖出去两幅。

星期六上午，何玉兰和老江来到秋慧家。从携带的皮包大小和凹凸程度上看，就知道他们准备留宿一周以上。

何玉兰和老江都喜欢上秋慧家住。这是著名的高档小区，地点好，风景好，对面就是全市最大的购物广场，离江边不到一公里。秋慧理财是把好手。三年前，工大给陈跃刚分配了两居室的房子，秋慧没往里搬，直接转手把这两居室和柳郎的房子卖掉，买了现在这套位于市中心的使用面积一百二十多平方米的大房子。现在房子升值快一倍了。

同往常一样，何玉兰进屋的第一件事就是端详秋慧和陈灿然的脸。"你这块斑又大了，也比上次见的时候色儿深了。我不是告诉你在长斑的地方上抹姜吗？又便宜又方便，每天带一块到学校，备课的时候，就在脸上搓几下。陈文佳，又熬夜了吧？皮肤都灰了，记住每天洗脸的时候往水里加勺蜂蜜。你现在要是不注意皮肤保养，将来就得像你妈一样，四十岁就开始长斑。女孩子，如果皮肤水嫩水嫩的，即使单眼皮也好看。一白遮百丑。哎呀，你得扎腰带，不然老坐着看书，赘肉都长腰上了。女人最怕水桶腰！"

将女儿和外孙女的脸点评一番之后，何玉兰拿出个自制的小册子，交给秋慧，"你和陈文佳要多看几遍，女人的保健要从娃娃抓起。"

小册子上面都是她从报纸上剪裁下来的关于养颜养生方面的帖子。

"以后别裁这些东西了，网上多的是！"秋慧说。

"网上净是骗子，还是报纸可靠。国家办的。"

何玉兰进了自己的房间。她在秋慧家有专门的房间,为了表示主权,大床是她自己买的——实际上是她选中了,秋慧给付的款。何玉兰四处观察,见卫生合格才放了心,这时她陡然想起陈跃刚的博士证书来。"跃刚的博士证书呢?拿来我看看!"

秋慧把证书递给她。

何玉兰和老江戴上老花镜细看,生怕有假。

"跃刚真行啊!为这个证吃了多少苦啊!"老江感慨。

何玉兰摘掉老花镜,显得意兴阑珊的样子高声对另外一个屋的陈跃刚说:"跃刚,你有实力,但太不要强了,要是再努力一点,拿到个美国或者英国的博士多好,土博士还是差点成色。你不能把个土博士拿到手就万事大吉了,还是要奋发啊!大学里不是经常有去国外当学者的吗,有这样的机会,你要尽力争取!"

"哎!"陈跃刚答应了一声,其实丈母娘说什么他并没听清楚。

"妈,他去日本,算出过国了!"秋慧代丈夫答。

"那是出国当农民工,我要他出国当学者!"何玉兰对秋慧的辩解感到很不满,矛头很快转了向。她指着满墙的十字绣说:"秋慧,你也不能老绣这些东西了,一是对眼睛不好,二是对颈椎不好,你应该拿绣花的时间,多钻研业务……"

一直没说话的陈跃刚接茬儿了:"妈,你还是让她绣吧,她只有绣花的时候最像个淑女了。"

陈跃刚知道,让两个女儿成为淑女曾是何玉兰的最大愿望。

可是，何玉兰撇撇嘴："才四十出头，就靠绣花来打发时间，活得太颓废了！"

何玉兰盯上某个词会用上好一阵子。她最近频繁使用的词就是"颓废"，这是她对某人生活状态严重不满时的表达，用在秋萍身上较多，等同于"不可救药"。

陈跃刚偷偷问秋慧："你妈准备什么时候走？"

每次丈母娘来家里，他准这么问一次。

"看样子，不是一天两天。"秋慧说。

"尽量别服务太好了，不然的话，以后总来。"陈跃刚只敢在背后逗能。何玉兰总是给女婿们制定各种目标，陈跃刚和朱俊松见她就想躲。

睡过午觉，何玉兰让秋慧陪着去商店买风衣。正好陈跃刚要买鞋，陈灿然要买裤子，索性全家一起去。

进商场没逛多久，本没打算买什么的秋慧抱着不试白不试的心态去试了件貂皮大衣，结果大衣一上身，她便被施了蛊一样，脱不下去了。秋慧有个貂儿，打折时为图便宜买的，但也要七千多块。买回来以后，秋慧就后悔了，这件貂儿并没给她的形象加分，反倒是减分了。貂儿的颜色偏棕色，毛针很粗，不熨帖，秋慧本来个子就矮，穿上这样的貂儿之后，集华丽喧嚣身形臃肿面目凶恶于一身，像个气场十足的压寨夫人。而眼前这个貂儿，看着是黑色，在阳光下却是紫檀色，样式简洁、低调，永不过时。毛针细而挺拔，但光泽极好。针梢处细到似有似无，整个貂皮面上罩着一层似有似无的雾气。穿着这件貂儿,就像把高贵直接穿在了身上。何玉兰和陈灿然对这件貂儿也喜爱有加,三个女人的眼神中都充满着渴望。

"买吧!"何玉兰一锤定音。她以前不赞成在穿着打扮上花大钱,贵的不等于好看。但随着两个女儿年龄的增长,她的想法改变了。尤其秋慧已经四十一岁了,青春的尾巴也只剩下几根毛了,再不美一美,对不住自己。

一看价格:二万九。秋慧当即犹豫。

何玉兰坚定地说:"贵点就贵点吧,你现在是教授夫人,总穿百八十块钱的衣服掉自己的价不说,还掉丈夫的价儿。再说,你都一脚跨入老年了,难道等两脚都跨入老年时再买?"

两个服务员也围在左右忽悠:姐,你穿这个特有明星范儿!姐,你要看见有相同质量但价格比我家便宜的,拿回来我肯定给你退货。

"不知带没带卡?"秋慧翻看手袋,"哦,带了!"

陈跃刚急了,"你不是有一件了吗?"

秋慧说:"那件过时了。"

"裘皮大衣是奢侈品,一辈子有一件就可以了,年年赶时髦,谁赶得起?咱又不是大款!房子还有二十多万贷款没还完,将来灿然上私立高中还得花钱,我的课题要是申请不下来,每月只能拿三千块钱死工资!"陈跃刚不管在何种场合都实话实说,往往跟好大喜功虚荣心强的秋慧出现口径高度不统一。何玉兰劝过女婿,有点城府是必要的,但陈跃刚根本不知城府为何物。

"跃刚,你别急,这貂儿钱,我给出一半。谁让我养了个好打扮的女儿呢!这换了秋萍要买,朱俊松早把钱递上去了!"何玉兰说。

陈跃刚对岳母的话还没来得及反应,老江急了,"好几万块钱买这干啥?不穿能死啊?"

何玉兰生气地说:"我跟你一辈子也没混上件貂皮,你想让女儿比我还惨?"

老江立马不敢说话。

陈跃刚更正道:"妈,秋慧她有件貂皮,不是没有!她都这个岁数了,又不是说等着找对象,没必要在身上下这么大投资。家里还贷款,平时我都省吃俭用,进食堂点最便宜的菜吃。我鞋都这样了,还舍不得换呢!"

陈跃刚抬脚亮鞋底,果然鞋底已经裂开了一道长长的沟壑。陈跃刚竟将手指伸进去示意沟壑的宽度和深度。一粒小石块掉了出来,惹得服务员和几个看热闹的顾客笑了起来。何玉兰真恨不得找个地缝钻进去。

秋慧本是个逆反心理极强的人,又见陈跃刚在这么多人面前丢丑,更加觉得不买此貂儿不足以挽回面子。"我要是买下了,全家人至于扎脖儿吗?"

陈跃刚一听"扎脖儿"几个字吓了一跳,他向来不会自如使用任何修辞方法,所以很老实地回答:"那倒不至于!"秋慧高声道:"那你就住嘴吧!"陈跃刚偏不住嘴,他反复地说着:"这个钱花得没必要,我们是穷人!"他手也没闲着,在秋慧跟前挡前挡后,不让她拿卡交款。几个顾客在看热闹。秋慧被丈夫那句"我们是穷人"激怒了,"穷更得穿貂儿了,好把穷气赶走!"

一个服务员上来帮忙,"这位先生真幽默,冲您太太这气质就知道最低也是个白领。"

何玉兰叹口气,"算了,我们再走走,如果没遇到更好的,我们再来买。"

"阿姨,这么好的东西,能留得住吗?我们卖谁都是卖,只是觉得这位姐穿着太适合了,跟量身定做的一样。"另一位服务员道。

"穿这么贵的东西没必要,又不是贵太太!你天天通勤,穿羽绒服最合适了,又轻又不怕脏。"陈跃刚又磨叨。

"只有贵太太能穿貂儿啊?我们单位哪个女的没有?"

"那穿上更没意思了,人手一件,像妇联发的工作服。"

残存的一点理智使秋慧没有抡起手袋去打陈跃刚,但她被丈夫的"没必要"论逼得抓狂。她看全商场里的女人都被丈夫爱着,只有自己不是。而何玉兰心里为秋慧抱屈,看着像家里的女王,实际上连三万块钱的主也做不了。怕打起来,何玉兰拉着秋慧往外走。陈灿然则跟在陈跃刚的屁股后面哀求着:"爸爸,你就让妈妈买嘛,我还可以借光穿一穿。"

一大家人什么也没买便打道回府。秋慧一进屋便一头扎到床上哭了起来,边哭边骂:"为了你得个博士学位,我一米五七的个头愣是熬成了一米五三!天天做饭的是我,收拾屋子的是我，洗衣服的是我，陪你睡觉是我，陪孩子学习的是我，理财的是我，我买个貂皮怎么就没必要了？你宁可让外人看笑话，也不让我心满意足！"

另一个房间里，何玉兰也在流眼泪。到了这把年纪，自己再也活不出花来了，两个女儿是她时刻关注的两朵花，她们盛开了，她的生命才有意义。秋慧都四十一了，还能绽放几次？趁老江不在屋，何玉兰拿起电话，"俊松，我有点急事，你能不能马上给我的卡上打三万块钱？"

十五分钟后，何玉兰接到短信通知，三万块钱已经汇到账上了。何玉兰悄悄溜了出去。

晚饭时间，何玉兰拎着一个精美的大纸袋回来了。不用说，纸袋里放的是高贵的貂皮。

"这是妈妈给自己买的，但可以借你先穿。"这话显然是说给陈跃刚听的。

"你到底买了？不穿能死啊？"老江气愤地喊道。

"喜欢就买。我不想把钱带进坟墓里！"

以前何玉兰一旦这样说，秋慧和陈跃刚就会接茬儿道："怎么会带进坟墓里呢，可以留给我们。"可这会儿，秋慧正抱着貂皮大衣，热泪盈眶地对陈灿然说："看见了吧，这就是妈妈！其他人谁也靠不住。要不歌里怎么唱世上只有妈妈好，而不是唱只有爸爸好呢？"

49

秋萍的儿子铁豆五周岁了，名如其人，身体结实得跟铁豆似的，除了打预防针以外，几乎没进过医院。这跟秋萍的教育方法有关。因为懒，秋萍的习惯就是将孩子散养，吃的东西掉在地上，她从不会去给洗洗，任孩子捡起来接着吃。孩子磕了碰了，她也不会去安慰，直等到哭够为止。铁豆什么都吃过，泥巴、草、纸片、虫子，几乎每天都跟个小泥人似的，竟出奇地结实。铁豆聪明、顽皮，淘得恨不能上房揭瓦，所到之处一片废墟。

秋萍怀孕后，朱俊松便和自己从前的老领导文广义一起经营公司。现在公司已经有两百多员工，朱俊松是总经理，占百分之三十的股份。秋萍把工作辞了，当上了梦寐以求的全职太太。朱俊松挣到钱以后，在同一个小区买了三套大房子，三居室的自家住，给父母和岳父母各一套两室两厅的房子。当初，何玉兰不想跟亲家住得太近，接触多是非就多，但又舍不得那个好地点和好物业，最主要是怕过了这个村没这个店了，只好要了个最里边的楼，以便离亲家稍远点。自从朱俊松的父母搬到城里以后，这里成了朱家的大本营，朱俊松妹妹一家随后也来到柳邨，开了个小饭店；紧接着朱俊松的外甥女和侄子也来了，在朱俊松的公司里打工。朱家父母的房子住不下，朱俊松只好把何玉兰的老房子要过来,给朱妹妹一家住。

经过事业的起起伏伏,尤其是有了儿子之后,朱俊松的性格变得开朗大气了。让何玉兰欢喜的是,他跟岳父母的关系比以前亲近了好多,就连吃饭的口味也越来越像江家人。他不爱吃自己父母做的菜,一馋了就给何玉兰打电话:"妈,晚上做俩硬菜吧!"那口气十足像个撒娇的儿子。美中不足的是,这个儿子也是别人的儿子,得两头忙。何玉兰和亲家关系已经恶化,只是没撕破脸。朱俊松给何玉兰买的房子写的是何玉兰的名字,给父母买的房子却写朱俊松的名,这事让朱母心里头不是滋味,话里话外人前人后的,唠起这事时,总觉得给了亲家巨大的恩情,却没换来相应的感激。朱家父母对秋萍也有意见,认为这个儿媳妇傲气,始终融不到婆家来,但他们不敢说秋萍的不字,只好把这笔账也算到何玉兰和老江的头上。两家人最大的矛盾是由铁豆引起的。

对于家中这几十年来唯一的男孩,何玉兰和老江的喜爱自不必说了,但铁豆不喜欢姥姥姥爷,喜欢爷爷奶奶。姥姥家规矩多,不许穿鞋上床,不能喝饮料,不许随地大小便,不准随便看电视……铁豆每次来姥姥家几分钟就吵着要走,这让何玉兰和老江很伤心,对亲家难免产生羡慕嫉妒恨。朱俊松的父母总共生了八个孩子,孙辈的也有十几个,唯独对铁豆疼爱至深。他们知道未来要靠着朱俊松,所以对铁豆也就另眼看待,和亲家争夺对孩子的控制权。农村的老人没文化,疼爱孩子的方式以娇惯为主,而且没有底线,听孩子骂人,他们觉得好玩,还四处宣扬。铁豆从一岁起就爱吃咸菜,每餐都得用咸菜下饭,不喝水,只喝饮料。因为这些习惯,何玉兰跟朱俊松和秋萍谈过很多次,也找过亲家交涉,没什么效果,反而惹出争端。朱俊松虽然支持岳母,但他工作忙,很少管家里的事,突击性地校正几次,弄得孩子哭大人叫,也只好作罢。秋萍也反对公婆惯孩子,但她懒,只要有人帮着带孩子,也不讲究质量了。

这天,铁豆要吃姥姥做的锅包肉。何玉兰和老江像接到圣旨一样高兴,特地去超市买了三斤绿色里脊肉,虽然价格令他们心如刀割,但给小孩子吃,安全第一,贵点也在所不惜。

门砰的一声开了,铁豆站在门口,身后是秋萍和朱俊松。

"哎呀,我外孙子好威武啊!"

老江上前去亲热,被铁豆推开。铁豆三步并作两步,按开电视,穿鞋上床开始按遥控器。何玉兰心疼,刚换上的床单,又得洗了。

"我要喝雪碧!"铁豆喊。

"我家没有雪碧,只有白开水!"何玉兰说。

铁豆哼唧开了,让妈妈去给买雪碧。秋萍和朱俊松不理他。

"姥姥姥爷坏!爷爷奶奶好!"铁豆喊。

何玉兰、老江都没吱声。虽说铁豆是个不懂事的孩子,但每次听到这样的话,他们的心里别提多难过了。

朱俊松尴尬,"姥姥做的锅包肉,你不许吃啊!"

铁豆气急败坏地哭嚷道:"啊啊,我要杀了你!"

朱俊松有点火了,"再说这样的话,爸爸揍你!"

由于诸多要求没满足,铁豆闷闷不乐。吃饭的时候,锅包肉一上来,老江便把盘子放到了铁豆的跟前。铁豆护着盘子,不让别人吃,朱俊松和秋萍好不容易才抢到一块。

"好孩子,给姥姥姥爷吃一块!"秋萍看不下眼了。

"不行!"

"那么多你自己吃得了吗?大家一起吃。"朱俊松说。

"不行,我爷爷奶奶还没吃呢!"

好似一闷棍打在头上,老江和何玉兰都一激灵。

何玉兰来气了,"怎么这么没礼貌呢?这是姥姥的家,这些好吃的也是姥姥做的,姥姥姥爷想吃就吃!"她夹起一块锅包肉。

铁豆的驴劲上来了,哇哇大哭地抱起盘子,汤汁弄得脸上衣服上地上到处都是。他边哭边骂:"我的肉,你不许碰,我爷爷奶奶还没吃呢!我要杀了你,我要杀了你!"

朱俊松火了,拎起孩子打了两下,"混蛋孩子!别吃了,回家!"他又冲着秋萍吼:"你得多管管孩子,你看惯成什么样了?将来还有好?"

铁豆哭得上气不接下气,"我要去爷爷家,我要去爷爷家!"

秋萍道:"你自己去爷爷家吧,我们不去!"

铁豆没冲妈妈使劲,却狠狠地打了何玉兰一下:"我要杀了你!"

朱俊松抱起孩子要走,何玉兰喝道:"都别走,让他闹!"

铁豆躺在地上哭闹了起来。何玉兰的眼泪也唰唰下来了。

老江劝道:"别,别,他一个孩子……"可话没说完,自己也哽咽了。

朱俊松急忙地说:"妈,爸,对不起了,今后我一定好好教育孩子。"

何玉兰忍住抽泣,"俊松,秋萍,我早想跟你们谈谈了!你们都是读书人,孩子惯成这样,觉得脸上好看吗?铁豆不止一次说要杀了我……"

"他还说要杀我呢,其实杀人怎么回事,他都搞不懂!"秋萍急忙插话。

"他怎么不懂啊?那他可从来没说过杀他爷爷奶奶啊?怎么一生气的时候就喊杀人,高兴的时候从来没喊过?小区里这么多孩子,我没见哪个天天喊着要杀人的!这说明你这孩子没教养,从小就有暴力倾向!秋萍,你是天下最失败的母亲!你盼了那么多年,老天才赐给你一个孩子,结结实实聪明伶俐,还是个男孩子,可你权当是给别人生的,只生不养!你不配做母亲!俊松他爸妈,我不是瞧不起农村人,但他们没文化思想愚昧是事实吧?孩子满嘴脏话,他们不以为耻,反以为荣,觉得这是孩子聪明,骂人话一学就会!还有给孩子吃咸菜喝饮料的事,这不是小事,关系到孩子未来的健康!生活习惯是要带一辈子的,现在看好多疾病和生活习惯有关!铁豆从一出生我就看着,一直到一岁半,可现在我和你爸见一次铁豆,比见中央领导还难!你们认为这正常吗?铁豆一到我家,常常还没玩上两个小时,俊松家就得来人把孩子领回去,说是要吃饭了!多奇怪的理由，难道我外孙子来家里，我会饿着不给他饭吃？有一次，我和你爸走到小区大门口看见铁豆在和爷爷玩，就过去想看看他，结果俊松他爸抱着孩子就进楼里了，慌里慌张的，好像我们是来抢孩子的！把我跟你爸气得眼泪汪汪的。近在咫尺了都不让我们见一面，这不法西斯的做法吗？如果他们把孩子教育得非常好，我们也忍了！可这样教育下去，铁豆将来就是个万人嫌的主儿！江秋萍，我白白供你读那么多年书，你没为社会创造一点儿价值！孩子娇惯成这样，整天骂姥姥姥爷，不怪爷爷奶奶，怪你！你都不关心我们，不尊重我们，所以在孩子眼里，我们就是一群老废物，该杀了！秋萍，你白活！"

铁豆号秋萍哭何玉兰流眼泪，祖孙三代都哭成了泪人。

据说朱俊松后来冲自己父母和秋萍都发了飙，要求从严教子。秋萍也破例地好几天没让孩子去爷爷家里，人一犯懒的时候，就把孩子送到娘家来。铁豆毕竟是小孩子，少了撑腰的人，自然听话很多，在姥姥家也有模有样起来。

老江和何玉兰带铁豆去公园玩，回家的时候，为了避开朱家人，他们特地从小区后门进。可走到自家楼下时，朱爸不知从什么地方钻了出来，手里还拿着一瓶色彩鲜艳的饮料，一看就知道是从小食杂店里买的。

"铁豆！"朱爸喊了一声。

"亲家！"老江打了声招呼。

朱爸哼了一声，过来拉铁豆。显然被儿子训斥的事他还记恨着。铁豆一看见爷爷手里的饮料，便嚷着要喝。何玉兰急忙说：'咱不喝，回家姥姥给你做饮料！'铁豆哭了起来。朱爸将饮料打开递给孙子。

"亲家，以后，别给孩子买这些东西喝，都是香精色素兑的，卫生也不好，这么小的孩子，万一喝出毛病来怎么办？"何玉兰说。

朱爸眼睛瞅着别处，"我孙子爱喝，我就给他喝！"

何玉兰急了，"他爱喝毒药，你也给？"

朱爸也急了，"你血口喷人！陷害我！我能给孙子吃毒药吗？"

于是毒药的问题就纠缠不清了，何玉兰和亲家公吵了起来。朱爸曾瘫过的腿此时很有力，一跺地都颤悠，嘴里也不干不净起来。何玉兰真后悔当年帮他跑医院治腿了。何玉兰嘴虽然厉害，但过于文气，跟朱爸的"问候祖宗八代式和下半身式"的骂法相比，明显占下风。

邻居们也过来劝架，他们跟何玉兰都认识，也听出来谁在理，难免拉个偏架。老江和何玉兰带着铁豆趁乱脱身。

何玉兰回到家中号啕大哭，给秋萍打电话却没人接。想给朱俊松打电话，一想他今天去外县，要开车走高速，就算了。正在继续打给秋萍时，家里的门铃响了。一问是谁，答：朱俊英。朱俊松的妹妹。她现在住着何玉兰的房子，因为是朱俊松张口借的，所以何玉兰一直没要房租。虽然门只开了一条缝儿，但朱俊英还是挤了进来，直奔铁豆的声音而去。

"你要干什么？"何玉兰慌了，过来拦她，但哪儿拦得住。

铁豆正跟老江在房间里玩，朱俊英冲进去便抱起孩子，老江和她抢，铁豆吓得哇哇大哭起来。

何玉兰将门用钥匙反锁上，抄起电话给秋慧打了过去。

朱俊英嘴里唠叨着："别以为我们农村人好欺负，谁敢欺负我们家人，我让他们不得好死！把门打开！"

"你把孩子放下，我就把门打开。"

"这是我家孩子，凭什么不让我抱走！"

"这也是我家孩子，我就不让你抱走！"

"你家孩子？铁豆姓朱，不姓江！"

"你自己生的孩子咋还姓赵呢！"

朱俊英被问卡了壳，转了话题，"谁欺负我爸，我跟谁拼命！"

老江已经气得浑身发抖。一年前，他因为心血管有问题住过一次院。何玉兰怕老伴出问题，急忙安抚朱俊英，"俊英，你坐下来，我们慢慢聊，看来你是对何姨有误会了！别把铁豆吓着。"

朱俊英虽然表情没松动，但不再踢门，平稳地站了下来。

这时门铃响了。进来的是警察，问是不是有人私闯民宅抢孩子。原来秋慧在电话里听到朱俊英闯入和母亲的惊叫，连忙先报警。朱俊英有些傻眼了，毕竟没太大见识，再飙也不敢对警察不恭敬。何玉兰虽然心里头怨秋慧把事情弄大了，但看到朱俊英吓破胆的样子，还是觉得挺解气。何玉兰跟警察实话实说，外孙的姑姑因为有点误会，进家来抢孩子。朱俊英的泼劲也没了,一个劲地附和说是误会。老江息事宁人,说算了,也不追究了,就是以后别再来闹就行。朱俊英也答应不再来闹,跟着警察出去了,但她心里恨哪,觉得这点事叫警察,分明是想往大里整。跟警察分手后,她又往江家打了个电话。何玉兰接的,刚听到一句"老绝户",她赶紧挂断电话。

警察前脚走,秋慧带着三个高大的体育老师进家了。何玉兰感动地哭了,还得是大女儿啊,危难时刻显身手。

听完母亲的哭诉,秋慧带着三个同事来到朱俊英的小饭店。快到饭口时间了,朱俊英和丈夫正忙着。

"朱俊英,我看在朱俊松的面子上,给你三天时间,这个星期天,你必须搬出我妈的房子!"

"那是你妈的房子?那是我哥用大房子换的!"

"你要不要脸?你看看房本写谁的名?朱俊英,你狗都不如,你住着我妈的房子,吃着我妹妹的,我帮你家孩子找学校,反过头来你疯狗似的骂我妈我爸?狼心狗肺兔子杂碎!你他妈撒疯也不看看在谁的地盘上,以为这是你们村儿哪?星期天你要还不搬走,我让你饭店都开不成!"

朱俊英的丈夫拎着把菜刀站在厨房门口。一时间,剑拔弩张。秋慧心里打鼓,可表面装得一点儿不在乎,继续指着朱俊英的鼻子骂。

朱俊英往地上吐了一口,"呸!吃你妹妹的?你妹妹吃谁的?一分钱不挣,还不是我哥养着她!"

"这你可别嫉妒,我妹妹命好,不用刷盘子洗碗伺候别人就吃喝不愁,还得坐拥家里的一半财产!这是命,你要不服,就把中国法律给灭了!"

"哼,我就不搬!我住我哥的房子,天经地义!"

"真不要脸!你哥的房子也是我妹妹的,我看你怎么个天经地义!"

正吵着,秋萍来了。她出门忘带手机了,回来才看见有无数个未接电话,一问母亲才知道家里发生的事。

秋萍个子比小姑子矮半头,但那傲岸的眼神在气势上胜了不是一星半点。朱俊英的丈夫立马扔掉了菜刀。

秋萍表情冷酷,"你们明天赶紧搬家!"

朱俊英嘟哝着:"我哥让搬我就搬!"

"你怎么着?"

朱俊英软了一些,"我得找房啊!"

"这我不管,你哪怕把东西放露天下面,也得把我妈的房腾出来,我们家不养狼!"

朱俊英的丈夫赶紧堆着笑脸凑过来,"嫂子,俊英不对,我们一会儿给老妈赔礼道歉去!你别生气!"

秋萍一字一句地说:"记住,明天,搬走!"

朱家人都有点怕秋萍。当今社会,有钱有势的当大哥,哪儿都如此。朱俊松在家里就充当了大哥的角色,兄弟姐妹谁干什么,都要听他的意思看他的脸色。秋萍自然也成了"大嫂"。虽然朱家人心里常不平衡,觉得钱是朱俊松挣的,秋萍除了生个儿子外对家里没什么贡献,但他们都清楚秋萍在家中的地位,关键事情上，朱俊松得听她的。秋萍不爱管事，但她毕竟学财务的，对大钱还是看得比较紧，而小钱上则睁一眼闭一眼。在柳邺这边，朱俊松除了支付父母的生活费外，父母家和朱俊英家的油、米、盐、水、电、气及各种杂费，都是朱俊松出钱。朱家人也明白，若是没有秋萍的默许，朱俊松也不敢如此公开地供养家里这些穷亲戚。

见"大嫂"发怒了，朱俊英和丈夫开始赔笑脸了。秋萍不屑一顾，拉着秋慧出去了。

过后，三个体育老师都对秋慧说："你妹妹比你像大姐大。"让秋慧小小嫉妒了一把。

朱俊松回到家中，慌不迭地向岳父岳母道歉，一个劲地检讨自家人的不是。何玉兰真是气得不轻，当着女婿的面大把服用速效救心丹。何玉兰悲戚地说："俊松，这房子，我不要了，你收回吧，住你的房子，我有寄人篱下的感觉，让人瞧不起！"

"妈，这是给你们俩买的房子，写的是你名啊！"

"俊松，不是我歪，你要真写我的名字，就不该跟你家人说这是你花钱买的房子，所以在你家人眼里，我住得名不正言不顺！"

"我当时也没考虑那么多，说漏嘴了。妈，您帮了我们那么多，光这一套房子是报答不了的。"

"可我们不能在这儿住下去了，跟你们家人低头不见抬头见的，尴尬！"

"妈，你放心，他们绝不会再跟你们找麻烦了，我爸妈还想来道歉呢!"

"道歉就免了吧,一瞅他们,我心脏病都要犯了。以前,我还真没碰见过翻脸比翻书还快的人!当年跟你父母在北京治病的时候,他们几乎跪着跟我说一辈子不忘我的大恩大德,这才过去几年的事,现在竟把我的祖宗八代都骂到了。我父母死了好几十年了,还要受我牵连!"何玉兰眼泪下来了,"你爸把我上面的骂绝了,你妹把我下面的骂绝了!开口老绝户闭口老绝户的,回头想想,她骂得也对,我和你爸可不真就是老无所依的人嘛!"何玉兰失声痛哭起来。

"妈,怎么会老无所依呢,我和秋萍一定养你们老!"

"算了,我和你爸说好了,动弹不了就进养老院,不给你们添麻烦,你还有父母要养呢!"

"我们家兄弟姐妹多。"

"兄弟姐妹再多,也得指望好用的那个。你爸妈讨厌我们,也是怕我们抢走一个孝顺儿子吧!所以,还是离远点好,省得让人以为我们只会添累赘。"

朱俊松恨不得跪下了,"妈,千万别这么说,您这不是让我天打五雷轰嘛!"

秋萍也没让朱俊松好过,她大闹了一场。秋萍表达生气的方式通常是冷战,不说话,但比较好哄,一顿美食或唱卡拉OK,就能让她阴转晴。但这一次爆发是撒泼式的,而且一闹再闹。朱俊英两口子来赔礼道歉,她愣是没让开门。朱俊松是个懂得感恩的人,秋萍和他一路患难走过来,又生了个儿子,所以对秋萍格外宽容。他左劝右哄，许了一个个的愿，答应秋萍以后会控制支出，不再为妹妹和侄儿甥女们买单了，秋萍才算饶了他。

50

和亲家吵完架后，何玉兰和老江便暂居秋慧家中。这一住就是半个多月，何玉兰和老江每天早晨四点半开始唠嗑儿，五点钟准时起床收拾屋子，五点半开始做饭，晚上十一二点还在看电视。陈跃刚和秋慧都受不了了，尤其秋慧，和母亲两天一大吵一天几小吵。小两口都盼着老两口赶紧走。

何玉兰可没有要走的意思，她在谋划一个大动作。她拉着老江进了一个又一个地产中介，看了秋慧家周围一套又一套房子，直到秋慧和陈灿然都发现她的电话量急剧增多，她才不得不说出实情：想把家里的两套房卖了，在这个地段买一套，哪怕小点，她要在生命倒计时的时候，享受市中心的繁荣。自从和朱家人吵完架以后，何玉兰的心情久久不能平静。尤其是朱俊英那句"老绝户"，让她既愤怒又悲戚。想到自己的余生要不时地和这些人面对，她的心里就涌出一股力量，要学习自己的偶像孟母，三迁！但如果只为自己的话，她可以把房子换到另外的小区，继续在柳邨住，那里有老同事老朋友们，不寂寞，适合安享晚年。她更多是为了铁豆。如果自己在市中心买了房，就动员秋萍也找个好学区买房,铁豆可以在市里上学,学习环境好不说,还避免和朱家人接触。孟母三迁的伟大意义不就是远离低级趣味嘛!她不能让满嘴鸡巴老屌随地吐痰的朱家人把铁豆的举止给毁了,她不能让整天咸菜大酱大葱大蒜的朱家人把铁豆的味蕾给毁了!品位是藏不住的,无论多大的官或商,看他喜欢的食物或吃饭的样子,就知道门第出身。南兴厂原来有个老厂长,后来官升至副部级了,但无论到哪儿出差,兜子里都要揣一瓶大酱,不然吃不下饭。开会的时候谁也不愿挨着他,怕被他嘴里的蒜味熏倒了。何玉兰要趁铁豆还小,把唯一的外孙塑造成一个优雅的绅士。

陈跃刚一听岳母想在附近买房,心情沉重。秋慧安慰他,"我妈跟朱俊松家人吵完架,一时冲动,过几天,她就把买房的事给忘了!"她显然低估了母亲的雄心壮志。何玉兰已经打电话给朋友,开始着手卖柳邨的房子了。

何玉兰看出女儿女婿有逐客的意思,但她偏假装没听出话外之音。她每天去周边的商场好几次,买了衣服,第一天先穿,第二去换,第三天就去退。老江看报纸,对她说:"小何,你可注意点吧,报纸上说了,你这是病态!"

陈跃刚终于熬不住了,跟秋慧说:"他们不走我走吧,出差。"

陈跃刚一走,秋慧怕寂寞,也不再暗示父母走人。本可以踏踏实实地住几天,可意外发生了。何玉兰的一颗大牙被鸡蛋硌掉了一半。不是怀孕的蛋,没长骨头,炒得软软的,正因为如此，何玉兰才从容地用裂开一道大峡谷的牙齿去参与咀嚼，结果质变发生了。五十多年的齿龄也算不上英年早逝，可它回头往何玉兰的心口处反咬了一口。她难过得一时说不出话来，用纸巾一个劲地擦那牙。一种子欲养而亲不待的痛。牙的横断面层次清晰，由内及外依次从黑褐过渡到深褐、浅褐到乳黄，像地壳一个个世纪的变迁。何玉兰善于以小见大举一反三，半颗牙成为她体征的缩影，联想到体内五脏六腑正在经历这种层次的演化，伤心便一浪高过一浪。她最怕老，却不得不老。

何玉兰不是第一次掉牙，二十几岁就拔过牙，但人年轻的时候通常是不太疼爱自己的，再说也没把牙看作是身体的一个器官，掉光了还可以戴假的嘛，比真的还整齐洁白。那时她还没对假牙深恶痛绝。

那半颗牙放在饭桌上三天了，她一直没扔，也不让别人扔，这是一种缅怀的方式，仿佛要给其他尚在服役的牙们看看，她是个懂得感恩的人。

秋慧有些不满，"妈，你干脆把这半颗牙供起来得了，放在饭桌上多恶心哪，弄得我都吃不下饭！"

何玉兰说："莫名其妙，你恶心什么？它又不是从粪堆里淘出来的！我又没让你用这颗牙嚼东西！"

秋慧生气了，抹桌子的时候回避母亲的牙，在以牙为中心半径五厘米左右的领土内，明显覆盖了一层灰尘。

这天晚上，秋慧带着父母和孩子出去吃的饭。她喜欢在饭店吃饭，但她这次再三强调她本来是想在家里吃，之所以到外面吃是因为她坐在餐桌旁便觉得那颗牙要蹦起来咬她。何玉兰觉得秋慧是故意跟自己过不去,请父母下次馆子是应该应分的,没必要郑重地宣布一下原因,即使那颗牙咬过她可也是母亲的牙,打狗还要看主人呢!这说明她对母亲的衰老缺乏同情。

这顿饭吃得很沉闷,照理秋慧在点菜的时候应当征询下父母的意见,可她没走这个过场,倒是问女儿陈灿然想不想吃干炸里脊,得到肯定回答后,她擅自点了四个菜,都是有嚼头的,丝毫不考虑母亲刚失去了半颗牙。

何玉兰现在决定提前回家。从餐厅回来她马上收拾东西。她打心眼里不愿意走,天生喜欢繁华,越住越爱市中心。但她必须做出要走的姿态来,住别人家总有点站人屋檐下的滋味。

秋慧问:"怎么要走呢?跃刚星期三才回来。"

何玉兰说:"还是回自己家自在,我的牙爱摁哪儿就摁哪儿!"

秋慧撇撇嘴,"别乱放弄丢了,等你那半拉牙再掉下来,两半合到一起,我让跃刚的同学给制成标本,镀上金,镶个底座,当永久纪念。"

何玉兰冷笑着说:"你家跃刚要是能得诺贝尔奖,我这颗牙留下来倒还有些考古价值。"

秋慧回敬道:"要考古的话,也是考人家亲妈的古。"

何玉兰不温不火,"秋慧,小心点吧,嘴损,牙烂得可快。"

想到母亲要走了,秋慧意犹未尽地住了嘴。何玉兰隐隐地希望秋慧能做个挽留,但秋慧没有挽留,而是吩咐陈灿然穿上衣服一起去送姥姥和姥爷,还从冰箱里收拾出一兜子水果强行让父母带上。她从生下来就不会说道歉的话,需要时,便用物质替代歉意。

"不拿,不拿!"何玉兰凛然拒绝道,"又不是什么稀罕水果,放你们家冰箱里好几天,养分都跑没了,吃了白费牙。我们自己买新鲜的!"

"你以为商店里卖的就是刚从树上摘下来的啊?看着越新鲜的,防腐剂用得越多。"秋慧把塑料袋放到父亲手上。

何玉兰严厉地望了丈夫一眼,"我们回去买莲雾吃。"怕几个听众不知道莲雾是什么东西,她又补充一句,"台湾产的水果,好吃。"

秋慧轻微地笑了,她知道母亲可没奢侈到吃莲雾的份儿上。

没人提牙的事,何玉兰就装着忘了,她想让秋慧多恶心一会儿。可临出门之前,何玉兰又改变了主意,她穿着皮鞋踏上秋慧家刚抹过碧丽珠的地板,很用力地拿起餐桌上的牙,好像是从桌面往下拔。见众人都面无表情,何玉兰大声说:"哎呀,可别把这颗牙忘了,它养活我五十多年。谁能养我这么多年?"

秋慧听出话里有话,连忙接茬儿,"你从前不肯往牙上投入,现在心疼有什么用!牙要半年洗一次,你洗过吗?每晚刷完牙之后,要用牙缝儿刷清理,你清过吗?"

秋慧塞给父亲五十块钱,让他们打车。这并没让何玉兰心生感激。出租车上,她感慨地对丈夫说:"老江,看来人不能把牙掉得精光以后再死,连儿女都不愿上眼前。可牙们都健在的时候死吧,又太短命了,唉!"

何玉兰的手心里还攥着那半颗牙,她并不想永久保留它,只是没想出适合的地方安置它。她不能让和自己一起酸甜苦辣过的牙与垃圾污水为伍。

车子离柳邨越近,何玉兰的心情越沉重,她怎么也不明白为什么越发不待见柳邨。她十六岁来到这里,五十年,每一天都是平凡的,梦想中的轰轰烈烈从来没发生过。本来是要飞翔的,可自己却变成了一棵树,扎在一个地方拼命生长。现在,她在心里勾画了一个大蓝图:要往前走,以柳邨为起点,三迁!

51

当何玉兰要将老房子卖掉时,老江恍然大悟了,坚决反对卖房。家里两个房本全是何玉兰的名,但因为老房子是房改房,卖房必须有老江的签字。之前,何玉兰四处看房,老江并没当真,以为老伴是一时心血来潮。

老江说:"这么大岁数了,实在折腾不动,哪儿也不去,就老死在柳邨。"

"我们又不是背井离乡,都在同一个城市,你要想回来,坐一个小时公车就到了。"

"你把俩房子都卖了,也不够买秋慧家那么大的房子,我都七十了,你想让我拉饥荒过日子?"

"我们可以买个小点的房子,七十平方米就行。"

"我住大房子习惯了。"

"为了铁豆,你必须习惯小一点的房子。你又不是没住过小房子!你想想,秋慧家周边大超市大商场公园大医院老年活动中心全市最大的早市和夜市,郁闷了你就去江边吹吹风坐坐游船,这些都能把你住小房子的遗憾补回来。"

何玉兰没想到,她三迁计划的最大障碍不是钱,而是一辈子对妻子言听计从的老江。

老江把头摇得如拨浪鼓,"不是那么回事!如果我想跟老朋友聊天,如果我想吃南兴大食堂的烧饼和早市东头第三家的豆浆,如果我要玩克朗棋,你说,我能天天坐一个小时车往柳邨来吗?"

一向言拙的老江竟用了个排比句。无论在家人和外人的眼里,老江都是无私奉献的典范。但在这一连串的"如果"下,老江强调的都是自己的需要。何玉兰好像才看透丈夫的本质:闪了几十年的光,但不是金子。她有上当受骗的感觉。品一品,老江平日里的退让都是因为不爱操闲心,不想担责任,而非骨子里的顺从。

"我——"何玉兰加重语气,"定下来的事,就不会变!你要不让我先卖旧房子,我只好把现在住的房子卖了!"

"那你就卖!但老房子得归我。"

老江的一头白发闪着寒光。他的上方是他和何玉兰的大幅婚纱照,结婚四十五周年时拍的。照片里的老江头发乌黑润泽。

那是应何玉兰的要求，在洗照片时，将发色"改进"了。为把这幅婚纱照挂到墙上，何玉兰和老江进行了长时间的博弈。自从照片挂上之后，老江来这个房间的次数急剧减少，他看不得一个陌生人搂着自己的妻子。

"你什么意思？现在就要平分夫妻共同财产了？"

"反正我是不跟你上市里住！"

"那只好分居了！"

"分居也没办法！"

"那你现在就回老房子住吧！"

分居都没让老江改主意，何玉兰深受刺激。当天，何玉兰向秋慧和秋萍宣布：我和你爸分居了！

"怎么快七十了，才开始七年之痒？"秋慧嚷道。心底里，她为老爸的坚持而欢呼。她可不想与老妈为邻，那跟被软禁差不多。

"我伺候你爸四十多年，但在他心里，我竟不如大食堂烧饼、早市的豆浆和退休办的克朗棋重要，还过个什么劲！"

"我爸也有道理，谁想在一个陌生的环境里度过晚年？"

"你爸当了一辈子焊工，目光只有一尺远，能看见眼前的电火花，却看不到满天星星！"

秋慧自然帮着老爸说话，"电火花一闪，你钱包鼓了；星星一闪，你年龄长了。你喜欢哪个？"

何玉兰嘴硬，"那我也喜欢星星闪。浪漫！不会浪漫的人，情商都低，你爸就是。"

"他一辈子只看《新闻联播》和法制节目,怎么能浪漫起来?你早应该调教他才对。浪漫是可以培养的。你看我家跃刚。"

"让我最伤心的是,你爸没爱过我,我被他骗了!"

"要是有个男人好声好气地骗我四十多年,我还巴不得上当呢!我爸不吃软饭,样样听你的,钱都归你管,随你花,又不搞外遇,一个男人能做到这些,容易吗?况且,你都这岁数了,还能再折腾出什么新花样来?"

"可是,再不折腾就老了!"

"你现在已经是老年人了!"

何玉兰知道,从秋慧嘴里永远别想听到温暖心房的话。

被何玉兰赶出之后,老江只好借住在秋萍家。

"得让你妈作一阵子。"老江做好了持久战的准备。

家里少了一个人,显得冷清了些。以往,何玉兰寂寞的时候就去秋萍家哄铁豆,现在不能去,她怕老江会错意,以为自己离不开他。她免不了嘱咐秋萍不要买甜食,别总吃大鱼大肉,早饭前要喝一杯黄瓜汁,晚上要以青菜为主,搞好个人卫生……秋萍听出母亲其实是在间接嘱咐老江。

"既然惦记着我爸,就让他回家吧!"

"我惦记他?我巴不得过单身贵族生活呢,告诉你们,我从来没像现在这么滋润过!说不定你爸也想过单身生活呢!"

何玉兰没说错,老江不在家这几天是她有生以来最滋润的日子:睡到自然醒,困了再睡,想做饭就做,不想做饭就随便对付一口。哪儿像以前，早餐都得炒个菜。尤其是晚上，她可以不受打扰地看韩剧。虽然她和老江各守一台电视，但老江看电视总是把声音调到最大，恨不得全楼都能听见，每天得冲他吼。素质实在令人操心！

下午的连轴觉被秋慧的到来给打断了。

"午觉一直睡到现在？"

秋慧进屋哗地拉开窗帘。

"这是下午第二觉了。越睡越困。"何玉兰眼皮艰难地睁开。

秋慧大声地说："没我爸，你这日子都过荒了，长草了！"

"哼，我过得美着呢！"

"别嘴硬了，让我爸回来吧！"

"他自己都没强烈要求，你们着什么急？"

"哦，明白了，我让我爸强烈要求回家呗！"

"要是需要你提醒，就没意义了。又不是他发自内心的……"

"你都说了，我爸情商低，你又拧巴，什么事不直说，他能猜透吗？又不敢违背你的意思，你让他走，他只能走。你让他回来，他才敢回来！"

"别替他脸上贴金了。我'分居'俩字儿刚出口，他就兴高采烈地搬走了，好像早盼着这一天！你说，是不是老房子要着火？再不着没机会了。"

秋慧绝望地说："看你，又拧巴上了！我算明白了，你不搞阶级斗争难受！一旦敌对势力消失了，你就想办法找点事折腾，然后制造出一个敌人来！以前是我，现在是我爸！家庭是个团队……"

一副专家的口吻。

"我的婚龄是你的两倍，用不着你教育我！"何玉兰打断她。

"一个团队里，最重要的就是得有个死忠的队友，你指东向东，指西向西，哪怕前面是刀山火海。"

"你看看他的头发再说话吧！还有搬家这事……"

"我爸的满头白发挺好的啊！我一看到我爸，就想起一首歌，叫《不老的爸爸》……"秋慧开唱，"啊爸爸爸爸爸爸爸爸爸亲爱的爸爸，啊爸爸爸爸爸爸爸爸慈祥的爸爸，他满口没有一个牙满头是白发，他整天嘻嘻又哈哈，活像个洋娃娃！"

"那就是世界末日了！"

"你反过来想，满头白发总比不毛之地要好啊！这个年纪了，头发乌黑锃亮的，一看就有假。再说搬家这事，我和秋萍也不赞成你再折腾。你想，那年我爸叫自行车给撞倒了，马上有熟人送他上医院，好几个人给你打电话，也有好几个人给我打电话给俊松打电话。要换个陌生的地方，有人敢管吗？那报纸上登过多少次了，老人摔倒无人理，结果……"

"我可不会求他回来！"

"他早急着要回来了！"

何玉兰撇撇嘴，表示不相信。嘴角却无意中带出了笑意。说实在话，她有点希望老江回来。秋慧说得对，她需要"敌对势力"，没有敌对势力，就失去了焦点，活得茫然。这几天，她的生物钟都紊乱了。

老江走在大街上。他的姿态很奇怪,乍一瞅以为他左臂上托着个小婴儿。那东西有些长度,一半包着环保袋,另一半掩在报纸下面。他的右手拎一个鼓鼓的购物袋,腋下还夹着个小纸箱。东西太多,难免顾此失彼。一阵风吹来,报纸飞走,只见一束玫瑰花横卧在老江的怀里。阳光很足,玫瑰娇艳。满大街的人都把目光汇聚到这个白发苍苍的老汉身上,玫瑰跟他实在不搭。老江很慌乱,他觉得自己成了个老怪物,想跑,又怕颠簸伤害了柔嫩的花瓣。这辈子,他第一次和玫瑰零距离接触,而且是在大街上,比当众接吻还令人害臊。他恨起秋萍来。听说老爸要搬回去,秋萍特地买了一束花,让老爸献给老妈。

老江气恼,"我可不搞那一套!"

"我妈就喜欢那一套,你就讨她个欢心吧!"

老江说拿着这东西实在没法出门,秋萍也不难为老爸,用报纸和环保袋将花束简单遮掩了一下。老江这才忐忑地出了门。

"这是什么?"何玉兰盯着玫瑰花问。

"我给你买的!"

"哼,你才不会出这个血呢!肯定是我姑娘给买的!"

"就是我买的!"老江强硬地。想这一路受的罪,他认为自己可以理直气壮地撒这个谎。

好不容易在阳台的一个纸箱里找到了花瓶。花瓶是结婚时人家送的,蓝色玻璃的,荷叶边瓶口,上面有凹刻的花纹。在最初几年里,它是家里最漂亮的物品,何玉兰很宝贝,屋子小,怕孩子们给碰碎了,只在过年时才拿出来当装饰品。几十年没用过了。

花瓶里有张纸条,何玉兰用筷子夹出来,打开。

"老江,你来看!"

纸条是白色的,从上面斑斑驳驳的淡红色痕迹可以看出,纸条以前是红色的。上面用毛笔写着:贺江国福同志、何玉兰同志新婚纪念。五十一车间焊接工段全体同志赠。

"是你们工段人送的!"

她没想到,四十六年前,那个粗糙的年代,老江那些五大三粗的同事会送他们这么精致的贺礼。不知怎么的,何玉兰有种想哭的感觉,好像和自己年轻的时光不期而遇了。

"不知还能不能找到这些人了,请到家里吃个饭吧!那时候的感情和现在的不一样……"

老江仍呆呆地看着纸条,似乎在努力回忆着"全体同志"送他花瓶时的情景。

何玉兰拿来相机,"给我拍张照吧!"

老江接过相机,对准,眼前电焊火花般地一闪:一束玫瑰站在眼前。玫瑰旁边是一张比阳光灿烂的笑脸。

图书在版编目（CIP）数据

亲爱的老妈／央歌儿著. 北京：北京十月文艺出版社，2014.11
ISBN 978-7-5302-1437-4

Ⅰ. ①亲… Ⅱ. ①央… Ⅲ. ①长篇小说—中国—当代 Ⅳ. ①I247.5

中国版本图书馆 CIP 数据核字（2014）第 216986 号

亲爱的老妈
QIN'AI DE LAOMA
央歌儿 著
*
北京出版集团公司
北京十月文艺出版社 出版
（北京北三环中路 6 号）
邮政编码：100120

网　　址：www.bph.com.cn
新经典发行有限公司总发行
新　华　书　店　经　销
三河市中晟雅豪印务有限公司印刷
*
880 毫米×1230 毫米　32 开本　11.25 印张　221 千字
2014 年 11 月第 1 版　2014 年 11 月第 1 次印刷
ISBN 978-7-5302-1437-4
定价：32.00 元
质量监督电话：010-58572393